悄吟文丛（第二辑）

古耜　主编

大河奔流遗落
的一朵浪花

阿舍　著

中国言实出版社

图书在版编目（CIP）数据

大河奔流遗落的一朵浪花 / 阿舍著 . -- 北京：中
国言实出版社，2020.12
（悄吟文丛 / 古耜主编 . 第二辑）
ISBN 978-7-5171-3643-9

Ⅰ . ①大… Ⅱ . ①阿… Ⅲ . ①散文集－中国－当代
Ⅳ . ① I267

中国版本图书馆 CIP 数据核字（2020）第 256017 号

出 版 人	王昕朋
责任编辑	李　颖
责任校对	赵　歌

出版发行　中国言实出版社
　　　　地　址：北京市朝阳区北苑路 180 号加利大厦 5 号楼 105 室
　　　　邮　编：100101
　　　　编辑部：北京市海淀区花园路 6 号院 B 座 6 层
　　　　邮　编：100088
　　　　电　话：64924853（总编室）　64924716（发行部）
　　　　网　址：www.zgyscbs.cn
　　　　E-mail：zgyscbs@263.net

经　　销	新华书店
印　　刷	北京中科印刷有限公司
版　　次	2021 年 1 月第 1 版　　2021 年 1 月第 1 次印刷
规　　格	787 毫米 × 1092 毫米　1/32　10.375 印张
字　　数	210 千字
定　　价	59.00 元　　ISBN 978-7-5171-3643-9

目录

第二辑

第一辑

大河奔流遗落的一朵浪花

1

　　1899年春天，正是丁香馥郁之际，瑞典探险家斯文·赫定第二次来到"荒凉得如同月亮上一样"的塔克拉玛干大沙漠。这年年底，他从叶尔羌河乘船，循浑灰宽阔的塔里木河而下，于12月7日在塔里木河下游的英格可力镇上岸。此时塔里木盆地大寒已降，冰凌凝固了河面，所以，虽然斯文·赫定希望到西南方的罗布泊去，但他必须等到翌年春冰河化冻，才能够继续这次著名的行程。

　　驻扎在英格可力，是斯文·赫定早就计划好的，于是，一待上岸，他便着手建设他的过冬基地。他的帮手可谓众多，有从喀什噶尔起程一路沿河岸护卫他的航船的哥萨克骑兵，有附近的首领和居民，有作为仆人和助手的维吾尔人和罗布人。所以，上岸不久，他们就用芦苇和干树枝，在岸边的沙土地上搭建了一个由一间马房、两间芦舍、三四个帐篷组成的临时村庄，以此为进入罗布泊做中途修整和最后的线路勘探及物资筹备。

斯文·赫定的船队在英格可力一靠岸，当地首领就对他表示了欢迎，彼此致意之后，斯文·赫定便安下心来，在他的临时村庄里过起一段悠闲快乐的日常生活。而这个临时村庄，自搭建之日起就显现出一种强大的吸附魔力，不仅附近的土著居民争相前来，更远处的商人和旅行者在听到消息之后，也都络绎而来一瞧究竟。不出几日，当地人便给这个村庄起了一个名字——上帝所造的房屋（译义，罗布语）。

斯文·赫定的名字因此迅速传开，以至于到了1900年2月，这个临时村庄已经成了远近闻名的集市。一时之间，俄国商人、维吾尔族商人、哥萨克商人纷纷汇聚于此，他们中有的从库车运来茶叶和粮食，有的从库尔勒运来毛毡、蜡烛、帆布等与旅行有关的商品，不仅如此，附近的铁匠、木匠、成衣匠也涌向这里，他们沿着村庄四周，依次排开他们的铺子。人们在这里喝茶、谈笑、做交易，欢笑声中夹杂着狗叫与马嘶，英格可力似乎从没有这么热闹过，河岸上的日子因此充满了希望。

在英格可力的这段时间，斯文·赫定的随从当中又加入了两位罗布人，正是在三位罗布人的帮助下，斯文·赫定完成了考察罗布泊的夙愿，并意外发现了埋于黄沙之下的"楼兰古国"，从而引来二十世纪初，西方诸国抢夺西域宝藏的一场掘宝竞赛。

但是英格可力的热闹仅仅持续了几个月。仿佛大河在奔流中弹起的一朵浪花，骤起急落，未等领略凌空的欢欣，便又重归浑灰的水流。1900年3月，斯文·赫定前脚离开此地，化冻的河水便一步冲上河岸，活像一头饿了一冬的猛兽，一口吞掉了河岸以及河岸上的一切。斯文·赫定后来听说此事，惋惜之情长萦于胸。因为，在他心中，这个被誉为"上帝所造的房屋"的村庄，已经成为他在亚洲腹地探险诸多骄傲里的一个，而离开英格可力之前，他还自信地认为——这个村庄将在他离开后存在许多年。

2

现在就要说到我的出生地，它被称为"乌鲁克"，与英格可力一样，同为塔里木河下游河岸上的一个小镇。它距离英格可力三十多公里，在清朝末年的《大清一统舆图》上，它被标明是英格可力镇的一个善后局。"乌鲁克""英格可力"皆为维吾尔语，"乌鲁克"意为"大海子"，"英格可力"意为"新湖"。所谓"善后局"，百度词典上这样解释：指清后期在战事频仍的新疆地区所设立的一个特事特办的官署机构。

若是继续向前追寻，依据汉代西域三十六国的地图所标，这一带该属于古渠犁国，即现在的尉犁县。而古渠犁国在公元4世纪之前，曾是西域"丝绸之路"的必经之地，它存留于世的营盘遗址素有"小楼兰"之称。但是，因为史籍缺乏乌鲁克或者英格可力与"丝绸之路"具体的相关记载，而"丝绸之路"在四世纪之后很快又为使者商贾放弃，故而此地历史与人文的厚度更多则要依靠生息在此地的人们自身的记忆。

到了清朝末期，这里的居民还主要是那些从九世纪到十五世纪逐步在新疆形成的主体民族——维吾尔人。在这些维吾尔人中，有一部分人的身份更加特殊，他们就是与楼兰古国有着秘密联系的罗布人。更早时间，这些罗布人还隐居在塔里木河尾闾——米兰和若羌境内罗布泊附近的村落里，只是到了十九世纪末，因为罗布泊湖址迁移、塔里木河河水减缩、改道，他们中的一部分人不得不溯塔里木河而上，来到塔里木河下游的英格可力、卡拉一带居住。

事实上，以上这段叙述无论从行文章法，还是它在我生命里的位置，都显得可有可无，不甚必要。因为，若从读者角度来看，凡是对这片地域有兴趣的人都可以通过其他阅读途径获得更为精细和丰富的知识；若以我的感受而言，它远非我所成长的那片沙漠，更不是那条翻滚着我年少身影的大河，而与这片地域相关的历史伟人与名人，他们也从未在我的少年时代进入过我的心灵，因此也从来没有教会过我什么。它与我记忆中——金黄色的沙丘、深蓝色的天空、炽烈的阳光、清凉的溪水以及野马般的欢乐——那个独一无二的乐园毫无关联。但是我仍然决定把它放在这里，仿佛企图将自己的生命与这片地域的历史联结在一起；但也许，我这样做的真正动机，是因为我已经感到自己正从这段历史的河床上渐渐走失。

3

二十世纪五十年代，荒寂多年的塔里木河下游两岸忽然冒出许多人影，他们神情坚毅行影匆匆，说着有别于当地维吾尔人、罗布人的内地话，坐着解放牌卡车，带着测量水纹、研究土壤、记录植被等专业勘探工具，以一种令人钦佩和惊讶的速度，将塔里木河下游两岸的荒地、草滩、河流、湖泊、林木等生态资源数据尽数采集入案。这些人便是开垦塔里木河下游戈壁荒原的第一批军垦战士。很快，紧随在他们身后进疆的，是数十万名复员官兵和来自全国各地的内地知青。

"塔里木"是维吾尔语田地、种田的意思，但是当地人只习惯于称塔里木河下游尉犁县以南地区为"塔里木"，也就是包括我的出生地乌鲁克、英格可力、卡拉、铁干里克等地在内的塔河下游两岸的军垦团场所在地。

促使塔里木和这批进疆的复员官兵、内地知青以及他们的后代进入一段新历史的原因，与解放新疆的王震将军的一席话有关："塔里木有两个英国之大，有三个陕西之阔，比当年垦荒的南泥湾要大几百倍……"省略号代表了王震将军的未尽之言和未尽之意。显然，这未尽之意便是"开发塔里木"对于新中国建设的重要性。因为深尝解放新疆的艰辛与荣耀，王震将军比任何人更深刻地体会到了这片广袤土地之下有别于它外在蛮荒的内在富饶和远景。

王震将军这番话是在 1949 年进入新疆之前说的，两年之后，他便在 1951 年 5 月 15 日这一天的一个大渠首期工程竣工时，以昂霄耸壑的气魄，大声发出"向塔里木进军，要大戈壁给我们献棉粮"的时代召唤。那一天，四十三岁的他难忍内心的激动，矫健地从渠摆跳入大渠，完成了剪彩放水仪式。

1956 年，"向塔里木进军"的召唤落实在行动上，就变为在塔里木地区组建若干个农场，主要任务便是开荒种地，扩大耕地面积。为此，从 1956 年到 1962 年，原以土著居民为主、人迹稀落的塔里木地区兴建起了七个农场，调集了数十万复员军人和内地知青。而这七个农场的意义，除了"向大戈壁要棉粮"，还有以下远虑：

> "尉犁县面积将近六万平方公里，却只有万把人……沿线只有群克、卡拉、铁干里、英苏有星星点点的人家，如果不开发，一旦发生战争，敌人搞空降，这千里戈壁就成了他们横行无忌的真空地带，现在我们开了农场，修了水库，已经站住了脚，形势会变好的……"【《尉犁县文史资料第 6 辑》第 8 页】

4

我出生在这七个农场其中的一个——农二师三十二团，属地位于乌鲁克镇，而我以及我的伙伴们便是在"进军塔里木"所肩负的生产意义和战略意义下出生的"第二代塔里木人"。

关于那段艰苦岁月的记忆，多是从大人嘴里断断续续听来的一些片段：

"来了'例假'也赶着去挖渠，生怕落下，一天干十六个小时的活儿，白天挖渠，力气小挖不动就抬土，土也抬不动怎么办？就在红柳抬筐的一头装个木轮子，推着来回跑。晚饭后接着干，剥野麻搓绳子……搓绳子干什么用？修大坝要用梢捆，抬土要用筐子，都是两只手编出来的……沙土里有毒蝎子，女人给吓得大叫，却有人不怕，用木棒夹起来，往嘴里一扔，吧吧吧地就嚼起来……还有成群的草鳖子，闻见人味就连滚带爬地跑来了，钻进肉里，拿钳子都拔不出来，它们喝饱了人血，瘪瘪的肚子就鼓成一个个圆滚滚的小血泡，被咬了的地方又痒又疼，那玩意儿厉害着呢！鸡一只只地都给吸干了血死掉了。"

　　我并未亲眼见过这种不可抵挡的时代步伐，到我记事的时候，我的团场已经初具规模：水渠、农田、林带、居住区、菜园、果园、公路、医院、学校、商店、食堂、机关、工厂、民房，一个现代人类聚居区该有的内在结构已经完整成形，并在继续完善。而爸爸妈妈又在团部机关工作，所以我没有挨过饿，也没吃过几顿苞谷面馒头，更没有真正地下地劳动过，当然也就不曾真正品尝生活的艰辛、掂量过它的轻重。而越到后来，爸爸妈妈也越少谈及那段岁月，倘若提起，也是三言两语便猝然止住，既不细致也不完整，仿佛回忆会把那段艰难的岁月拖拽回来。

　　记忆的远去是否意味着一段生命的湮灭？大人们不喜欢谈论过去，或许是因为内心已经改变。那个将他们聚集在一起的时代召唤，已经随着激情的消退、运动的损耗、头脑的冷静，以及生活的困乏和简陋，变得疑虑重重。

5

　　希望仍要延续，如同生命生生不息。那些回城和落实政策的人走了以后，剩下的人就把希望搭建在下一代——我和我的同代人的身上。然而，年少的成长更多在于寻觅快乐，放弛体内单纯的力量与热量。对于父母心中的焦灼与期盼，我总是不管不顾。所以，在相当长的一段时间里，我全部的热情只在于向沙漠索取欢乐，而沙漠，也慷慨如一位仁慈的神祇，但凡它有的，能被我感知的，都赋予了我。

沙漠距离我如此之近，它绵延的身躯就在不足一公里的防护林外，好像我的皮肤，伸手就能触摸。无风无雪的假日，沙漠是我们最亲近的游乐场，我和伙伴们冲进它柔软洁净的怀抱，粗鲁得像群野人。淡金色的沙包此起彼伏，摇篮般摇荡着我们的欢乐。蓝天高远，沙丘连绵，寂静宛如一位坐在我们身边的慈爱老者，纵容着我们的嘶喊和奔跑。沙漠里也有波纹与海浪，它们是静止的，只有清晨金黄色的阳光才能呈现它们全部的美。蓝天下，那些波浪的纹路又清晰又柔弱，光线斜洒过来，就连最微小的皱褶也产生了阴影。在一些饱满的沙丘上，波浪沿着沙坡的倾斜度，婀娜地伸展而去，在下一座沙丘的谷底与另一些波浪交汇。夜晚像一个魔术师，每天清晨呈给我们一个不同于昨日的沙漠。这时候走进沙漠的我们会十分安静，因为我们所看到的、呼吸到的、感受到的是一个崭新的世界。这个新世界的完美表现在简单纯净的颜色上，表现在清冽纯一的嗅觉上以及细腻新鲜的触觉上。它好像处子一般光洁，而我们的顽劣显然被自然界的完美震住了。我记得我小心地呼吸，每吸一口都仿佛喝了一大杯冰镇糖水，而每一次，我都把湛蓝的天空看作一对清澈的大眼睛，想象它宁静地注视着我。接着，我轻轻伏在一根波浪身边，先是用手去触摸它微硬的浪峰。必须极其小心地触摸，浪峰才不至于被破坏，哪怕滑落一粒沙子，波浪就失去了原先的完美。接着我开始寻找那些最微小的皱褶，依次区别它们每一段阴影的长短。这样，我就能找到风，就能感受到在晨曦到来之前，风从哪一个方向吹来，以及风的大小，要知道，大风是不能让波浪产生那些细小的皱褶的。这样的安静持续不了很久，因为我们跑进沙漠就是为了胡闹。我们开始嘶喊和奔跑，从沙包的尖顶滚下来，落在两座沙包之间阴凉的谷底。在那儿，我们排兵布阵，学着古人的模样用红柳枝打仗。如果累了，我们就把手伸进沙子，不停地掏挖，直到挖出湿润又温暖的细沙。沙漠的生命之水就在这里藏着。这时候我们会小心翼翼，重又变得安静与和睦，仿佛突然撞见一个奇迹。

6

1989 年，像所有依靠读书上学改变命运的孩子一样，我实现了爸爸妈妈的心愿，离开了塔里木，离开了沙漠。随后几年，父母亲也在接近退休的年龄离开了团场。

绝大多数家园只有在破碎之后，才能逐渐显现它的价值，才能抽丝般地透露出它与它的子民之间形如天机的生命密码。而沙漠之于我的生命密码，是在过去二十年后，才渐渐向我发出了信号。

我意识到我该回去看看沙漠。2006 年，那时我已经是一个孩子的母亲，在离开沙漠十七年之后，我说服再三劝阻我的母亲，重返位于乌鲁克镇的农二师三十二团。

即便以自身的成长为经验，我早知"塔里木"和"团场"生态环境的严酷、地理上的荒僻，但在重返团场这一日之前，我从没意识到我曾经的家园如此破败与荒凉。下了班车，我站在大桥上，遥望自脚下向前延伸的团场。只用了几分钟，大桥略微高出的海拔便使家园所意味的一切温馨与欢乐悄然坍塌：我的家园，它像犬牙交错的边境上的一个拐角，风把世上的尘土与萧瑟都吹向了这里。

我先去了团部。团部机关还在老地方，一个四合院式的老建筑，山字形门脸是仿苏样式，半浮着四根罗马柱。大门旁停着两辆摩托车；门前的宣传栏里贴着一些照片；大门两侧挂着白底黑字的牌匾，我仔细读完牌匾上的字迹——新疆生产建设兵团农二师三十二团委员会，莫名地喘了口长气。

接下来，我往从前的老屋走去。一路上需要紧压脚步才能避免尘土飞扬，但是一辆恰好驶过的手扶拖拉机掀起的灰尘落下之后，我还是成了一个灰蒙蒙的土人。很快，我看见了母亲从前工作的地方，公检法办公大楼，那也是一座仿苏建筑。我还记得那些迂回曲折的走廊，它们的空荡笔直总让走在上面的我感到一种不可逾越的威严。这一次我从后面走近它。踏上一条白花花的碱土小路，我蹑手蹑脚，停在了它的一间后窗前，一股异常的气味扑面而来，我探头望去，不料，一头老黄牛正好抬起头，它湿润的大眼漠然凝视着我，嘴角滴答着黏长的口水。公检法办公大楼变成了牛圈。

我站在了从前的家院门前。院子的基本样貌还在，三间砖土构造的平房，一个由枸杞树围笼而成的院子。我踮了踮脚，就看见墙皮大块脱落的外墙。裸露的深灰色墙泥，好似一块块丑陋的伤疤。爸爸亲手搭建的葡萄架已经没了，葡萄架下的水泥桌凳没了，鸡窝没了，菜畦没了，只有一个凌乱肮脏的院子。院子一角，扔着一个废旧的手扶拖拉机头。枸杞篱笆从前密不透风，那一刻我透过稀松倒斜的枝条，一眼望见院子里默立着一个男人。他身穿蓝色上装，双臂抱胸，沉着脸，狠狠地盯着我。我为男人的神情感到吃惊，却突然有所醒悟，似乎重新认识了自己：我已经从这个院子的主人变成了一个外人，已经从沙漠的孩子，变成了一个可疑的闯入者。

我又去了沙漠，那个一度慷慨予我以欢乐的少年乐园。

一大片油黑的污泥倾倒在沙漠从前的入口处，散发着恶臭。一小时前从我身边开过的手扶拖拉机停在一旁，一根橡皮管子拖在地上，管口对准泥坑，还在淌着黑乎乎的东西。司机侧身站着，正对着泥坑撒尿。四际荒草零乱，防护林几无踪迹，那条我曾经追寻过鱼群的排水渠也被沙漠填平。四周只有一些低矮的沙枣树，大多也被沙子埋去一半。起风了，淡灰色的蓝天变成了鼠灰色，我还是往沙漠深处走了一段，希望能够找见从前那样高大光洁的金色沙丘。然而仿佛被一只巨足狠狠地践踏过，那些夹杂着枯枝朽干的沙包每一个都显得低矮又破碎……风大起来，我往回走，在一丛红柳树下坐下来。鼠灰色的天空一点点暗下来，仿佛提醒我重新审视自己的记忆。

7

2010 年冬天，我收到一个令人意外的消息：考虑到水资源的合理利用，撤销农二师三十二团，原团部建制归入三十三团。

听到这个消息之后，我又回到团场。

路上，妹妹驾车，我坐着出神。去往团场的路况很好，黑油油的柏油路笔直平坦。途中路过英格可力，望着它人影攒动的农贸市场，我的心中一度有了感伤。不知道没有农二师三十二团的乌鲁克镇将来会变成什么样？相比而言，眼前的英格可力却是幸运得多。虽然同有失水的窘迫，但居住在这里的人们，还能继续在这里生活，还能继续在成长、改变与丧失中感受到生的欣荣。这样想着，我似乎听见了一百多年前斯文·赫定在此安营扎寨时，荒寂的河滩上飘起的欢愉声。而另一段历史记载也在同一时刻显现出一种存在的荒诞："1956 年，勘探队来此地（乌鲁克）勘察荒地，于残墙折缝中发现农牧民在完粮纳税的存条上注有地名'乌鲁克'……"时光仅仅过去了一个甲子，历史似乎已经有了重演的冲动，还要多久，乌鲁克便又要仅剩残墙折缝了呢？

我又回到了老屋，看了看老院子。这一次，院子彻底空了，窗户破损，门扉紧锁。我走近一看，铁锁锈迹沉沉，像是很久没有打开过。我站在淹至脚踝的虚土中推了推门，一群麻雀呼啦啦从院内的一棵梨树上惊叫着扎进天空。再看四周，数排房屋家家如此，门户凋敝，人影全无，院落里扔着乱八七糟的旧物与垃圾，屋宇、梨树、巷道、芦苇、小渠、天空……触目皆是颓唐的土黄色。草草看完一圈，心中惊惶不安，转身回头的路上，我压低呼吸，逃路一般回到车上。

我们都没有心情再去别的地方，似乎这次回来只是为了确证这个事实：老屋彻底没人了。

这之后，我倒没了初来时的那丝感伤。因为从一开始，我便不愿使这次"回来"变成一种寻根的情结，或者对故园失色的叹惋。故土不再的情感从古代流散到今天，倾诉者已经说不出什么新花样，既无法丰富听者的心灵，也不能稍稍拖住时间的脚步，甚至无济于现实意义上人对自身行为的反思。那么，我这样一次又一次地回来，这样一次又一次重温并质疑自己的记忆，到底因为什么呢？

回程途中，路过尉犁县的"罗布人村寨"。同行好友告诉我："罗布人在塔里木河下游和尾闾都有居住，而这里的罗布人，是专门迁来以应县城的旅游观光之需。"这也不是什么重大的消息。在南方，这样的村寨早已盛行。

曾经一度，我为此而感到不适。这种将罗布人粗暴地推进（或者说，他们中有一部分人是自愿的）现代文明的方式最初为我无法接受。但是现在，我已经理解了这些无法再以打鱼为生的罗布人的境遇，就像理解我的家园，当生存面临危机，必须另择他路。但常常是，我们得到的，远远抵不过我们所丧失的。我当然知道，人必须接纳自身在时间里的每一种处境，必须竭力又不气馁地使自己活得更好、更真实。

被遗弃、被毁坏的家园不在少数，人也免不了为一度遗失的家园长吁短叹。在于我，这个正日渐隐灭的家园倒是一次次击撞着我的心灵，使我渐渐蒙获了另一种幸运。

我开始追究我一次次回来的原因，开始一遍遍回想那些长徊于心间的往事。它们有的就要沉入时间的深渊，有的却栩栩如生，仿如最初的发生，散发着阳光的气味、蓝天的光泽。我像挽救一件落入井中的爱物，日思夜想，要使那些就要湮灭的往昔恢复它们生动的棱角。我向亲人打问，查阅史书，与同学确认，再一一记录，甚至夸大其词把它们变成虚构的故事；而另一些刻骨铭心的细节与场景，我只需要闭上眼睛，就能坐上时间的大鸟，与它们一起重归于往日。

也许我盲目得过了头？不是的。我毫不怀疑已经发生的一切，我清清楚楚地看到：家园与时间已经双双而逝。但是，一缕愈渐明朗的光束一次次地从这些"回去"与"重温"中显现出来，它将我引向这些年一直伴随着我的——我对自我、生命以及世界的凝视与眺望。

离开沙漠，我再没有如此彻底地感受过，再没有着了魔似的在自然里奔跑和欢呼过；我曾把身体义无反顾地交给沙漠。为了倾听和触摸它，我把我全部的感官都打开到了极限，因此我听到了不可能再听到的天籁，看见了不可能再见到的纯净的颜色；我曾经多么无畏，沙漠便曾经多么慷慨，它回赠予我的，便是使我学会了用自己的手去区分粗糙与细腻、酷热与冰凉，用鼻腔去辨别干燥与湿润、清晨与夜晚，用眼睛去认知纯净与遥远、明亮与漆黑。沙漠教会我用自己的身体来认知自己的生命；而当我背弃它，它也远离我。沙漠和世界一样，都是镜子，都是我；沙漠使我认出生命里的宝藏与泉水，它使我相信，只有全神贯注爱过和拼命挣扎过的人，才独一无二和真正地存在过。

　　于是，沙漠里那些被我感知到的——蓝天、阳光、河水、植物，以及那些操着南腔北调的面孔，一切印刻我心的人与事，都随着时间的流逝，一日日成为世界渐趋向我显现的真意。而我，也一次次地以我的角度，一遍遍轻抚记忆，一遍遍回想它们的气息与色彩，再以我的口吻，竭力恢复那些人的表情和话语。而这一切，无非是为了表达我对生命的敬意。

1989 年的火车

1

　　出发的那个上午，母亲打来电话，她说就去车站，火车11 点发车，她带着大包小包，包里是给我带的干果，好几公斤重。我埋怨她几句，顺带唠叨些路上的事，上厕所或住宿什么的。她在第一趟火车上要坐三十六个小时，第二趟火车上要九个小时。

　　母亲来看望我。我在宁夏，母亲在新疆。我户口上的籍贯，新疆尉犁。

　　1989 年，我十八岁，那时火车对我有了意味，它意味着一条铁轨所连接的两个地名，宁夏和新疆。之后的十几年里，坐上火车，出疆，再坐上火车，进疆，十几年年年如此，简单甚至乏味。而一路的站名，哈密、七颗星、鄯善、吐鲁番、巴伦台、和静、焉耆……我可以很容易就念叨出它们。它们于我，是一次次地接近，也是一次次地远离。但大多时候，我只是在站台上看看它们，在清晨，在风中，在雪天，从外部看它们一眼，就匆匆走了。这样匆匆许多次，有时连它们的外貌也混淆了，杨树、山包、戈壁、村庄、天空，以及列车员浓重的口音，糅杂在一起，让我无法清晰地把它们分开。现在有时会突然想起它们，觉得它们像是隧道里的灯，亮在那里，候在那里，看着我来来往往，从十八岁的单薄，到中年的匆促，面对一张日渐晦暗的脸，一双常常无聊的眼，和我一样缄默无言。但它们现在也许会高兴一些，因为我身边多了一个洁净的孩子，并又带着这个孩子来来往往。我想说的是，我这样带着孩子来来往往既是为了延续我的记忆，补偿我记忆的缺失，也是因为孩子瞧什么都是好的，我的愿望便是这孩子眼里的美好，让那缺失的记忆更加充盈起来，以便在未来，有更多回忆着的幸福。

记忆里，哈密总在中午经过，无论冬夏，站台周围都是一些稀疏的植物，以及炽白的日头。但夏天的哈密站站台上会堆着大堆大堆的哈密瓜，三五个一袋。瓜是那种常见的青黄皮，椭圆形，有大有小，不少出疆的乘客要买，当中有很多着急的，怕买不上，伸着手里的钱，叫叫嚷嚷，用的是新疆人的大嗓门。这时候，我愿意在一旁瞧热闹，火车停靠的几分钟内，一堆瓜果制造了一场令人欣快的混乱。其实最终哪个都能心满意足、兴高采烈地提着哈密瓜回到火车上。

到达吐鲁番的时间多在夜里，有时醒来已经错过，所以总感觉吐鲁番极安静，是夜里在橘黄的灯下候着的样子，有着急的乘客在站台上跑过，噼噼啪啪的脚步声传到耳朵里，还有站台喇叭的维吾尔语播音，在夜晚清凉的空气里传开，仿佛从寂黑的深处漫过来。而车窗下偶尔会有人用维吾尔语突然喊话，这样一上一下，一远一近，仅仅是听着，就知道自己回到了家。一个异于内地的地方，强烈而新鲜，让陌生的人、熟悉的人，远离的人、亲近的人，本地人、外地人，不曾离开的人、离开十年的人，都感到了强烈与新鲜，而在这样一个氛围的感染里，你所有的情怀也会在它的浸润下变得强烈而新鲜起来。

喜欢在夜里回到库尔勒。夜里远远望着它的灯火，一年比一年密集，但仍然是聚集在一个圆盆之内，齐整地与四周分开。我知道那些黑魆魆的四周是什么，它们是沙漠和戈壁，是没有植被的荒山。每一次，我都会认真地凝望那片灯火，灯光闪闪烁烁，像是从来不曾间断的一个个回想，簇拥在一起，提醒我所有的存在、所有的过去。

夜里，我悄悄地回来，这个城市不曾看见我的归来，我因此分外沉静，像一个探望者，因为一些感伤的情怀，不想惊动所怀想的人，只在暗处凝视、担忧。而我不愿感伤，或者不说感伤，甚至显得没情没义，没有冲动没有兴奋。我无法解释这种淡漠，或许是想表明自己从未离开过，亲人们清平地在一起，如同从邮局寄封信回来，或者遇上一个美丽的黄昏，在孔雀河边多耽搁了些时间，也就是隔了那么一小段简单日常的时光，所以是用不着夸饰情绪的。

不知这样的解释能否说通，但在夜里回来的确是令我舒适的。城市已经暗了，到处是不被打扰的凝望之处，不用面对，走在它无所知的身旁，看它夜幕下树木摇动的影子，河流黑亮的光泽，以及夜市喧腾的烟雾，宛若翻开旧时日历，页间的微黄藏着意想不到的发现。

　　与白日里的感知相比，夜里我像个窥探者，打量的视线与内心的速度都是缓慢的，唯因这个缓慢，心绪的舒张可以绵密与悠长起来。街道、出租车、语言、路灯、房屋、果树以及一对手挽手的维吾尔族情侣，这个在晚间逐渐安静下来的南疆城市，我不需要参与，便嗅到了它空气里的熟稔与变化、真实与鲜活，如此清晰。

2

　　1989 年第一次坐火车，那是因为我考上大学。初秋里的一天，我和父亲一大早从团场出发，在石子铺就的公路上颠簸了八个小时，中午一点到达库尔勒火车站。十几年过去了，库尔勒火车站还是老样子，周围的建筑和公路或翻新或重建，只有火车站像个偬老头儿，站在高处不肯挪动身子，死死守着家门。

　　母亲说带了吃食，我不问也知道是什么，不外乎葡萄干、杏干和巴达木之类，葡萄干去年带回的还有剩余，杏干和巴达木一定是母亲从库尔勒博斯坦市场买来的。母亲在这个维吾尔族市场还买大白菜与胡萝卜。每次回疆探亲，我也总去看看，先要吃烤肉，父亲吃惯了市场里一家维吾尔族人的口味，喜欢带我去那里。这让我想起坐在烤肉摊边的维吾尔族姑娘，她们个个穿着艳丽，画着连心眉，戴着金饰，一边眼巴巴地瞪着炉上冒着白烟的烤肉，一边与皱着眉正烤着肉串的维吾尔族小伙高兴地说话，那是亮丽的西域风情。后来有几次母亲与我再去，是因我的央求，那里有染头发的海纳花，我要多买些带回宁夏送朋友或者自己用，偶尔也会发现一些民族工艺品，前年找到一个手工编织的褡裢，去年买到一块铁锈色方巾，回来做了桌布。与母亲去博斯坦市场是件令人兴奋的事情，听着她用维吾尔语与人讨价还价，虽然听不懂几句，但心里爽快极了，维吾尔族人做生意不肯妥协让步，这是因为他们不漫天要价，话说得不对，一块钱也能让他肚子胀起来，但是用民族语言与他们交流，往往能够赢来一块两块的小便宜，以及态度上的亲和。

阑干路上的博斯坦市场嘈杂热闹，农资、日杂、服装、布匹、肉铺、餐厅、菜摊混杂排列，物品简单却也齐全，四周交通时常堵塞，这几年虽然路修宽了，但仍有拥挤之感，还是因为人多，维吾尔族人多，汉族人也多。这里不分季节，集市一开，烤肉炉燃起的白烟就飘荡在整条街的上空，还有无处不在的孜然味。逆光中，市场笼罩在乳白色的空气里，里面人影绰绰，有人穿着厚重的蓝色或者黑色袷袢走进去，有人戴着彩色的沙丽头巾从里面走出来，传到耳边的也许是我听得懂的普通话，但更多还是急速上扬的维吾尔语。

自行车、拖拉机、出租车、货车，还有叮叮当当的马蹄声。这种被叫作"马的"的四轮马车，车后铺着红色毡毯，顶上搭着黄色凉篷，穿梭在集市里，赶车人的吆喝声冷不丁就传了过来。市场大门外，就是卖果干的货摊，葡萄干分成几种货色，价格不一，最好的一种青青绿绿，如果嫌贵，胖胖的维吾尔族老板娘会抓一把放在你的眼前，告诉你这是一个一个挑拣出来的，语气坚决自信，不容你与她讨价还价。但小姑娘做起生意就不一样多了，市场门口我曾遇见一个卖煮黄豆的维吾尔族小姑娘，也许她从乡下来，皮肤发黄，眼睛深黑，里面是生疏与羞怯。一件粉色的连衣裙，颜色也旧了。她与一个卖煮红薯的维吾尔族老太太蹲在一起，黄豆放在直筒塑料袋里，我远远就瞧见了她，走过来蹲在她的塑料袋前。黄豆五毛钱一小杯，我要了五块钱的，每盛一杯她都怕盛得不够满，用另一只手里的塑料小勺不停地添，直添得黄豆往外滚。接过钱的时候，她把钱放在膝盖上撑开，用手撸得平平展展，再小心折起来，塞入长筒袜内。我见她做完这些，对她笑笑便起身，她也笑了，很羞怯的样子。

去博斯坦有时并不因为要买什么，仅仅是希望徜徉在那样一种氛围里，浓郁的，久久不能散去的氛围，如果说是异国的情调也未尝不可。人总是对异样的事物有着神往，新疆总是新鲜的，但如果说与我是异样的，就连自己也要责怪自己了。是的，并非异样，只是为了重回，为了温习，想记牢它，牢固到可以带走它的任何细节。

曾经站在集市的嘈杂处看一个维吾尔族小巴郎做买卖的表情，他有九岁的样子，或者更小些，黑皮肤，瘦削而结实的双腿，眉目浓黑，大眼，光着脚，脏乎乎的手比画着，在认真地与客人讨价还价。他卖野兔，说得费劲时，就皱起眉头。他汉语说得不好，神情里有些急切，认真得令人替他着急。问的人很多，但最后都摇头走了，他仍然执着得很，有时跟在客人后面再走几步，喊着回来的话，直到完全没有希望。他还有伙伴，一个大一些的十几岁的男孩，从另一个方向走来，也和他一样端着一盆剥好皮的野兔，两个人碰见后，就相互说了起来，不知是怎样的趣事，脸上很快就笑开了，那时，生意好像不打紧了，太阳只照着他们少年人的快乐。

这样能干的小巴郎还有很多，集市里的"马的"，不少都是他同样年纪的维吾尔族小巴郎做车把式，左手拉着马缰绳，右手甩着长鞭，口里吆喝着，间或吹起一声口哨，总是微蹙着眉头。而真正的车把式，花白胡须的爷爷或者脸庞黝黑的父亲就坐在车后，一脸的笃信与端然，集市里就是再拥挤，他们竟也能赶着马车来回穿梭。

去了几次博斯坦，倒是没见到卖英吉沙刀的，我知道那要到另一个更大些的集市萨依巴格才能买到，大学时给同学朋友带了许多工艺品，都是从那儿买的，但博斯坦为什么没有，依我的猜想是因为博坦斯大多都是当地郊区农民，所售均是自产或者当地物产，不似萨依巴格的维吾尔族生意人，生意做得远做得大。但博斯坦里少数民族化妆品却不少，问他们从哪里进货，也说是巴基斯坦，或者哈萨克斯坦，化妆品多是眼影粉、染发剂、香水、头油或者奥斯曼眉笔、睫毛膏。其中染头发的海纳粉是新疆自己的物产，回去用温了的砖茶水调均，放些鸡蛋清，这样染出的头发上色快，而且色泽光亮。工艺品里多是一些茶具或炊具，银碗银盆，铜壶铜碟，印着花纹，造型的弧线都是纯粹的民族风格。

其实现在物资通畅，母亲带的那些东西，银川都能买到，价格也相差无几，但母亲总是要大包小包地带，我虽然嘴里怨她带这些太过劳累，实际也和母亲一样，想要见到这些相熟的东西，吃不吃用不用都是次要，放在那里，看见它，似乎就是确定了一个身份，一个念想。总说精神永恒，但许多时候正是物质带给人更多的安心与坚持。我其实每次出疆也要带些干果和工艺品，一部分送人，一部分自己留下，回来摆放在可以看到的地方，知道它们来自何处，知道自己又回去了。

3

1989 年我从火车站外看着轰然来去的火车，心里微微颤动，不知是因为火车巨大的声响，还是因为就要离开团场而兴奋。

1989 年的时候，我的家不在库尔勒市，而是在离库尔勒市一百六十多公里外的团场，它是沙漠与戈壁的更深处，后来到了学校，家信上我写的地址是，新疆生产建设兵团农二师三十二团。新疆有这样的团场几百个，从农一师到农十三师，我生在团场，长在团场，十八岁离开了她。

那时团场的构造十分简单，团部（团场政府）周围分布着学校、医院、家属区、操场、商业区，一些特殊的单位因为不属于团场管辖，比如公检法，便被安置在离团部较远的位置，但比起下面的连队几乎要算是与团部在一起了。团部意味着一个团场的政治文化和经济中心，附近有电影院、大礼堂。电影院是封闭式的露天影院，里面砌着一排排水泥凳，是团场当年的一个宏大建筑，我记得建起之时，全团人都为之心潮涌动，最初的几场电影场场爆满。大礼堂是团部召开重大会议，或是节日文艺演出的地点。这两个地方因为总能聚集起更多的人而成为团场人公认的活动中心。再就是商业区，但只在周末，那里才热闹起来。刚开始，商业区只是一排平房，有两个商店，一个是百货店，一个是副食店，此外还有一个自行车修理铺，一个冰棍房，一个缝纫店，一个理发店，在里面工作的都是拿工资的团场职工。但能在团部附近工作的人仍然是少数，更多的人在下面的连队劳动，种棉花，种水稻，修渠挖坝，虽然也拿着工资，但做的事情都是地里的农活了。而团场缺水，土的碱性大，庄稼植物的成活率就打了折扣，所以仅仅是有水的地方能见到绿色，水流不到的地方就都是沙漠、碱滩与戈壁了。好一些的公路上铺着石子，但车一过也是尘土飞扬，而那些没有铺着石子的路，有些地方的浮土要没过脚跟了。那些年，每条公路两边的林带，即使在夏天，也见不着葱绿的枝叶，因为上面浮着陈年的尘土，近看远望都是一片灰白。

一根兰新线，把新疆指向了远方，所以"遥远"二字便成了新疆在我心里的风景。居于铁路或者公路枢纽的城镇尚且如此，所以，那些遍布在新疆的沙漠与戈壁更深处的团场就是远方里的远方了。父亲在二十世纪七十年代回湖南老家，七天才能出新疆，那时要到大河沿才能坐上火车，但父亲那辈人，说起回老家，个个都挣死挣活地拼命。

尤其是那些天南海北的知青，为了返城返乡，凭借各种方式，升学、调动、病退、平反、落实政策，从公路，从铁路，迅速散开，延续至今。每次回去都能听到父母念叨一些人，说这个也走了，那个也回去了。其实，想离开团场的不仅仅是知青，还有像我家这样的一大批团场人。父亲母亲都是"文革"期间从师机关下放到团场劳动的干部，是属于该落实政策的一批人，但总是因为一些不断变化的原因没有回到库尔勒市。但那些年里，母亲一直没有放弃回城的努力，争取了近二十年，终于在退休前两年，从团场回到了库尔勒市。

前几年回家对父亲说，想回团场看看，父亲一口拒绝，说看什么去，老人全走光了，都是些才去的四川人、河南人，包地，种棉花，你去了谁也见不着的。父亲是不知道我其实想见的不是人，无非是在原来上学的路上走一走，去家门前的林子里看看，如果可以还要去不远处的沙漠，像小时一样，把光着的脚埋在沙里，或者爬一座沙包，认一认还记得的骆驼刺、红柳枝和胡杨树。

但直到 2006 年我才回过团场，不完全是因为父亲说了什么，是心里总没有勇气，莫名地担心会遇见难得的熟人，他看我的眼神会看出我们彼此的生疏；担心往事的痕迹无处寻找，会生出伤感与惊心。那个我生长的院落已经卖掉了，除了抱到库尔勒市的两只老母鸡，三千块钱卖了个干干净净。后院有桃树，那年我只见了指甲大小的粉色花苞便返回宁夏；前院有杏树、梨树与葡萄树，夏天吃杏，秋天摘梨，葡萄吃不完了，就挂着晾干。再回去我恐怕不敢走近那个院落，那里面是生疏还是亲近，这些绿莹莹的生命，大概都记得我们对它决绝的抛弃吧。而现在，更不知它们是否还在。

相册里有张相片，是 1992 年暑假在团场照的，站在葡萄树下，手托一捧绿葡萄。团场里，葡萄树是家家户户都要种的，绿意葱葱，藤蔓伸张，又多又密。人们想着这些葡萄枝遮凉的好处，所以在庭院里多多少少都栽几棵。春风一吹，它的叶子就张开了，先是零星的几个，有大有小，突然一夜醒来，枝枝丫丫都绿了。葡萄花开得极小，像粉末，几天就落了，一般是看不见的。花一落就结了青青的葡萄，青葡萄极小极多，密密麻麻地结在枝串上，甚至有些难看。但春天风大，一次大风会吹落许多果实，剩下的就在大风之后可劲地生长，又有几天工夫便如黄豆大小了。夏季来的时候，它已经爬满整个院落，果实因为有了重量一串串垂落下来。父亲在葡萄架下放了石桌石凳，黄昏时我躺在长条石凳上，仰望从葡萄叶隙里漏出的天空，星星有时夹在叶间，云朵有时从那里经过，许多个日子这样望过去了，葡萄也就成熟了。葡萄刚开始成熟的那些日子，我心最急，总想吃到最早最好的葡萄，就爬上爬下地翻找，妹妹眼馋地瞪着我，看我喜滋滋的样子，有时上来抢，有时干脆把我追出了院门。到了八月，葡萄大批成熟，哪一串都是好的，我和妹妹拿它当饭吃，假期没事，手边放本文学期刊，吃着看着，等到父亲做好晚饭，哪里还有地方吃？葡萄一年比一年结得多，父母发愁怎么办。母亲后来不得已学着晒葡萄干，竟然也学成，只是色泽与大小不如市场里卖的那样青绿。

葡萄树枝在夏天猛烈攀爬，越过搭好的木架，越过房顶，甚至越过院墙；梨园郁郁葱葱，偶尔可以望见的枝条已被果实压弯，而里面静悄悄，像是不许打扰少女静寂饱满的成长。但是我却在这样一个昌盛的夏天停住了，在各式各样的模拟试卷前停住了，我突然想不起任何东西，连最简单的地理常识也回答不上来，我的脑袋像被塞满了棉絮，没有运转的空间。英语单词、作文题、几何、概率、历史事件，唰地成了一片空白，就连哭也没有想起来。我不交作业，不做习题，有那么些日子，仅仅是背着书包上学放学，没有人知道我的停住。但是那段停住的时间里，我做了最有意思的想象，穿过脑间的那片由复习题填埋起来的空白，我想象高考之后自己的去处，上海、北京有些奢望，父亲希望我考回湖南老家，我还能想象出什么地方呢？吉林、西安、兰州、乌鲁木齐。就是这样，地图册上浑熟的山脉、海洋、铁路、盆地，最终只有这几个地方在我的想象中。但我对它们一无所知，乌鲁木齐虽然有些粗浅的印象，但也是陌生着的，只是我唯独不想留在团场，留在沙漠。

4

至今说起这个我仍觉十分尴尬，1989 年在站台外看着轰鸣而过的火车，心里是真切地兴奋着的，一种达到目的的兴奋，一种离开团场的兴奋，这辆火车就是传送这个兴奋的载体。我和所有团场孩子从记事起，就被告知离开团场是享有荣誉的，无须为离开出生地或者是故乡而伤感。黄沙、戈壁与碱滩，自然界是不公的，给这里制造出太多艰难，所以，所有为着离开的付出都是值得的。到了现在，不管我以怎样的心情回想团场岁月，仍然认为谁也不能因为社会责任而忽视人脆弱渺小的心灵，这些心灵就是所有人决然离开的理由。

首先是水。有一首歌叫《塔里木河》，这水就是塔里木河的水。塔里木河夏季满溢，冬季干涸，在它的下游，依次排列着大大小小的团场，靠它灌溉，甚至饮用。后来，河水在夏季也来得匆匆了，也不像从前那样清澈，浑浑浊浊流上几个星期。各个团场的水渠里，往往夏季还没完，就只剩半渠水了。所以团场后来不种水稻改种棉花，也是因为棉花耐旱。

可是我记着河水还是清澈的那些日子。河水经大渠引到小渠，就在离家不远的地方，有一座悬空的小石桥，上面过人，洞内引水，桥两端分别有两个长方形的水池，一深一浅，水泥砌就，池边有台阶，被水冲得黑黑亮亮，可以见到石子的花纹。从高中生到小学生，小石桥整天闹闹哄哄。大一些的女生都拿着衣服去洗，一行三四人，坐在石阶上，边揉搓，边说话，不一会儿后面就跟来几个高个男生，远远站着看，不靠近，女生就越洗越欢喜。我们虽然还小，但是知趣的，不和这些大女生抢地盘，她们在这端，我们就去那端，但总是我们这边闹得翻了天，她们那边静悄悄的没有声息。后来石洞桥慢慢安静了，是因为小女生都成了大女生，也因为河水越来越少，越来越浑浊。1989年放暑假回到团场，小石洞已经破破烂烂，边沿露着生了锈的钢筋，水池被泥沙几乎填平，我不敢多加停留，转过身时心跳咚咚，像是被吓着了。

团场最多的是沙。但我没有去过沙漠腹地，只在沙漠边缘玩耍，沙漠就在五公里外，一般时间是没有人的。沙漠边上有防护林带，有人居住的地方，会种些果树与蔬菜。少年只管玩耍，勾了魂似的，得空就往沙漠里跑。夏天的太阳首先照着的是一层黄色的粗沙，粗沙极浅，有的地方遮不住下面的白，这白是细沙的白，令人想到女子的小腿，或者手臂内侧的皮肤；有极少的地表植物，叫骆驼刺，刺多，枯了极轻，风一吹翻滚着跑，我还撵过它，跑出很远也没能抓住，伙伴们在身后大笑；沙丘连绵，树一棵两棵地站着，离开很远，都是胡杨，有时我们在一棵胡杨树下干坐，也没什么话，这样一来，无所事事的游荡就显得更空阔了，是和沙漠一样的空阔。这也就有了现在一个去除不掉的习性，一遇见空阔的景物，便踏踏实实地舒出一口长气。

在沙漠里玩耍，多是从一个沙包走到另一个沙包，一边走一边低着头看沙的波纹，看留在沙上的脚印，看细风吹过时扬起的沙粒，宛如轻纱飘荡，抚过脚踝。我们兴致盎然，一次次来到陌生处，希望会遇见些异物，打破沙漠的空阔与静寂。虽然总是什么也没有发现，却没人厌倦过这样的玩法。我们去的地方，红柳大多长在沙包的最高处，伙伴们总要比赛着爬。最终，所有的人挤站在一个沙包尖上，向远望去，看远处的校舍，近处的棉田，指指戳戳。

冬天去沙漠就是给家里拾些引火的干柴了。冬季林带里总会掉落许多枯枝，是家家户户生炉的需要，本来是不用我们小孩子去做这个事的，有专门进到沙漠深处打柴的人，家里就买些回来，但后来这样的柴渐渐少了。后来知道，那些从沙漠深处打回的柴多为胡杨，也有红柳根，枯折干裂，有的是深褐色，有的是烟灰白。知道是胡杨后，有时望见谁家门前高高堆着的柴垛，就想着它们一根根竖在沙漠里枯荒的样子，都已经枯了，像人的老，除了等待成为一把灰，还有什么结局呢？后来，有人把沙漠里枯荒的胡杨当成风景，我便也想，这样的风景之前被毁了多少呢。枯了的树可以当成风景，老了的人当然也是可以的，只是这人有没有树的气息呢，而这风景原本也是人赋予了它意思，也许不过是枉自猜测罢了，树的逍遥便是任你怎样说去，我该生则生，该走就走，理也不理那些赞美或是嫌恶，人若如此，是活出了硬骨头。我因此无论在哪里见到枯荒的胡杨，总是想起胡子花白的维吾尔族老人，他们于沙漠的夕阳下宁静地坐在院落里，低着头伺弄手里的一把坎土曼，落日的余晖斜过来，老人脸上的皱纹就梳理着那些红润的金光。

　　但是 1989 年坐火车来到宁夏，一路上见到沙漠后，当时心里只是失落，离开团场的兴奋变成感伤——我为什么仍然没有走出沙漠？四年大学心情寡淡也是因为这个。大学里有一年组织春游去宁夏中卫沙坡头，是真正触到了宁夏的沙漠，这一段黄河从沙漠间平平阔阔地穿过，仪态安详大气，岸边杨柳垂萌，河水沙漠含情相依，是黄河九曲中的一个世外桃源。我虽诧异与赞美这样的沙漠风光，但已不能有曾经在沙漠中的兴致，因为这并非我的沙漠。所以直到今日，一提起沙漠，我总会一眼就望到了团场的沙漠，它在一帮伙伴的脚底下，在离团场的家五公里外的地方。

5

　　或许是太耿耿于怀 1989 年坐上火车的心情了。那年的火车把我送出新疆之后，我就一年两次，一年一次地摇荡在兰新线的铁轨之上，这样摇来摇去，许多人摇近了，更多人摇远了、摇没了。

大学假期有一些学生不回家，大多是一些家远的，尤其在寒假，二十几天的时间路上再花费些，待在家里的日子就显得匆忙了。有一年寒假我也狠了心决定不回，是想看一看空空荡荡的假期校园。宿舍里还有不回家的同学，她的家在新疆伊犁。我们像搭伙过日子一样，用煤油炉烧火做饭，闲了看书、织毛衣，不到一周她去了兰州男友处，我坚持了两天，第三天晚饭后看着对面教师楼里的黑暗，头脑一热，装了牙刷毛巾便出了宿舍。冬季天黑得早，路灯未起，我飞似的跑，要赶那趟八点钟去兰州的火车，边跑边哭。2路公共汽车又破又旧，车厢里的灯光低暗，乘客稀少，大多坐在前半个车厢，而我坐在最后一排，脸贴近车窗，回头看刚才跑来的路，黑淹没了一切，我一时恍惚，不知自己是如何从里面跑出来的。

因为推迟了一周，我躲过了回疆的学生潮，车厢里不像从前到处见到学生脸，也不像先前那样热闹了。每个假期，宁夏学生回疆，在兰州转车后，群体就变得更加庞大起来，因为多为民院学生，维吾尔族、蒙古族、哈萨克族、俄罗斯族、锡伯族、回族，去新疆的乘客像看风景一样看着我们这群大呼小叫的学生，吆五喝六的，左一群右一群，前面几个后面几个，散布在硬座车厢，因火车总是超员，大家总是热闹地挤在一起。只要是新疆学生,不论哪个学校的,只要碰在了车厢里,就是没有座位,也都招呼着挤着坐了下来。维吾尔族男生性格开豁,许多上车都拿着吉他,高兴的时候,就唱了起来,用的是维吾尔语,嗓音粗厚苍劲,感情自然飞扬,所以听现在流行的刀郎总觉缺了真挚,刀郎歌声的后期处理痕迹过重,感情也夸饰得有些虚渺了。当年的车厢因这歌声沸腾起来,欢呼的、吹口哨的,所有的人都快乐。再看窗外,有时是夏季酷白燥烈的阳光,村庄和城市一一退去;有时是大雪覆盖的戈壁荒滩,远处雪白的山峦旋转着,旋转着,都在歌声里。

那时我从银川回到库尔勒要三天时间,兰州是新疆学生回家的中转站,吐鲁番是南北疆学生的中转站,乌鲁木齐又是北疆学生的大本营。库尔勒是新疆第二大城市,但从内地直达库尔勒的火车至今只有西安、兰州出发的两列火车,所以几乎没有疏松过,尤其到了假期,车票紧张得像起了战事一样。但是上了车就不一样了,个个兴奋快乐。从一个车厢到另一个车厢,就好像过日子串门一样,找同学找同乡,有时遇见一个,有时遇见一群,接着就大笑大喊起来。

火车上还有从南方来新疆旅行的学生。记得清楚的是个女孩,她独自一人,个子不高,嘴唇很厚,蜜色皮肤,身体看着十分结实。那是夏天,天热,车厢里人多气味不好,晚间却不敢开窗,昼夜温差太大,开窗冷得睡不成,就像是在闷罐里,连毛孔也被堵塞了。但每个还是汗流浃背地瞌睡着，我难过得睡不着，想去走廊透风，却不敢离开自己的座位，因为一旦离开座位会马上被别人占去，就睁着酸涩的眼打量起对面睡得昏昏然的那个女孩。她也从兰州上车，这时头靠在车窗上，眼闭着，像是喘不过气来似的，痛苦地皱了眉，脸上泛着汗水的光泽，颜色发青，让人想到电影《卡桑德拉大桥》里那些染上鼠疫的人。好在天亮之后，她脸色好看许多，像是度过了危机。一路上她没有话，一个人默默坐着。多年来，只要我独自一人在路上的时候，总会想起这个陌生的女孩，大概独自在路上的人总会有相似的情怀吧，连那看着窗外的表情也是有几分相像的，孤单着，寥落着，恐怕这是人心底的模样，所以这相似与相像总也是说得通的。

6

写着这些文字的时候，大多在深夜，有时我停在一处出神，恍惚里有火车弯着弧度的修长车身，有旋转着的山峦与草地，有半夜里小站上手持旗帜的列车员，还有吐鲁番车站的维吾尔语播音，以及巴伦台深山里清澈的河水。1989年坐着火车出疆的时候，看着这些听着这些还是新鲜的，但后来都淡漠了，由着它们经过、闪去，当它们是时间、是空气、是夜夜的睡眠。

许多年来，我回避这样回忆往事，这样清晰地找见过去，一定会找出许多惆怅，这惆怅除了一些人与事的散失之外，还有的，便是害怕找出与新疆的日渐生疏。常常有人这样问我，新疆那样美，为什么要来宁夏？我没能完全回答过这个问题，任何一次都只是一个断章，和这个问题的发问者一样，我在期待自己更完全与准确地回答。

但现在我只能找到过去的一些事件，一些人，让它们曾经的存在为我提供线索与启谕，但隐约里我似乎觉察到，找到或许容易，记录会十分艰难。比如现在，我又回到了1989年的火车上，在这趟意味着一个开始的火车上，有多少宿命的因素。

那一年我考上大学，父亲与我从团场带出一个大行李，我的衣物、被褥及一切用品全被打在这个大包袱内，分量很沉，体积巨大，本来是要托运的，但托运处临时不知何故一下拥来许多人，父亲看时间紧张，便一把举起行李扛在肩头，说快上车吧。我记得托起行李的一瞬，父亲咬着牙、皱了眉，脸憋得黑里发紫。而行李太大，瘦小的父亲扛在肩头，头要拼命歪在一边，才能保持身体的平衡，我伸手想帮父亲托住另一边，父亲不让，催促着我快跑，让我先上车。我一边跑一边回头，看他跟在我身后，心里焦急又心疼。托运处到进站口有一段距离，行李太重，一路上，父亲跑不起来，但也几乎是跑起来了。

1989年父亲送我去学校后，还要顺带回一趟湖南老家，南辕北辙的两个方向，他不在乎距离的远。写到这里，他头歪在一边扛着行李的模样突然将我置入另一个时空，我分

第一辑 |

不清是他在离开，还是我在离开。透过 1989 年那辆火车的车窗，我看到了他们：一个是十八岁的女儿，一个是五十一岁的父亲，而我已经从他们之间剥离、走出，成为一个旁观者、检视者。我看到这一对父女脸上的相似，以及命运的重复。这个女儿和她的父亲一样，是一个自觉着离开故乡的孩子，她从小被大人们灌输着转身离去的意志，不仅如此，除了大人的灌输，她自己还找见了离去的理由。但她和父亲一样缄默着不说，我看着她印在车窗上浅浅的侧影，听见她因为自己年轻的离开发出轻悠的叹息，这叹息，似是舒着一口长气，但湿漉漉的，所以气息没有飞扬起来，最终是悄悄地落到一个角落里去了。而她的父亲，此刻在怀念着家乡葱郁的山峰，心情也是湿湿沉沉，他回想着自己当年着急离开故乡的一幕幕场景，其间的原因除了贫穷，也有着他说不出口的缘由，但现在他却是着急着回到故乡，他甚至有些怪怨女儿，为什么没有从新疆考回到自己的故乡，这样不是让他更欢喜吗？女儿几乎是在和他一样的年龄加入了成为异乡人的行列，女儿也会在和他同样的年龄时开始怀念故乡，1989年的火车让这对父女两个相似的命运面对面地坐在了一起，但是他们绵长的思绪是朝着两个方向，一个是回到过去，一个是遥望未来，虽然是两个方向，但都是一样的邈远，无法切近。

下一次与父亲一同坐在兰新线的火车上是 2002 年的事了。病中的父亲比当年更要急迫，急迫地想回湖南老家。为了治病，这一次是我把他从新疆带出来，他已衰老，并且大病初愈，神色倦怠，手里已没有更多的力气。但他满心期待，期待我在银川为他找到一个好大夫，瞧出他的病根儿，让他快快痊愈。一路上我与父亲没有更多的话，我说不出更多的一句，心里满是恐惧，那个长在父亲肺上的肿块，我在私下里拿着 CT 片对着阳光与灯光看了又看，它有着难看恶毒的长相，边缘上竟然长着细密的毛刺，家里没有人敢对这个难看的家伙下结论，医院里模棱两可的诊断更令人忧心忡忡，但我悄悄翻阅资料，心狠得像个刽子手，拼命想找到答案。答案在我的寻找中已经有了，所以我几乎不能与父亲说话，更不能看他满是希望的眼睛。但我不能阻止他的希望，我扶着他上车下车，他喘着气，不停地问我要他的背包，他说沉得很，你背不动的。这背包里面装着他一年四季的衣服，他打算治好病就回湖南老家，好好住些时日。后来，他是回了湖南老家，在第二年的春天，只是回去的时候，已经成了一把骨灰。

1989 年，在父亲的陪伴下，我坐着火车离开了团场，离开了新疆，这一走真似父亲当年一样，不容易回头了。

想象中，兰新线的铁轨如同一条黑色绸带，被沙漠与戈壁的风吹动起来，在视线的遥望间，舞荡着悠长的身体。1989 年的火车最终构成了一条绵长的记忆，附着在那条黑色的绸带之上，在和着沙的风里起伏不断，甚至翻滚。

而我不断地回到 1989 年的火车上，不断地在这条黑色的绸带上编织更加细密的记忆。我当1989年的火车是个永恒的开始，我将不断地进入，而每一次进入，它都会带给我一些更纯粹的声息，让我将事件以及事件里的人，更清晰、自然，更生动也更卑微地加以呈现。

文字写到这里的时候，已经接近尾声，凌晨三时，家人都在沉睡。文字在我手间险些就变成喷薄而出的火焰，燃烧的快乐与痛楚一并在其间挣扎，但因为是在深夜，夏夜清新的宁静缓和了一切，让那些难以抑制的喷薄成为与一条黑色绸带的缠绵，却也依旧强烈与新鲜。所以我虽困倦，却仍旧不舍，像是要与这1989年的火车作别，看着它鸣着汽笛，冒着白烟的身躯，是背离着我，要去远方的样子。而我却还有没有言尽的话，我希望它停下来，停在我一眼就能清晰望见的草地上：那是翻越天山时的草场，山坡舒缓着，草地是鹅黄的绿，火车就停在绵延起伏的山峦间，停在蓝天与草场刚刚留给它的空隙间。它停在那里，提醒我1989年离开新疆的开始，也揽着我越发想走近它的盼念，这个载着我命运最初的起伏的交通工具，赠予了我它本身所意味的漂泊。但或许我根本谈不上漂泊，仅仅是学着它的样子，不停地走罢了。事实上，1989年的火车后来不断地更名，成为1992年、1996年或者2002年的火车，随着这些数字的更换，火车的每一年也有了不同的意味，虽然现在我还没能清晰找见这些变化，但把它作为一份留存，作为下一次文字的开始，我已经在为此暗暗欣喜了。此时此刻，像是真真看见它停在那里一样，我把它看作了一座界碑，也像上古时代的结绳，告诉我许多生命的分界，我在这些分界的前后左右，找到那些葡萄树、夜晚，以及流淌着清清溪水的小石桥，还找见一些人，他们和我一样经历着火车，经历着奔波，经历着比我更纯粹与更刻骨的漂泊。

白蝴蝶，黑蝴蝶

> 它们翩翩飞来，又翩翩飞去
> 它们翅上的彩纹与翅下的阴影一齐掠过我们发
> 亮的额头

1

沙漠里，我常见到的是那些淡黄色的白蝴蝶，它们平淡无奇，或独自，或三五成群，从菜园飞到棉花地，再从小溪飞到树丛里，从不给我惊奇，也就无法使我着迷。有时候，遇见一位以杀死昆虫为乐的少年，譬如，我的邻居二毛，它们可能还不曾用露水和花蜜填饱一次肚子，便一命呜呼，完成了朝生暮死的一世命运。

因为时时刻刻闯入我和伙伴的视野，即使在课堂和操场上也会与它们不期而遇，白蝴蝶几乎为我视若不见了。但是石桥上的黄昏总会提醒我它们的存在与幸福。夕阳蜜一般的光线倾洒在溪流上，溪岸旁长满蓬勃高大的蒲草，夕阳从蒲草间透过来的时候，恰好逢遇了正在上涨的水雾，一时间，光线仿如薄纱，在与桥面平齐的高度飘动起来，而蒲草间细齿状的空隙，又使漏过来的光线如同泛黄的白琴键，顺次排列着。

光线等待着被弹奏。这个时候，白蝴蝶总会急匆匆赶来，仿佛奔赴一场性命攸关的约会。这情形与我们绞尽脑汁加入沙漠里可以寻找到的快乐十分相似，我们并不辨别那些快乐里的残忍或者无知。白蝴蝶齐刷刷飞上那些柔软的琴键，扑动双翅，上下翻飞，偶尔会像烫伤了脚一样惊慌跳起，偶尔会停在一缕光线的中央，如同一枚在风中瑟瑟抖动的叶片。唯独在这样的时间里，白蝴蝶被忽略的身影才被我混沌的感官辨认出一些美，这幅图景也因此成为我写在作文本上唯一及格的景物描写。

没有人听到过这种神奇的弹奏方式所带来的音乐，但是白蝴蝶显然陶醉其中，以至于失去了警觉，不曾发现我的伙伴已经举着一束扫帚状的树条，正拿捏着时机，等在一旁。

就是屏息的一瞬，树条"呼"的一声横扫过来，白蝴蝶的尸体便在破裂的光线里花瓣一般落向水面，无力挣扎几下后，再绝望地打几个转，便被水流带走了。

杀死白蝴蝶，这种在伙伴间被重复了无数次的游戏两分钟便告结束，不需要语言，不需要观众，只为一试身手，为了确认这一次的动作是否更干净利落、更完美无缺。那些长了喉结、偷烟抽、打群架、窥视女生的男孩子都以此为荣，在完成这个举动的一瞬间，他们的眼睛里闪烁着成年人在性欲高潮时迸射出的一缕光芒。

它们是一群飘动在沙漠边缘的白蝴蝶，我们是一群奔走在沙漠边缘的少年伙伴。时隔多年，当这个远逝的图景一再被我的记忆纳入时间的取景框时，热烈又干涩的空气携卷着一股沙枣花的香味混合成我永久的嗅觉，而浸淫在这种浓郁的、高热的氛围里，不免让我青春的呼吸常感窒息。

2

在满怀激情地来到沙漠之后，大人们慢慢熟悉了彼此陌生的方言，也领悟了他们意涵复杂的命运。风流云散，内心似乎比生活更艰难，他们在贫寒的物质困境里开始抱怨，在粗糙简陋的风景里开始老去，这时候，有的人开始诅咒时代强加给他们的命运，即便枉然，也要想尽办法离开沙漠。这成了他们这一代共同的理想。

而我们，便是浸泡在这个理想里出生的下一代，所以，后来我常常猜想，当我们还在母亲的腹中，母亲就已经通过子宫里那些暖洋洋的羊水，塑造着我们离开沙漠的未来；所以，在对沙漠的厌弃中长大的我们，不可能真正地热爱沙漠，尽管沙漠给了我们无数粗粝的青春欢乐。

沙漠的气候能燥干一位江南女子的如水肌肤，也同样能烤焦她温婉光滑的如水性情。沙漠里，大人们的脾气都不怎么好，一种被世界遗弃的挫败感断送了他们的骄傲和自尊，一种类似隐居的生活并不能磨灭他们对物质的渴望，似乎时间要无动于衷地看着他们自然消亡，看着他们的孩子从资本家的后代、从小市民的后代、从军官的后代、从书香世家的后代沦落为沙漠里操一口土话的乡巴佬。

大人们充满焦灼地思想着他们的命运和我们的未来，但在接下来的二三十年里，他们几乎想不出改变的方法。看不到希望的时候，他们就变得越发粗暴越发阴郁。时间一长，他们就干脆不思不想，像鸵鸟一样把自己的头伸在了黑暗里，任由自己变得麻木，变得无所渴望。

而这无疑是对我们这群少年的一种放纵和鼓励，一群十一二岁的孩子，谁需要理想呢，我们甚至讨厌书本。玩耍，不知疲倦地玩耍，我们的每一根神经都只关心这件事。

不思不想，不管不顾，没有再比沙漠更令我们自在的环境了，天广地远，昼长夜短，很长一段时间里，我们被默许为不需要梦想的孩子。除了海天海地地玩乐，我所担心的，就只是爸爸妈妈的心情，他们为收入、家务、环境，为爱的丧失、梦的破灭而引发的争吵如同窗外的风沙，从来不加控制。我们的家并不安静。那个时候，我精神的食粮只是后院被父亲打理得繁荣烂漫的菜园，而我心灵的糕点则是辽远无期的沙漠边境。

在这群七岁到十六岁的伙伴中间，我并不是那种孤僻、胆怯的孩子，相反，对于融入这个处于草昧状态的群体，在相当长的一段时间里，我始终怀有不可遏止的热情，并且投入多出学习几倍的精力。因而，在这几年里，我几乎参与了所有大大小小的集体事件，这些事件与巨变着的时代无关，除了我们自己的冲动、私怨和向往，我们甚至不去理会学校里那些与我们同龄的孩子，以父母亲颇为使人畏惧的职业——公检法，我们紧密而忠诚地形成了一个院子部落，与部落之外的任何人、任何事划清了界限。

我们不放过哪怕一次午休的时机，密谋着怎样从这个简陋的自然里找到更多乐子。我们在月光下践踏一户人家的菜园，因为菜园的主人总是禁止我们靠近他的菜园，用一句口头禅辱骂我们的祖先；我们集体与连队里来的住宿生吵架，失败之后就人仗狗势，牵来警犬吓唬对方，这一招屡屡得胜；我们集体在渠水里洗衣服、摸鱼、游泳；集体爱护一个三代单传的臭小子，他身材黑瘦性格乖戾，常常撒泼似的踢打家里的四个姐姐；我们集体在沙漠里漫游，从一个沙丘登上另一个沙丘，从清晨走到正午，再以孩童少有的耐心默默地坐在红柳树的树荫里，浑然不觉身后的广大与干涸；我们从不提到成绩和排名，因为我们不约而同都是各个年级、各个班级成绩最差的学生，而我在十五岁时被伙伴孤立的原因，恰恰是因为我开始用功学习；我们无须反叛或者抗争，因为我们的父母很少约束我们，他们的大脑和苦心都用于如何征服那些嫌疑人和囚犯了。

3

如同成人的世界一样，我们也需要首领。那些年龄大的孩子因为拥有足够的号召力，自然而然成了我们的领导者。

他们多数时间是仁慈的，在每一次集体行动之前，他们允准我们加入的神情就像一个国王对臣子的恩典。但是大孩子从不与我们这样的小孩子分享秘密，他们需要我们的动机与成人之间的交往同样复杂，这使得他们或结实或高挑的身影越发具有不可抗拒的诱惑力。

不久发生了一件事，这件事使这个由几位鸿蒙初开的少年所领导的院子部落更加具有纪律性与等级性。

事情是由五位年龄较小的孩子引起的。暑假里的一个清晨，他们中的一个自作主张，突然决定去看望另一个小镇里的亲戚。听到这个孩子的建议，其他人的眼睛都亮了，他们扔下手里的泥巴和棍子，把腿在小渠里洗干净，立刻就出发了。那可是他们从来没有去过，却经常听人说起的地方。最让他们神往的，是那里有一个比平常大几倍的集市，那儿还盛产蟠桃和桑葚。他们没有任何交通工具，也不知道确切的方向和路程，只听大人们说过，另一个小镇在河水上游，沿河岸往上游走就可以找到。后来，据大人们估计，那一日白天最高气温达摄氏四十二度，风力五级。

事情紧急起来是在天黑以后，整个大院没有人知道这五个孩子去了哪里。大人们在焦急中开始清算。大人们从不向自己清算。我挨了打，因为这五个孩子当中就有我的妹妹。其余四个孩子的哥哥姐姐都和我有过同样的遭遇。大人们在我家进进出出，脸色比夜幕更黑，每进出一次，都似一股飓风将我席卷而过。大人们在商议之后，很快通知了那些在沙漠边缘执勤的武警。而我和另外两位伙伴骑着单车，摸黑去了二十里外的连队，那里有我妹妹的几位同学。

连绵起伏的荒野间，石子铺就的马路犹如月光下的一条白绳，弯曲而飘忽。四周静得瘆人，我们心里的颤动与脚下的颠簸一同在黑夜里哗哗作响，一同在草木辽远的梦境里张皇失措。惊慌中，我们都不提心里的委屈，不提那些巴掌和拳头落下来的重量。倘若我们的弟弟妹妹再也回不来了，那些委屈、巴掌和拳头根本就不足为道。

空气里夹杂着一缕腥咸，那是排水渠的味道，连队就快到了。

我们都一无所获，武警、我和我的伙伴、大人们。

直到夜里两点，有人从另一个小镇给看守所值班室打来电话，告知了五个孩子的下落。

如同被埋在废墟下的生命听见了黑暗之外的脚步声，所有的人都感到自己得救了。而大人们在稍觉心安后仍然怒气未消，母亲浓黑的大眼接连不断地逼视我，仿佛我就是罪过本身。我畏惧地站在房间一角，不敢发出一声，静静接受母亲以眼神传递给我的这个指认。

五个孩子回来时，每个人都又脏又黑，鼻尖、肩头、双臂褪着一圈一圈的白皮。

妹妹瘦了一圈，脸上还有风和雨点的痕迹。在看见母亲的一瞬间，妹妹那双因为筋疲力尽已经有些涣散的瞳孔，突然又因害怕而惊慌闪乱。

公正并不是父母亲给予我们的。在大人们清算完这件事后，我们的院子部落也进行了内部的秘密审判。年龄最大的两位女生站在房檐下的土台上，轻声训斥着五位孩子不守纪律连累了别人。五位孩子抬着头，像瞻仰女皇一般望着她俩。我也望着她们，有一刻，我在想，她们为什么不是我的姐姐，或者我的妈妈。

我们秘密地成长，秘密地从我们自己的部落里获得生存的手段、获得辨别力。人们似乎只能如此长大，这与包裹在黑暗里的蝶蛹十分相似。不曾想到的是，在未来的时光里，我们在这个蒙昧的封闭部落的所得全都派上了用场，有些部分，甚至与部落之外的现实严丝合缝地接连了起来。原来它并非如我最初所想象的，与校园无关，与成人无关，与时代无关。一切如同步入夏日的凉风，不知什么时候起，已经悄悄地带上了秋天的意味。

4

洁净而荒芜的沙漠牵动着我们的想象，我们喜欢毫无目的地漫游，一只麻雀的尸体和一只灰色的野兔能让我们消磨大半天的时光，而在两个沙丘间的阴凉处演出一场仙女下凡的故事能让我们忘记时光。

在初期，院子部落的每一次行动总会满足大多数孩子的期盼。只是后来这些内容都渐渐稀少了，我们的集体出行变成了一次又一次的家务劳动，我们成了孩子王召集来的小劳力，为孩子王的家里拔野菜、捡柴火、打棉尖，甚至偷蔬菜。这些劳动刚开始同样充满欢乐，但是后来我就厌烦了。

如同成人世界潜行的规则，也与自然界发生的故事一样，院子部落在形成之后就有人想成为驾驭者。先是孩子们需要这样一位能够引导他们找到快乐、摆脱大人、补充力量的人，后来便会有人发现成为这样一位集体的引导者确实能为自己满足一些心愿，于是，便有了陈小得和邬梅这样两位人选。

接下来的大多数集体事件，就是在她们二位时而合作、时而斗争的孩子王的带领下，我们天真而盲目地加固着这个院子部落的围墙，并为陈小得、邬梅两位孩子王修建出一个宝座和一个祭坛。在这个祭坛上，那些向她俩挑战的成员无疑是自找苦吃，无须孩子王自己出手，孩子们就会像忠心耿耿的兵将喽啰，替她们消灭这种威胁。

赵卓是第一个也是最后一个被消灭掉的威胁。

赵卓并不是我们系统内的子弟，她使院子部落的两位孩子王耿耿于怀的原因，除了因为她的爸爸从来不"鸟"我们的爸爸，更为关键的是，她和她的姐姐长相一般却打扮最洋气。

　　女人对美的占有和嫉妒之心源于本能。赵姓姐妹是最早涂着鲜红的唇膏从我们身边招摇而过的，没有真项链，她们就用一根纤巧的细花边系在脖颈上，没有指甲油，她们就用院子里的指甲花染指甲，而指甲花的种子她们从来不送给任何人。赵卓的姐姐已经工作了，也并不是什么体面的职业，不过是农技站一个分种子、晒种子的临时工，却没有来由地鄙视我们这个院子部落的每一个成员。赵卓深受姐姐的感染，每每与我们相遇，从举止到神态无不显示出一种不可比拟的优越性。这一切尤其令与她做邻居的邬梅忍无可忍，要知道邬家可是人多势众，邬家三姐妹的姿容没有哪一个比不上赵家二姐妹的。直到后来风雨满城，我们才洞见了事情的症结，原来邬梅与赵卓的姐姐同时爱上一位年轻英俊的武警战士，前者自认胜券在握，却不料小战士选中了那位成熟丰腴的赵家大姐。得知此事，院子部落的每一个人都为邬梅打抱不平，她垂及腰尖的发辫，她回眸而笑时的一对虎牙，她内敛而凌厉的性格，都比妇人似的赵家大姐更配得到小战士的爱情。惋惜以及愤怒改变了我们对小战士的称呼，从此叫他"狗眼"——狗眼看人低。

　　争风吃醋并不是皇宫内院或者妻妾成群的大家庭才有的故事，沙漠里，这群正值花样年华的少女似乎一开始就无师自通了。暗中较劲不知从什么时候开始的，书面挑战则为我们心领神会。邬、赵两家的个人恩怨，很快就因为这张字条而变得尽人皆知。

但是，在接到"你小心点儿"的字条之后，十四岁的赵卓毫不犹豫地将字条儿撕碎扔了，飘荡在半空里的碎纸片儿像白蝴蝶一样飞舞了片刻，而后落在了刚刚下过雨的沙地上。

大人们对这件事如秋风过耳，不理不睬。我们的计划因此很快变成了行动。

一个月朗星稀的夜晚，我们准时汇集在距离赵家菜园很近的一片白杨树林里，白天里清新动人的白杨树在夜间有一种阴森森的压迫感，那些在微风中张开的叶片噼里啪啦地拍动着，像是有意制造我内心的恐惧。队伍从未有过的壮大，有两位极少参与我们活动的大男生也加入进来。兴奋之余，我隐隐担心起事情的后果，并非害怕事情败露赵家找上门来，而是觉得没法面对父母，这显然不符合父母耳濡目染之下传授给我的道德标准。黑乎乎的林子里骚动不安，偶然一阵轻风，带来不远处排水渠的一股腥热，我的意识在"坏人坏事"几个字上纠缠了好一会儿。队伍很快行动了，脚步突然都干练紧凑起来，急匆匆赶着，生怕落在最后，那些最矮小的孩子被稍稍大些的拉着扯着，脚下免不了惊慌踉跄。

菜地密密丛丛，在黑夜，蓬蓬果实似乎让我们激动不已。

最先到达赵家菜地的几位大孩子已经动起手来。邬梅提着半人多高的编织袋站在菜地中央，两个大男生的身影呼呼生风，所经之处，菜花、卷心菜、茄子、辣椒被拧下来的噼剥声响得令人心惊胆战。邬梅小声指挥着："快摘，摘完都砍了。"这不容置疑的催促与命令给了我一丝慌乱的勇气。地里已经乱成一团，所有的人都在黑暗中乱摸乱揪，到处都是茎秆咔嚓嘎巴的折断声。我往地边的几颗卷心菜走去，暗淡的天光里，它们就是几团结实、滚圆的黑影，我伸手向一团黑影摸下去，却不想摸到了一手黏糊糊湿腻腻的菜虫，它们像沙砾一般粗糙和无缝不入，渗满我的手指缝。惊吓之余只觉着恶心，我便停下手来抓了一把沙土揉搓着双手。这时一个黑影几乎撞倒了我，他责怪我："怎么站着不动。""都是虫子，恶心。"他弯下腰伸手抓了一把，又迅速收回，然后一边甩手一边呸了一口唾沫，接着几脚就踢飞了附近所有的卷心菜。

　　等到邬梅的编织袋满得再也装不进一根豆角，她天鹅一般修长的身影飞出一句话："好了，快砍！"于是，在我们呼啦啦往树林转移的同时，两个男生做着清理战场的工作，他们手起刀落、连削带砍，挥动镰刀的身影好似月光中惊飞的大鸟，那些高大的豆角秧、黄瓜秧，以及田埂上丰腴的紫茉莉，在一片噼里啪啦的断折声里迅速倒下，接着是那些稍矮的茄子、青椒、西红柿，它们横飞的茎叶汁味浓郁，跟着我们，往黑夜里簌簌作响的杨树林而去。我夹在混乱的队伍中一阵疾行，出了杨树林，才想起离开菜地前被我踩在脚下的西红柿的汁液溅进了我的布鞋里，我没有穿袜子，脚掌因而又黏又湿，但黑暗中，我想到的只是那些结满枝茎的西红柿的光滑和饱满。

以这种方式报复了赵卓后，我们虽然聆听了其父在院子里长达一个小时的咒骂，但赵卓的骨头再也不像从前那么硬了，当与我们在途中相遇，从前公然表示出的不屑与骄傲犹如夏末的高温，在夜晚的凉风里一点点褪色，直到消散殆尽。到了后来，我们已经可以从她投向我们的一瞥里，轻易地看到一丝友善的笑意。再后来，赵卓顺理成章地成了我们中的一员，并且与另一个孩子王陈小得做到了任何人也无法达到的亲密无间。整个秋天，赵卓总是骑着那辆红色的凤凰牌女式自行车，忠贞地等在放学路上，等候陈小得的出现，而后载着她一路说笑回到家里。

显然，这一切都被邬梅看在眼里。

虽然在陈小得与赵卓可疑的友情之间一定存在着一些不言自明的小诡计，但邬梅没有做出任何反应，她突然变得沉默少言，突然心血来潮向赵卓的父母承认了自己的错误，突然退学，突然工作，突然离开，突然带回来一个我们都觉着阴森的中年男人，突然就怀了孩子。

赵卓与邬梅的骤然变化刺激了我，也加快了我们这个群体在未来时光里的自然消亡。

寒来暑往，岁月徂谢，当我们接连不断离开这个集体之后，我渐趋窥见了自己的变化，我不再是那个面对集体只会唯唯应和的小不点了，也为自己曾经率尔加罪于人而感到脸红。我在他人的变化中重温了自己的故事，重温了那些在挤压里热切而气喘吁吁的年少时光。

5

十二岁的时候，"死亡"经常出现在我们的一种游戏中——攻城游戏，双方通过最大数地杀死对方的守城人员，从而取得游戏的胜利。

十二岁那年暑假，也许游戏中的"死亡"已经不足以引发我们更持久的快乐，也许我们这群草昧顽童，早就急于用一种更新鲜刺激的事物遏止身体里四处漫溢的活力，因此，一个夏日的清晨，当有人突如其来地建议——去沙漠里的坟地看看，也就没有一个人反对了。

每人带了水壶，出发前各自编了一顶葱葱郁郁的杨树枝凉帽。谁都不知道路有多远，谁都猜出要走很远的路。行走路线是经过选择的，出了大院沿水渠或林带走，进沙漠后纵向直行，墓地在沙漠正前方，站上一个较高的沙丘，就能望见墓地。墓地虚虚白白，似乎一无所有。两位大孩子在前面领路，中间是小一些的，队末又是一位年龄较大的孩子。整个行动有组织有纪律，并且严禁向大人泄露消息。

出发时我们激动而欢跃，周围方圆十里的地带几乎被我们玩遍了，也玩腻了，因此，一个未曾去过的新地点，不管它携带和意味着什么，都异乎寻常地吸引着我们。青春年少的一个显著特征，便是向世界投放他们日益膨胀的好奇心，以及腾空而起的生命力。

事实上，队伍中包括我在内的几位小伙伴，都暗自生过一个迟疑：坟地里有什么好玩的？但没等迟疑蔓延，我们又都否定了它。仅仅去坟地走一遭，领略一番坟地异样的气氛，亲眼证实那个在伙伴中流传了很久的一句话"有个女人的头发又黑又长"，就足够令我们感叹了。

关于女人以及她的黑头发的传言，最早是从一位干警口中传出，大概他因追捕工作去过坟地，目睹了一些阴森可怖的细节，回来后在闲聊中说过几句，被身旁孩子听到，就此进入我们的想象。此外，我们还略微知道那片坟地早已弃置不用，坟墓大多已被风雨蚀平，不少棺木裸露在外。这是一个重要的消息。须知，平日里我们虽鲁莽草率，但也并非无所忌惮，倘若是一片仍在使用并且埋葬着某位亲人或者邻里的墓地，我们说什么都不敢去胡闹。就是这个与我们无关并且已被生者放弃的坟地，才让我们生出一丝敢去玩耍或者造次的邪虐之心。

上午十时，我们在寂静又旷远的田野里疾行。

阳光伸出柔韧的手指，轻轻拨动着杨树林，宽大碧绿的杨树叶策策吟唱，沙沙沙，嗒嗒嗒，微风擦过我们的耳朵。林带旁是密匝匝长满蒲草的排水渠，阳光贯注而下，整个渠道异常浏亮，宛如一条盛满光明的碧绿峡谷。排水渠过去，

大河奔流遗落的一朵浪花 / 阿舍

棉田滔滔，无尽地延伸，阳光畅行其上，一路奔跑，那闪动的光芒最终汇聚在远方，精灵般欢腾、漫舞。

与这些蓬勃繁荣的夏日事物一样，目的得逞的我们只恨笑声不能再放肆一些、脚步不能再快疾一些。我们叽叽喳喳、七嘴八舌，嘴里说得气喘，脚下也并不放松。我们队伍始终紧凑、默契，钻进林带、跳上田埂、跨过渠水，高亢的情绪使得我们的身体仿佛云朵一般升腾起来。

我们只顾着快乐、得意，青春有力的脚步只顾着庆贺小小的胜利，也就丝毫想不到耗费我们如此热情的计划，不过是对一片了无生机、骇然腐败、被人诅咒的死亡地带的访问。

进了沙漠，真正的行走才开始。队伍里的大孩子登上一处较高的沙丘，确定了方向，接着，在他的号令下，我们排成队，顺从而安静地走了起来。

清晨还澄澈安详的天空，一过十二点就变得异样了。

天空由蓝而白，曾经鱼儿般游动的空气缓缓地窒息了，光线也由之前的柔和、清亮，转而成为一根根钢针，钢针在空气中铮铮铮响着，触到我们的身体，我们的身体就给划出了一道道纤细又麻乱的口子。

最初，我们在沙丘的坡峰上走，丘峰上有波浪似的沙纹，沙纹无穷的变化能为我们驱走行途的枯燥。此外，丘峰地势高，又使我们总能望见远处一无所有的坟地。但随着气温上升，丘峰上的沙子首先烫了起来，脚掌很快着火似的疼起来。我们只好下到沙谷，尽量在低处走，后来，连沙谷里的沙子也烫得无法行走，一个个只好穿上了凉鞋。凉鞋都是塑料材质，一接触滚烫的沙子，没走几步就软了，慢慢地，凉鞋也变得又软又烫，鞋面与鞋底的一些连接处，很快因此断掉。阳光炙烤下，曾经葱绿凉爽的树枝凉帽已经干败耷拉，只有叶片散发着星星缕缕的清苦气息，这让我的鼻孔不至于被沙漠里的热气灼伤。

正午时我们抵达坟地。坟地已经出了沙漠，地面上铺着一层厚薄不一的碱壳，土呈灰白色，没有墓碑，亦无坟包，更无任何植被。

跌跌撞撞的我们没有立刻走进坟地。

除了气温骇人，正午的沙漠还像阳光一般刺目，两个多小时的行走，我们的视力无法不遭到破坏。距离坟地约一百米处，矗立着一棵垂死的胡杨树，当我们迫不及待挤进它短促的树荫里时，已经无法忍受它的阴影所带来的暗度。每个人都捂着眼睛，嚷嚷起自己的眼睛瞎了。我也闭上了眼睛，让红红黄黄的光线在眼前乱窜了一通。

虽然停止了行走，但身体热度仍在上升，坐在热腾腾的沙地上，我感到自己活像一块被烤熟了的红薯，红着脸、热烘烘地朝一种极限膨胀而去。热气由一种温度疾变为一种声音，最终幻化为耳鸣，萦绕在脑际，更加让我昏昏然，而我的嗅觉还在。每个人的身上都有一股浓稠的咸腥气，每个人的脖颈、耳边、发根处、嘴角，长长短短地挂着一根或者一坨刺目的白色盐渍，就好像每个人将在日光中一点点蒸发。

不久，那种令人窒息的厉热平缓了一些。四处除了我们的呼吸声，除了屎壳郎虫从我们脚边急匆匆消失的笨重背影，再无更多令我们稍感亲近的事物。

坟地一览无余一片死寂，我们坐在树荫下，默默地看着它。

炽烈的日光并未驱走坟地本身的色调——腐败的灰，就连远处一抹连绵的绿色，也似乎在它惨淡的气氛里消泯殆尽。几块从地面里翻翘出来的棺材板，好似一道丑陋又可怖的刀疤，越看仔细，越觉触目惊心。那一刻，不知为什么，我觉得坟地正在向我们走来，坟地是活的。害怕、惊悸、虚弱，但我没敢说出来。

或许，"死亡"并不是一种停息和终止，或许，"死亡"真的能像细菌一样在黑暗和腐败中繁殖，进而更改与它相连的事物的气质。譬如，坟地的环境，坟地的气味和气氛，不然，为什么当年的我，会觉得坟地是活的，能够一摇一晃地朝我而来呢？一种臆想，一种因为刺激过度而出现的短暂幻觉。但是，谁能够否认，"死亡"不是当我们来到这个世界，便一摇一晃朝我们而来呢？

喝了水，稍事休息后，几个胆大无畏的男孩子活动起来。天空暗淡了些，不知什么时候，起了一层淡灰色的云。

两个男孩无所畏地走在前面，脚下荡起一层悬虚的白雾，跟在后面的我继而闻到一种呛鼻的咸味，咸味之下，翻涌着浓烈的土腥味、霉味。沙地常年无人行走，盐碱壳越结越厚大，一有触动，便碎成粉末，粉末升腾起来，随空气飘进我们的鼻腔。

不多时，我的鼻腔在一阵火烧过后就刺痛起来，一个年岁小的女孩开始呕吐。土尘的盐碱味仅仅损伤了我们的鼻腔，而盐碱之下腐败的霉味，却导致了我们胃囊的痉挛。"死亡"已经渗透了它周身的土壤，每个人又黑又红的双脚，如同浸泡在一摊灰蒙蒙的死水中，脚面与脚踝都染上了一种腐败的灰色。

距离坟地中心越来越近，已经略微能够看见几个翻出地面龇牙咧嘴的棺木空荡荡的一角了，胆小的人不敢再向前，停下了脚步。我也定在了原地，目睹那些继续向前走去的"勇敢"男孩，看他们怎样与"死亡"游戏。

显然，"一个女人的黑头发"依旧是他们兴致的中心。他们分头去找。裸露在地面上的棺木如同一具具人体的残骸。有人直接向敞开棺盖的棺柩里探头探脑，有人顺着开裂的棺木缝隙小心窥探，有人仔细在地面上搜索，脚下踢踢打打，升起团团白色的沙雾。

很快，他们就有了可憎而快乐的收获。有人用木棍举着一个白惨惨的枯头颅，故意逼近那些胆小的伙伴，一个小女孩立刻尖叫着哭喊起来；有人更得意，因为他木棍的顶端，骇然顶着一副完整的又黑又长的头发，它肮脏地揉成一团，却也有几缕长发在空中飘动。没人知道那副头发为什么如此完整，它似乎更像一个假头套。

男孩们都被这个胜利吸引去了。他们中间骚动起来，开始争抢这个最具荣誉感的胜利品：一团顶在木棍尖上的死人头发——"死亡"送给他们的玩具。

首先将木棍抢在手里的人兴奋地跑起来，边跑边摇动木棍，那团头发便飘移起来，飞一般游荡在坟地的上空。这就更加逗引了其他人。年少的冲动使他们愈发疯狂，七八个男孩东奔西突、你推我搡，在愈发沸腾的土尘里，仰着头、不发一语，追逐一团飘在空中的死人头发。在愈渐紧迫的狂热中，他们似乎形成了一个默契：凡将木棍抢到手的人，都被允许短暂地玩乐一通。于是，这个手举木棍的人，就会想方设法以最奇特最漂亮的手法舞动头发，仿佛把自己想象成了那些舞动彩带或者狮、龙的人。但是很快，那些站在一旁、跃跃欲试的伙伴就没了耐心，不等这个人将头发耍出更完美更惊险的姿态，就有人一把夺去，而后立刻窜出人群，尽可能高举手臂，来回地摇动。

有几分钟，我死死盯着那团飘移在坟地上空的黑头发。它时而像钟摆一样幅度很大地来回晃动，时而蹦蹦跳跳像个疯癫的木偶，时而又上上下下起伏不定，犹如溺水毙亡的人。在我这个旁观者看来，这一切并非与那几个顽劣的男孩有关，而是头发内部有什么东西，譬如一股暗处的力道，指使它在移动、在跳动。甚至那几个男孩在这团头发前所表现的疯狂和粗暴，也由这股力量诱引而来。

那团又乱又脏的黑头发并不是总被木棍顶着，偶尔它也会掉下来，那时候，男孩们就会一哄而上，用脚把那团东西球一般地踢来踢去，直到有人再次用木棍将它高高挑起。

他们目中无人地玩乐着，丝毫没觉着这个举动里的非分与忤逆。有位男孩因为体力缘故，与其他人拉开了距离，他拖拉着步伐，垮着腰身从我身前走过。走近我的一瞬，我看见肮脏的汗水如同沟渠一般贯穿了他的整个脸庞、脖颈；他的眼睛，因为飞进太多带着盐碱的尘埃，又红又肿；而他的全身，因为涂上了一层厚重的土灰色，再无丝毫夺目的青春色泽，加之散发出的带着热气的霉味，以至于让我误认为他整个人像是由内而外地变质了。

大概这副形象比那些躺在棺椁里的死人更像一具亡灵。我被吓跑了，转身来到年龄最大的两位女孩身边。而这时候的她们，似乎也无法再容忍男孩们的胡闹。于是，其中一位大喊一声："别闹了！"

这声音足够大，但却没能阻止那群处于疯癫状态的男孩，那团头发以巨大的魔力刺激了他们正在萌发的青春。他们仍旧在白雾状的尘土里奔跑、撕拉，不弃不妥地拼抢，仿佛那是一只运动场上的篮球。他们集聚的地方尘埃突然沸腾，他们离开的地方尘埃慢慢飘散，整个坟地很快便弥漫在一片尘雾中，而他们的黑色头发，也像那团死人的头发，在尘雾之上起伏不定、疾速漂移。

天空愈发阴沉，日光朦胧，灰云低垂，像要变天了。

无法制止他们，喊话的女孩只好说："走吧，别理他们，我们去树下坐着。"

一群女孩在树下静坐，一群男孩在坟地里胡作非为。在"死亡"面前，一群孩童对"死亡"的态度截然分成了两部分。

我们静静等着，等待那群男孩结束他们的游戏，等待他们扔开那团头发——"死亡"的玩具，回到我们这边。是的，我们清楚地知道，此时，有一条界线画开了我们这个群体，那团脏乎乎的女人头发把他们带进另一边，纵然那一边并非如我们所想象的朽腐可怖。在我们这群女孩看来，当亲眼见到那团脏乎乎的女人头发，它带给我们的，仅仅是头皮不可抑制的阵阵发麻，或许，这多半是因为我们都留着一头或长或短的黑发，都有可能成为使男孩子们发狂的"死亡"玩具。

荫翳压在沙漠上空，没有风，我们唯有用无声来对付闷热。不约而同，我们背对着坟地默默坐着，完全对身后的事物——"死亡"抑或与"死亡"相关的游戏——失去了兴致，甚至还有几分厌恶。这样一来，我就有机会眺望横亘在我们眼前的沙漠。

就在这时，两只黑色的大蝴蝶飞到了我们面前，有一只竟然就停在离我不远处的一根枯树枝上。沉默良久的姑娘们立刻发出了惊叹，一时之间，大家小声传递着内心的惊喜，不敢有任何大的动作，生怕吓走了它们。

　　我们每个人都凝视着黑蝴蝶，期待它能够多停留一会儿，毕竟，在我们日常的经验中，从未看见过这样大的黑蝴蝶。我开始细细打量那只咫尺之外的黑蝴蝶。它全身乌黑，只在尾翅部分渗出几点胭红色。它伏在枯枝上，纹丝不动，似乎正在揣摩要跟我们说些什么。说实话，它并不漂亮，浓重的黑色当然不及鲜亮的色彩更能使我们快乐，而且，一旦看清了它毛茸茸夹在两片翅膀间的煤黑色身体，以及又黑又小的圆眼睛，我便无端断定它是凶恶的、黑暗的。这样想着，我前倾的身体不由自主往后躲了躲，就是这个动作，使它猛地飞起，并且坚决地飞走了。

　　黑蝴蝶眨眼间便消失了。虽然对它心有嫌恶，我还是不由自主抬起头，向四处张望了一会儿。我没有找见它，也说不清自己为什么要找它。我只是越发回想着它身上的黑色，它又黑又小的眼睛。那种黑越来越腐败，越来越接近那团陌生女人的黑头发，甚至散发出腥咸的碱灰味。后来，它们简直变成了一坨活动的黑影，随着我的目光在我的心里扩展、蔓延，直到我感到微微的恐惧。我不知道黑蝴蝶去了哪里，我似乎想知道，但这完全是因为我的担心。我担心它看到我们的作为，去给什么事物报信，而那个事物，一定是黑色的，是腐败的。

　　终于，两个带头玩乐的大男孩察觉了我们这边的异样——不加入、不观看、不出声，静悄悄坐在树下，一个个心事重重。

一个接一个，他们回到了我们这边。

年龄最大的一位男孩活像一只肮脏的白猩猩，他魁梧的身材在我们面前绕来绕去，一双被土尘涂抹、眼线分明的眼睛奇怪地打量我们，仿佛从不认识我们。

"你们在这里发什么呆？"他趾高气扬地问。没有人敢回答。他披着一身土尘，头发灰白、脸膛灰白、嘴唇灰白、双手灰白，唯有一双褐黑的眼睛瞪着我们。

半晌，喊话的女孩忍不住了，她严厉地反诘："看看你们，跟鬼一样！"

大男孩看看左右的伙伴，没吭气，讪讪绕到我们身后，其他人也跟过去，随即，我们身后响起一片拍打头发、衣襟、裤角的声音，继而咳嗓门、擤鼻涕、跺脚，乱成一片。

返程途中，队伍不再像来时那样团结、亲密，我们分成了两部分。男孩在前，女孩有意落在了后面。

只有走进沙漠，才能感受到沙漠的广大和严厉。身体疲惫加心情灰暗，使路程更艰难了。下午，被太阳晒过的沙子会像冻土融化似的变软，不管年龄大小，动不动就会有人被又软又烫的沙子绊个跟跄。但是大多数人都咬着牙，没有为路程漫长哭出声来。

事实上，在走上返程之路不长的一段时间里，恐慌一直尾随着我：坟地会不会一直跟着我们，或者坟地里的什么事物会将我们一把拽回去？直到后来，我一再回头确认坟地看不见了，心中才彻底安宁。

路程过半的时候，黑蝴蝶突然从天而降，再次出现在我们身旁。但这一次，我们不再被它吸引，更没有发出惊叹，我们一个个垂头丧气地走着，木然或者漠然地看它一眼，随即又低下了头。而黑蝴蝶仿佛只是为了瞧一眼我们的狼狈相，在我们身旁一绕，便落在身后几米之外的一个沙坡上，纹丝不动，一如从前。

6

出生在沙漠的孩子，他是沙漠的孩子，还是给了他相貌、骨骼、血脉、习惯以及记忆的爸爸妈妈的孩子？

我们出生在沙漠，但从幼年、从能够用连贯的音节回答旁人提问的年龄起，我们便知道这样一个事实：我们每个人都有一个遥远的老家，我们是外乡人，是梦想着离开沙漠、回到老家的人。

但我从没有见过自己的老家，它只是我的出生证明上两粒潮湿的字迹，是父亲愈渐轻微的口音里一个轻轻上扬的语调儿，而它天空的高度、屋檐的朝向，以及季节的颜色，仅仅是地图上那些冰凉而空洞的符号和地名。

我上初三了，历史老师以及语文老师开始引导我们去观察我们共同的出生地——沙漠。

但我们无法生出一丝自豪感，它偏僻、简陋、粗糙、一无所是。我们不约而同选择了避而不谈。但我们每人都再清楚不过：我们的沙漠，它经常成为世界的一个小小空白，像它的外表一样，赤裸、荒远、无意义；少有人执着地爱过它，坚定地守护它，少有人愿意留下，成为一个隐姓埋名的遁世者；它洁净、纯白、寂静，它也凶险、粗暴、令人绝望。在这里，在我们的父辈到来之前，自然界的意志挫败了人的意志，使它类于一块人类的禁地，拒绝人的闯入、拒绝人在其上留下自我的痕迹。

我们在这块禁地，在这块小小的空白上长大，既无丰满的历史滋养我们，也没有某个单独的地域文化熏陶和限定我们，我们真的像草一样，在荒野里随风摆荡、恣意疯长、皮肤焦黄、性情暴躁、背影急促。如果曾有一段历史和文化左右过我们，那么，它们也只能是父辈们被流放之后的不甘和怀乡情绪。

小镇里到处都是沙地。沙地上，除了芦苇，只是一些野荆棘，没有绿地，树荫极少，太阳旷日持久地悬挂着，天空响亮而耀目。没有人看得清更远一些的事物，因为稍远处的事物都在热气里扭动、变得虚幻；没有人听得见更远的声音，因为被太阳晒烫的空气如同绷紧的弓弦，在风中铮铮作响。那些远离故乡的知青、右派、逃难者、士兵分布在小镇里，他们或高贵或寒酸的出身都一无幸免地遭遇了同一种命运——在沙丘之间的平地上屯垦，他们曾经因为地理、风俗而不同的长相都不约而同蒙上了一层干渴而疲倦的色泽。不过，他们还算是幸运的，因为或多或少相同的境遇使他们彼此能够谅解旁人的抱怨、暴躁、孤单和傲慢，允许他们在这片一无所有的沙地上怀念故乡，使用彼此陌生的方言。因为彼此不同，所以他们相互包容。因为他们的闯入，沙漠不再是一无所有。

初中毕业时，我听到一种奇怪的歌声。站在歌声前，最初我只是觉着吃惊，后来又腼腆地笑了很久。歌声结束时，有人告诉我，那是京韵大鼓。

唱歌的人来自天津，一位慵懒的家庭主妇，除了为孩子和丈夫准备一日三餐，她几乎什么也不做，后来，当她的姑娘们都长大了，她甚至连饭也懒得打理了，一天的大多数时间里只是靠在床铺上，怀里抱着一团永远也织不完的毛活。夏天，我常见她光着上身躺在床上的样子，丰沛的阳光照着她丰腴的身体，一对丰乳热烈晃动，让人诧异这荒蛮的沙地上还有如此肥沃繁荣的事物。此人是陈小得的母亲，她操一口天津腔，嗓音细如蚕丝，我们因此总说"陈小得的妈妈要把调子拐到天上去呢"。她是大院里最闲的女人，被男人养着，被四个孩子宠着。但我们只能私下里鄙薄她是最懒、最笨、最骚的女人。但她的姑娘们，尤其是陈小得，却觉得她们的母亲惯于袒胸露怀是一件令她们骄傲的事情。

暑假里的一天，我刚走近陈小得家的门前，就听陈小得在屋里叫着："快来快来，我妈要唱戏了。"我慌里慌张关上门，进了里屋，就见陈小得的妈妈站在床前的一片阳光中。她依然光着上身，耷拉下来的乳房浸泡在光线里，白亮刺眼，而肚皮上的脂肪因为站立的缘故鼓出裤带，那一块皮肤微微泛黄，好似一块又松又软的发面团。我忍不住为见到这样一副从成熟走向衰老的女性躯体感到意外，便只顾盯着看了起来。见我这副模样，陈小得的妈妈"扑哧"笑出了声，"小丫头片子，没看过你妈啊？"边说边穿上了一件旧军服。接着她正过身，清了清嗓门儿，左手端着一只白瓷碟儿，右手拿起一根细竹筷子，抿了抿嘴儿就唱了起来。

我这才知道那碟儿和筷子都是她的道具，没有鼓，她便以碟代鼓。她连说带唱，时不时用筷子击下碟儿，眼神儿随着筷子的起落甩来甩去。我听不懂歌词，也不觉着这歌声有多么好听，只是因为它的奇怪而瞪大了眼睛。这歌声如此鲜明，像清晨叫醒我的鸟雀声，就是在收音机里我也没有听见过。

那一刻，陈小得的妈妈因此也变得陌生，不像平日那般懒散、庸常了。她的每一句唱词都变得振振有词、有板有眼，声音忽而紧张，忽而平缓，忽而又激越起来。我呆呆听着，心里惊奇不已，莫名地认为这是一种来自远方的事物，在那里，人们欢喜与担忧的模样是那么与众不同。

在一句极高的唱音前，她突然停了下来，再一次"扑哧"笑出声来，我们几个娃娃听众才都像醒了似的也跟着嘿嘿笑起来。

这次之后，我开始知道陈小得妈妈嘴里哼唱的曲调儿了，多数时间它们不再像我第一次见的那样沉着有力了，而是轻松与诙谐的，俏皮地眨着眼睛，有时候，会把自己和旁人逗得一起笑起来。

之后的时光里，我陆续从日常生活的缝隙中听到了与京韵大鼓不同的曲调和声音，京剧、花鼓戏、俄罗斯民歌、沪剧、豫剧、二人转。每一次，这些走在我身前身后熟稔的人影，都会因为那些生疏的唱腔令我感到陌生、遥远，我深信沉浸在这些歌声里的他们，一定与我熟识的他们判若两人，在这些歌声里，他们撤除了平素裹在脸上的僵硬面具，还原了那些与生俱来的软弱、敏捷和丰富，如同回到了一个自在而明亮的时空。

这些曲调和声音并不响亮，大多数时间显得模糊、黯淡，只是悄悄或者偶尔回旋在院子的某个角落，像一块柔软的滑板，载着歌唱的人，滑向他们各自思念的故乡；也像一些细碎的小花，稀疏地、断断续续地开在广阔、荒芜的沙漠中。

许多年里，这些用来点缀沙漠沉闷与苟简生活的异乡文化，既无缘壮大，也不至于消泯而尽。缓慢爬行的时代，病态的沉默，以及沙漠浓烈的尘土气息，既是这些小花的避难所，也制造了足够窒息它们的阴影，而身临其境的我们，也就如同听到了一个隐隐约约的故事，仅仅记得故事的一个漫漶缥缈的影子，谁也不曾真正地靠过去，感知它真正的脉动和体温。

我不是来看电影的

夜幕降临后，这个只有四五千人的沙漠小镇就更加寂静了。一种类似于蛮荒中的黑暗让人们不禁担心着什么。没有月亮的夜晚，那些白天供人行走的灰色碱土路重又回归混沌，在漆黑里自由又无限地伸展；寒风叵测难料，忽而穿过水井旁的芦苇丛，忽而狠狠撞向某户人家的后墙，不止这户人家，几乎每户人家的外墙墙面都因为土坯返碱开始大块大块地脱落，风吹在裸露的土坯上，耳尖的人一定会听到松散的沙屑又被掀落的沙沙声；人们守在土坯砌就的矮小平房里，就着昏黄的灯光小声说话或者发呆；院门是用弯曲的柳木或者胡杨木做的，虽然漏风也要紧紧扣住；窗户封上了硬邦邦的白塑料，但是长夜漫漫，凛寒难挡，因此还要放下钉在窗户外的棉窗帘……

这里是二十世纪七十年代末塔里木盆地东北边缘上的一块戈壁绿洲，是塔里木河下游东岸的一个屯垦农场，冬天过去之后，这一年的春天，团部发生了一件叫人奔走相告的喜事——工人文化宫和露天电影院建成了。这两座白色的建筑物犹如戈壁滩上的两座神殿，意味着一个新的时代，意味着被禁足的欢乐将如雪水融化、如烟花绽放，意味着一些虚幻而遥远的事物被允许来到我们的生活进入我们的心灵。

这两座白色建筑物矗立在团场的核心位置，前后左右分别是医院、学校、团部机关、国营商店和家属区。它们之所以引人瞩目还有一个更显著的原因，它们是白色的，雪的白色，在周遭的破败与肃杀里，它们的崭新与洁净让人莫名地激动和亢奋，一种终于拥有一件向往之物的激动。家、学校、团部机关、卫生队、商店、修理铺……我所见过的房子都是土黄或者土灰色的，那不仅仅是戈壁滩的颜色，也是那个就要过去的时代的颜色——衰败、破旧、压抑、枯燥。连同露天电影院一起建起的还有工人文化宫，它们相互紧挨，隔着一条通往家属区的巷道，呈直角而立。事实上，比起那些土黄色的旧建筑——团部机关、商店和学校，新建起的文化宫和电影院虽然有着崭新的雪白色，但从建筑艺术的角度来看，它们确实是缺少创造力的。那些旧建筑都带着苏联风格，大门两旁有对称的罗马柱，门梁上有浮雕，讲究左右对称，有长而阴凉的回廊。而电影院和文化宫，则仅仅是新、白、大，并无特色可言，尤其是电影院，今天看来简直平庸到极致。一圈刷得雪白的围墙，有进出的两个大门，围墙一端搭起一座舞台，舞台上有一面高出围墙当作银幕的白色墙面；银幕的对面，是封闭的放映室，同样刷得雪白，高耸的墙面上开着两只小窗，放映机的光束就从那里熠动着射向前方银幕；在银幕与放映室之间，是由低而高呈梯形排列的水泥凳，左中右三列，中间隔着过道；然而地面是不可能硬化的，都是踩下去半脚灰的碱土路，过道上因为走的人多，路面稍微硬实。座位下面可不一样，没几天就返了碱，虚泡泡地浮起一层盐碱白；而围墙的四个角落，因为少有人去，那些没有砍断根的芦苇没有几天又噌噌噌长了起来。

但是这一切根本没有妨碍或者减少我们的亢奋，对于欢乐和改变的渴望，对于那个光影世界的想象——粗鲁地就把物质的简陋撞翻在一旁。我们根本不理会夏天的蚊子，那些戈壁滩的蚊子，像飞向吸力巨大的磁铁，前仆后继扑在我们身上，一巴掌拍下去，便是满手黏糊糊的热血；也不管冬天的寒冷，新电影都是附近几个团场轮流放映，常要等到上一个团场放完，我们团等在一旁的放映员才能拿到胶片，再匆匆赶回三五十公里外自己的电影院，这期间，我们坐在冰冷的水泥凳上无怨无悔地等。水泥凳寒凉入骨，必须垫着厚厚的硬纸壳，否则无法下坐。但是没多久脚会冻疼，脚趾头像是给钳子狠狠地又夹又扯，于是有人站起来在过道上缩着肩膀走动，坐着不想起来的人便开始跺脚，先初只有一两人，很快旁边的人跟着跺，接着左右前后跺脚声连成一片，片刻，等到跺脚声震动全场时，电影院雾蒙蒙的已经腾起半空高的尘埃，人们一边笑着说着，一边吸下去半口灰尘，有孩子就咳起来，接着大人咳起来，接着是乱成一片的清嗓子的吭吭喀喀的声响。这时候跺脚声已经轻了，陆陆续续响着一些，旁边的人会说——别踩了，嗓子疼。因为尘土里一半是盐与碱。要等好一阵儿，尘土才能完全落下，才能看清楚前方只是一片暗影的银幕。所以，这天晚上，看完电影回到家里，每个人从头到脚都会蒙着一层银白色的灰尘，衣褶、嘴角、睫毛、鞋带扣……都长了一层白毛，啊，每个人都白茸茸毛茸茸的回到了家里，看起来都轻飘飘的，恍恍惚惚的，意醉神迷的，就好像一场电影，真的让每个人都脱胎换骨了。

有了露天影院，但新电影总是太少，远远够不上我们的翘首期盼。周末到了，若是还没有放电影的消息，心急的某位大人，会对孩子说，去，快去商店看一眼，今晚有没有电影。电影预告一般写在两个地方，一个在国营商店正中间的外墙黑板上，一个在电影院售票口上方；多数时间，放学回家的孩子会顺路跑去电影院，瞅一眼售票口上方的黑板有没有粉笔写好的影片名。此外，孩子也会围着大人问"这个星期有没有新电影"，若有，大人就笑眯眯地瞅过来一眼，说"赶紧做作业去"；若没有，大人们就嫌烦似的挥挥手，"去去去，哪儿有那么多新电影"。有时候，我们几个孩子会在一场电影还没开映前，合伙跑到放映室，挤在门口，不敢进去，探头看放映员在做什么。放映员总是那么傲慢，见我们畏畏缩缩的，脸上就更加严肃。他一边调试机器，一边做出生气的样子。"嘻！不好好坐着，上这儿来干什么？把门关上！"放映员是个大男孩，个子大嗓门儿也大。"大哥哥，"

我们战战兢兢地问，"下周有没有新电影？""新电影，什么新电影？新电影在北京呢，你们看得着吗？快走，把门关上。"尽管从来问不出任何消息，我们仍不死心，直到放映员烦透了我们，直到放映室的门再也推不开一丝缝隙。

那些在内地大城市上映的影片有一些是经不起远途颠簸的，它们只隐约传来一个片名，就消失在时间里。不过这也许正意味着一个考验，传播距离的长短如同时间，能够检验艺术品的价值，所以，那些最终抵达茫茫戈壁的，能够让我们痴迷又顽强地坐在露天电影院的电影，必然是那个时代的经典。所以，《巴山夜雨》《戴手铐的旅客》《第二次握手》《庐山恋》《神秘的大佛》《被爱情遗忘的角落》《七品芝麻官》……虽不能完全理解其间的故事与人物，但这些影片的名字从此铭刻在我的心中。

夏天晚上，天一黑，暑热即刻消散，但凡有电影，团部附近的住家，每户都全员出动。行前，母亲要给孩子们抹花露水，全身抹下来很浪费，也不见得管多少用，有的就马虎地在头上揉一圈，算是抹了。戈壁滩的夜空清澈而沉寂，这时候已经没有人在乎头顶闪烁的繁星同样具备另一种令人遐想的品质，譬如正在经历的人生将如何汇入繁星之间、再消失于渺茫的穹宇，这些想象过于遥远，几乎甚于没有边际的夜空，怎样都比不上眼前正在上演的人间悲喜，比不上这些人间悲喜为他们带来的弥补与抚慰。星空是冰冷的未知，电影是他们拥有、幻想却无法表达的情感和心灵，是将他们从吞吐万物的星空中扯拽出来，印证他们存在着——爱过、痛苦过和失望过——的一种魔术。放映机的光束在人们头顶滚动，蚊蟆和飞蠓在光束中飞舞，一条神不知鬼不觉的时空隧道在星空下显形，被禁锢的大脑与语言，便循着这条由光与影构成的隧道进入无边的遐想和探险。

而孩子们现在还感受不到这一切。电影看到一半，我们一帮小屁孩便已得知一行伙伴各自坐在什么位置，于是就着半空中明暗相继的光束，一边扑打身上的蚊虫，一边猫着腰挨个将每个伙伴从父母身边喊出来，声音虽然压得极低，却仍然招来大人们的呵斥。我们要做什么呢？其实就是东游西晃，去售票窗口看看售票室都有什么东西，爬到影院墙外的老柳树上俯望墙内黑压压的人头，走上舞台站在放映机的光束中让自己的身影映上银幕，或者，挤在影院一角玩一次"电报得救"游戏，这期间，若声音吵到一心看电影的旁人，难免又被猛吼两句，如此，周而复始，直至电影结束。

新电影越来越少，《巴山夜雨》《戴手铐的旅客》《第二次握手》《庐山恋》《被爱情遗忘的角落》……这些都是看一遍无法满足的影片，但总是放映一结束胶片便被下一个团场匆匆带走，重复放映绝无可能。能留下来的，我记得只有《神秘的大佛》和《七品芝麻官》两部电影，前者重映两次也不见了，唯有《七品芝麻官》，似乎陪伴了我们整整一个夏天。我把这部电影看了七次，并非这个唱着"当官不为民做主，不如回家卖红薯"芝麻官的正义感多么感染我，或者整部影片还有别的什么吸引了我。没有，什么都没有，一个九岁女孩，我关心的既不是正义，也非艺术。团场有许多河南人，他们在团场建设之初就来到这里，有复员老兵，也有河南支边青年。豫剧《七品芝麻官》放到第九遍，电影院里的观众恐怕大多数就是这些河南籍人士了，他们来此是为了重温乡音，家乡的豫剧被拍成戏剧电影，他们一遍遍地看，一定源自有关故乡的早年记忆和身为河南人的自豪感。我显然不属于他们。但我也像他们一样将这部影片看了七次。我记得父亲一再阻止我，他比我记得更清楚，这部影片我看过几次。父亲说出那个数字时，连我自己也吓了一跳。你都看七次了！有什么好看的，唱戏的，你听得懂吗？夕阳淡红色的残照就要退出院墙，父亲坐在小院的矮凳上抽烟，听到我说要去看电影，斜了我一眼，绷着脸说。我心里一惊，将已经拿在手里的小椅凳放在门边。书读了吗？作业做了吗？父亲看我一副不甘心的样子，就拿功课的事情敲打我。书没有读，作业也没有做，电影已经看过七次，但是我仍然要去，即使解释不出要去的原因。大概因为是暑假，大概也因为父亲累了，或者他正为别的事情烦恼，总之，我在外屋顽固地沉默片刻之后，又再三央求了父亲几句，最终，在天黑之前，我还是扛着我的小椅凳顺利出门了。但是当院门在我身后关上，当我迈开脚步踏入灰蓝色的暮色中时，我却没有丝毫赢得胜利的快乐，反而因为孤单，心中升起一缕不为外人所知同时也会遭人嘻笑的忧愁。

一个九岁女孩的忧愁是什么？父亲是通情达理的，知道无法把我关在家里。然而当我一个人扛着小椅凳走在空寂的暮色中，猛然认识到自己要去做的是一件毫无快乐可言的事情，独自去看一部看了七遍却根本不喜欢的电影，有什么意思呢？但是我必须去，我不能只和父亲待在灯光昏暗的家里，土坯平房的屋顶又矮又黑，妈妈带着妹妹出去串门，没有人跟我说话，父亲只会闷头抽烟。

天完全黑下来，电影一定已经开始，往电影院去的路上有两个水塘，一个蓄存人的饮用水，小而深，四周种着高大茂密的垂柳，禁止闲人和孩童靠近；一个是给家禽和家畜喝的蓄水池，浅而大，四周都是芦苇，间或有几棵沙枣树，人们叫它鸭子坑，水坑周围到处都是鸭子脱落的羽毛，我们在此找到的欢乐比鸭毛还多。我扛着小椅凳在鸭子坑边上侧耳倾听，水面亮亮的，月光到处都是，爬在每一条水纹上，月光有许多小爪子，它们弯弯的，伸得又长又细。草丛里不时传来一阵急躁的骚动声，有不知何物的细小尖鸣，更多是稀里哗啦水的碎响声。我其实不是在欣赏鸭子坑的夜景，我在做最后挣扎，家属院的小伙伴，谁最有可能和我一起去看电影？接着我扛起小椅凳拐头去了她家，她是我的同班同学，我们玩得不错，关键是她的爸爸妈妈都是温和慈祥的人，她如果愿意和我一起去，她的爸爸妈妈那里就好说话了。我敲开门，她站在门前听我说完，转身进屋征求父母意见。门开着，里面的话听得很清楚。"都演多少遍了，有什么看的，不许去！"她的爸爸口气又严厉又烦躁，我从来不觉得他会是这样一种人。

我扛着小椅凳独自去了电影院，电影已经开始，人必然不多。不少人完全是闲逛到此、顺便看两眼的架势——垮着腰手插在裤兜，或者一只手夹根烟，连凳子都不坐，就那么游手好闲地立在那儿。因为人少，也不再一排排按规矩坐在水泥凳上，除了前两排，后面的人都上前站着，围着舞台凌乱地站成一个半圆。我来到舞台侧面，在几乎与银幕呈 120 度角的一个空处放下小椅凳，然后摇了摇凳子，保证让它的四条腿在一踩半脚坑的碱土地面上扎稳，这就坐了上去。家里原本没有这种儿童靠背椅凳，我与妹妹经常为争抢同一只矮凳而打闹，父亲索性做了两把靠背椅，漆成深褐色，为了不搞混，靠背样式稍有不同，从此我与妹妹一人一把，家里和平了许多。我非常珍爱我的这把椅子，不仅不允许妹妹碰，连爸爸妈妈坐上去也会让我感到不安，只要在家，即使不用它，我也会用眼睛紧紧盯着它。

坐在小椅凳上开始看电影，由于角度过斜，没有一个画面能够看清晰，但没有关系，因为我根本不是来看电影的。这真是一种奇怪的状态，至今连我自己也感到惊讶，一个九岁女孩为什么会有如此顽固又怪异的举动？难道不害怕，不觉得孤单，或者不怕被别人取笑吗？我肯定是害怕的，一定也会觉得孤单，一定一百个不情愿被人取笑。但这些都没能让我待在家里，或者阻止我独自前往和坐在电影院。一定是有什么在吸引我的吧！说它是一种可能性似乎是可以的。那么，是什么样的可能性呢？望着那些看电影的人的脸，他们的脸被辉映其上的银幕光芒照得发亮，活像涂了一层金粉，或者裹了一个来回变色的金属面具，每个人的眼睛都熠熠发光，为此我立刻想到了家里的大黑猫，一双透明的铜色玻璃眼在夜里摄人魂魄地盯着黑暗里的响动。这样的一张张脸，与白天和平常都大有不同，有些简直陌生得让人感到担心，奇怪得让人害怕，许多神情是我无法描述更无法理解的。那些脸可以并开始了变化，像天空中的云，像孙悟空七十二变，变成另一种形态、另一个人或者动物；更像姥爷在锅里熬制的糖稀，柔软黏稠发亮，在每一分的热量中扭动翻滚咕噜，顷刻凝固，顷刻又融化。这件事真的十分神奇。电影，或者银幕上的光芒让他们变得陌生，或者成为另一个人，这种变化带来的陌生感让我担心，却又使我莫名地兴奋和满足。我无可避免地想到了爸爸妈妈，想到我从来没有见过他们看电影时的脸上的表情，我总是坐在他们身边，或者电影看到一半就和伙伴们找乐子去了，因此无从观察他们的脸。这种联想令我十分激动，想到最熟悉的爸爸妈妈的脸可能也有的变化，可能出现我从来没有见过的奇怪的模样和神情，那模样虽然有可能让我觉得吃惊和害怕，但无论如何，这是一件极其有趣的事情，就好像无意间知晓了他人的一个秘密，无意间窥探到我所熟悉的这些人、身边事物的背后，还潜伏着一个更大、更多未知的世界。这都是因为半空中那根翻滚着向前而去的光束。我的视线从人脸往上移，移到人头之上、半空中的那束光，那条一边闪动一边变幻色彩的光束，只需稍加凝视，就会发现它意味着比正在放映的电影故事更多、更大的东西。首先它发光，能够穿透黑暗，它和我的眼睛不同，我的眼睛是摄取，它是投射，一个向内，一个向外；还有，它看起来和隧道没什么两样，那些蚊虫可以钻到它的里面，上上下下地飞来飞去，那么人，可不可以想想办法，钻到它的里面去呢；还有，那些光，到底怎么回事，它是怎样通过闪来闪去就把光变成了一个个的人了呢……这次观影经历如此强烈，以至于掩盖了那个年月我对更多优秀电影的感受与印象，我记住了《戴手铐的旅客》中的歌曲，记住了《被爱情遗忘了的角落》里女主角在一间破屋子里脱掉外衣的镜头，记住了张瑜和刘晓庆的脸，和她们其中的某一位系在脖子上的红纱巾……但只有在看《七品芝麻官》的时候，我记住了自己的内心，记住了那些越出电影飞向可能与未知世界的遐想。

火之吻

这是谁都想不到的事情，就是事情发生后也没有人想到什么，若非多年后一个局外人的闲言碎语，我们没有人将这两件事联系起来，因为两件事本无丝毫关联，更无心理的暗自积存。但是，被说破的话，就像那两块疤痕一样，永久地留在了我们的眼皮底下，即使不看、不说，它也不会再消退了。时间过去这么久，忽而一想，它会使我感到害怕，忽而再想，它又会让我生出更多疑惑——世间万般，真的是于冥冥中相连的吗？

父母亲在我出生之前就来到了这里——塔克拉玛干沙漠东北角上的一个绿洲小镇，但说它是一个沙漠或者戈壁小镇也毫不失实。因为直到二十世纪五十年代，这里还是一片近乎无人生存的戈壁荒原，放眼望去，天际苍黄，四野枯犷。土地倒是平坦，有土质优良的泥炭地，也有白花花不宜种植的盐碱地，间或还有一些沙梁和沙包，生长着一些数得过来的荒漠植被——胡杨、红柳、铃铛刺、罗布麻、苦豆子、芦苇、胖姑娘草……往南走，那条从西而东沿着沙漠边缘流动的塔里木河河水还在默默吞咽着河道两岸的沙土，再于悄然中，或左或右地摆动着自己的身躯。二十世纪五十年代末，茫茫荒原开始有所改变。一大批转业复员官兵和内地支边青年来到这里，在塔里木河中下游沿线垦荒修渠造林打渔养殖，建起一连串的垦区团场。又过了十几年，情况好转许多，人们可以吃上自己种的水稻、瓜果和蔬菜，简陋的医院可以基本医治那些常见的疾病，除了简单的农作物加工工厂、机械修配厂、农作物科学研究单位，也有了电影院、商店、托儿所和中小学校。但情况又着实好不到哪里去，因为那些来自全国各地，尤其是内地大城市譬如上海、北京、杭州、广东的支边青年和知识青年，无论怎样用荣誉和理想的话语劝慰自己，也仍然无法填补两种天地在心中留下的巨大落差。不过，这时候他们还很年轻，还无法更深刻地体会命运这件事——在因为时代所需而被迫改变的命运与自然形成的命运之间，哪一种更有价值或者更具悲剧性，哪一种更能使他们感到此生无憾或者时运不济。所以，更多时候，他们只是感慨物质与环境间的天壤之别，感慨故土之远、思乡之切，再为此流下一些灼烧眼眶的泪珠。

这是 1972 年冬日里的一个寻常夜晚，大概九点钟的样子，男主人给铁炉添上煤块之后就出了院门，不一会儿，女主人进了门，她的怀里抱着托管在邻居家的一岁大的女儿。女主人奶水丰足，但是因为白天无暇照顾孩子，只好每月花十五块钱，把女儿交给隔壁河南籍复转军人的妻子喂养。复转军人的妻子没有工作，并且安于自己止于生儿育女操持家务的身份，所以面色总是白润又喜悦。这多少让把女儿交给她哺乳的隔壁女主人感到一丝不快和妒意，间或也有一些心酸，同在哺乳期，却让自己的孩子躺在人家的怀里吃奶，再把自己沉甸甸的乳房挤空，这件事在每个女人那里，都无法平静自如。还有更严重的后果，这是女主人不曾想到的，这个吃过复转军人妻子的乳汁的女孩，此后一生都对其念念不忘，甚至比对她母亲的记忆更加温暖。进门后，女主人把孩子放在床上，转身给铁皮水壶灌上水，再打开炉盖，将水壶坐在火炉上。这是一户三口之家，这对年轻夫妇都过了三十岁，他们原本是兵团二师机关里的干事，动乱年代被下放到团场连队劳动，几经辗转，终于从连队调到团部机关工作。他们住在这排土坯平房的把东头，房子是里外两间，里间住人，外间做饭洗衣待客，在老人到来和另一个女儿出生之前，还算宽敞。女主人浓眉深目异常美艳，这一年她胖了许多，女儿出生不久，为了让奶水充足，她托人从二师机关所在地库尔勒市买来了许多炼乳，几罐喝下去，她的奶水多得吃不完，但是产假结束，她不得不在白天把女儿交给别人喂养，只在夜晚，让女儿吃空她憋胀一天的乳房。等待水开的时候，女主人先给躺在床上的女儿换了尿布，之后便急匆匆解开衣襟，将乳头塞进女儿嘴巴。抱着女儿在床边坐了片刻，女主人感到冷，便拖过一只矮凳，坐在火炉边。炉火渐旺，烤得她一侧的脸颊发烫，她移了移凳子的方向，好让热气均匀地散布在脸上。等到铁壶里的水开始吱吱作响的时候，女主人已经被炉火烤得熏然犯困，这时她站起来走到方桌跟前，一只手抱着女儿，一只手掂了掂暖水瓶，意识到水是满的，不用再烧开水，便回到火炉旁，把炉上的水壶提到一边，盖上了炉盖。

也没有别的事，她的丈夫去看电影《红灯记》，在团部礼堂，这样的冷天，坐在冰窖般的礼堂里看电影，要比在家里待着受罪许多。丈夫倒是喜欢样板戏，看完后没准还会哼两句，五音不全的人，竟然也能哼出个样子来。而她对样板戏从来没什么兴趣，她听不出其中的滋味，她心里想什么，一般是不能说出来的。她有一半维吾尔族人的血统，她熟悉的是另一种无时无刻不使人渴望手舞足蹈的音乐。不过在眼前这个被西北风吹得光秃秃的戈壁滩上，还有什么事能够带来些许消遣的快乐呢！也许，像丈夫一样能从样板戏中听出一些滋味，倒不乏是一种麻醉和安慰。

戈壁滩的夜晚过于凄寂，再小的风也会在窗下长久地呜咽不已，即使蜷缩在温暖的小屋里，也能感觉到如同置身于世界的尽头。女主人又在火炉前坐下来，没过多久，暖意和一天的劳累再次袭击了她，也更加强烈。按说她可以去里屋躺下，但炉火的温暖让她舍不得离开。她克制着睡意，将女儿换向另一侧乳房。不一会儿，怀中的女儿松开嘴巴，立刻睡熟了。她低头看着女儿，眼皮像热牛奶上开裂的奶皮子，一次比一次更稀软，她的头跟着往下沉，一次比一次重，一次比一次低，直到几乎挨上女儿的褓褓。一缕奶香飘进鼻孔，瞌睡已经开始麻醉她的各路神经。终于，睡意一把攫走了她的意识。

炉火静静地燃烧，热水壶发出懒洋洋的吱吱声，身心的疲惫暂时离开了她，她在暖香醇厚的睡眠中无始无终地飘浮，飘浮。时间不知道过了多久，突然，她被女儿尖厉的哭号声惊醒，身子猛地一振，跟着抬起头来，惊慌中她的视线一片模糊，不知道发生了什么，以为自己把女儿压疼了，但随即她闻到一股奇怪的焦糊味，再一看，女儿的右手不知什么时候粘在了火炉上，连同褓褓的一片拐角也一并搭在了炉壁上。她睁大眼睛，艳丽的面容吓得变了形，痛心地半张着嘴，一把拖过女儿的手，只见女儿右手无名指和小指根上的皮肤已被烤煳溃烂。她自然是又害怕又心疼，着急得不知道怎么办，也许还在内疚中掉下了眼泪。

这个被烤煳了手的小女孩就是我，长大后我问母亲我右手的伤疤是怎么来的，母亲如实告诉了我事情的经过，并对父亲当时不在场表示了不满。是的，也许父亲当晚不去看电影，也许团部那天晚上不放电影，也许世界上没有电影这件事物，我就不会被烧伤，我的手就不会留下两条无可消除的疤痕。这当然是根本不成立的假设，但也并非完全没有关系，世界上的事情就是这么奇奇怪怪弯弯曲曲地联系在一起的，你不可能孤立地存在，一些看似毫无关联的人或者事件会在未知的时空里与你的生命遥相呼应，再潜入你的意识与记忆，甚或左右你的情感与选择，如果细想，这其中的偶然与必然性、巧合与精密度，几乎等同于生命这件奇迹。

手上留下的这两个不起眼的疤痕并未对我的成长或者人生造成什么阴影和不幸，绝大多数时间，我根本想不起它们，只是偶尔听到妈妈的抱怨——《红灯记》不知道放过多少遍，你爸爸还要去看，那电影有什么好看的，不然你的手也不会被烧坏。

欢乐如此稀少，但它不可少，即使从月亮一般荒凉的现实里，人们也能榨出几缕润泽心房的甘露。如今已经无法知道当年我的父亲坐在冰窖般的团部礼堂看电影的诸般情景，当望着影片中某位有着钢铁意志的人物，当望着那些远离他的生活的人物们的脸庞，再听到他们的话语与歌声时，他的内心有过怎样的波动或者联想。但无论如何，我的父亲一定有他去看这场电影的理由，关于这一点，我的母亲也未必能够说得清楚。

我已经十岁了，虽一心只在撒野玩乐，却还是感受到了团场的变化。大片的水稻地变成了棉田，人们开始意识到在沙漠里种植水稻所导致的水资源危机；团里发现了一种蛭石矿，据说矿石卖到了国外；团场收益第一次扭亏为盈，这消息是爸爸带回来的，虽然我并不知道什么是扭亏为盈；许多人开始包地，种棉花，种果树，养马鹿……这其中，最令人激动的，是人们看上了越来越多让他们永生难忘的好电影——《巴山夜雨》《戴手铐的旅客》《第二次握手》《庐山恋》《神秘的大佛》《被爱情遗忘的角落》。

那天晚上，一定是因为有部好电影，露天电影院里才有那么多人，妈妈才带我们来看电影。我不记得是什么电影了，只确定时间是在春节放假期间，天冷得出奇，许多人身披军大衣，脚上套着毡筒。妈妈、妹妹和我——我们母女三人来到电影院时，电影院白色的外墙下，已经一辆挨一辆、沿墙停着一整溜自行车，另外还有几辆从连队开来的拖拉机。为了占上一个好位置，我们来得挺早，谁想有这么多人比我们更早。我最先挤进电影院，眼疾"脚"快地抢到三个中后排的位置，然后大喊大叫，把妈妈和妹妹招呼过来。

因为是春节期间，满满当当的电影院里，到处是大声寒暄互致问候的说笑声，人人口袋都揣着瓜子、黄豆和糖，所以开映之前，除了叽叽喳喳的说话声、零星的鞭炮声，还有一层均匀地渗透在人声里的切切嚓嚓的嗑瓜子、剥糖纸的细密响动，此外又间杂着微弱的跺脚取暖声。

电影开映了，各种声息慢慢小下去，各种交头接耳的动作和猫三狗四的心理都暂时止住，都听说了这个电影好得要掉眼泪，所以都在等候自己被深深打动。

但是电影开映后我别扭起来，坐在我前排的人在想方设法垫高自己，到了我这里，屁股底下加两块砖头再加一个棉垫子也只能从前排两个后脑勺的间隙里看到银幕，妹妹呢，索性被妈妈搂在怀里站了起来。我够着脖子看了一阵，又累又冷，实在支撑不住，就低下身子，缩在前排浓黑的背影里左右观望。这样来回几次，电影大概步入关键，我瞥了一眼紧盯着前方银幕的妈妈，见她眉头紧蹙、嘴角微微抽动，一副痛苦不能自抑的陌生表情，不禁吓了一跳。我赶快转过头，不去看妈妈的脸，却无法像她那样专注又投入，前排人的脑袋忽左忽右，我就得随着他或她的移动而来回寻找空隙；寒冷像一条条小蛇，死死咬住我的脚趾头，不管我怎么跺脚，都甩不掉它们。

除了坚持没有别的办法。已经不是过去，过去和我一起猫着腰在电影院找乐子的小伙伴现在不知道都在哪里，自从搬家，自从升年级调班，我和他们已经疏远了，我有了另外一帮完全不像他们的"坏孩子"朋友——成绩差、贪玩、胆子大、不服管教，他们彼此之间泾渭分明，而我在"坏孩子"朋友之间尝到的快乐、体会到的新奇远远超过了以往。前排人已经完全挡住了我，我把原本放在屁股底下的砖头垫在脚下，整个人站直了身体，这下终于能完整地看到银幕了，这下我终于被电影里的人物吸引住了，虽然故事怎么发展到这一步我并没有搞清楚……

这时，妈妈突然大叫了一声"哎呀——我的手，怎么回事！"我立刻从砖头上跳下来，蹲下身去，就着头顶的光，只见妈妈痛苦地举着右臂，而手背中央，一块五分硬币大小的窟窿正在流血，血顺着她的手臂流进了袖筒，为此她必须抬起右肘，顷刻间，黑乌乌的血又顺着她的手指，染红了她的大半个手。我们都吓呆了，都不知道发生了什么事，连妈妈自己也不知道发生了什么事。寒冷的天气延缓了她的知觉，意识到手在流血，意识到手疼，事情大概已经发生了五六分钟。

妈妈的叫声惊动了附近的人，他们凑过来察看伤口，一致认为是鞭炮炸伤，并出主意让妈妈如何先将血止住将伤口包扎住。可是无论怎样回忆，周围人都不记得刚刚响过任何鞭炮声，妈妈自己也说，除了电影里的说话声，她什么都没有听见。先不管事情是怎么发生的，治伤要紧，妈妈草草用手绢将伤口扎住，带着我和妹妹离开座位顺着过道往外走。

过道最末端，零零落落站着几个人，我拉着妹妹着急往大门去，走过两步，回头听妈妈在和一个男人说话。原来是公安局刑侦科科长，他这天正当班，团里放电影，他过来执勤。妈妈简略地说了一下伤情，刑侦科科长让妈妈赶快去卫生队包扎，他这就去现场周围查问，看看能不能找到放炮的人。

我们母女三人急吼吼往卫生队赶，我急得要哭出来，妹妹大概也差不多。迎着风，路上黑漆漆的，妈妈端着手臂快步疾走，我拉着妹妹，尽量跟上她的步伐。碱土路面高低不平，如果有影子的话，我们的背影一定是在风里撞来撞去的。卫生队除了一个看门人，没有医生也没有护士，看门人说都去看电影了。妈妈捂着手看看我，我便立即钻进黑夜，一路飞奔，跑回电影院，敲开放映室门，请求放映员通过广播呼喊医生去卫生队。那一刻，我的声音一定变了调，因为我真的是急得想大声哭喊哪！等到广播声刚刚响起，我已经冲出电影院大门，这回我找到了一条通往卫生队的近路。夜有多冷我已感觉不到，天有多黑我也看不见，我埋着头往前跑，戈壁滩只剩下风，大口大口地往我肚子里钻。不到半小时，我回到妈妈身边。又一个半小时过去了，没有人来为妈妈包扎，血已经糊黑了整个手帕，糊黑了妈妈的右手腕和右臂袖口。看门人瞧着妈妈痛苦的脸，穿上军大衣，去家属院帮我们找医生。

清理完伤口里的火药渣，再缝完针处理好伤口已近凌晨，我们回到家差不多两点钟。一进门，爸爸就焦急地说，看电影的都回来了，你们三个到哪里去了。刑侦科科长当晚侦查失败，放炮人消失在了黑暗中。万幸火药没有炸断妈妈的掌骨，那个血窟窿愈合之后又化脓，化脓之后再愈合，前前后后折腾了将近一个月。后来，突然有一天，一个附近建筑连的孩子来向妈妈告密，说出了那晚的肇事者——他的伙伴，一个十二岁的男孩。父母这就去了男孩家里，那孩子听说后一头钻进里屋不敢出来，父母走进屋去，见他吓成一团缩在屋角脸都变了颜色。这个十二岁的男孩，大概以为身穿制服的妈妈要把他绑进监狱吧。

母亲手背的那个血窟窿愈合了，最终弥合成一个撕裂的人字形伤疤，这件事也就坠入时间，成为母亲的过往和我的一串记忆。这以后的许多年里，偶尔，母亲会瞟一眼我右手手指上那两片鼓起来的疤痕，免不了再数落父亲一两句；偶尔，她会摸着自己右手手背上的那个人字形疤痕，再次百思不解地嘟哝一句事情到底是怎么发生的。直到一个好事的旁听者半带玩笑地当着我们母女的面说，因因果果，自有报应。母亲听后顿时黑了脸，再奇怪地瞄我一眼，就仿佛刹那间明白了事情的根由全都在我这里。我无法承受母亲含义丰富的那一眼。我们母女的内心一定在那一刻都乱了起来，都不知道该怎么面对这两件毫无关联的事情，该怎么解释这两个分别烙在我们二人右手手背上的疤痕。

一年一度，戈壁滩承应着四时，也接纳和孕育着人的变化，这个看似偏远荒僻的时空，还在给经历着它的人们留下更多的生命困惑。而我，有一天突然也就不再纠结于这两个火的吻痕、两起事件之间的是与非了，反而由衷地感到，至今仍然浮荡在我心中的无法说和不确定是那么的迷人。真的是这样，瞬息间，因为无法说，因为不确定，世界因此而延展，时空因此而更奇幻，甚至于，许许多多眼前确凿的现实再也不是那么的简单或者粗暴，它们在每一个环节上都长出了纤细弯曲的枝枝蔓蔓，时间因此变成一种可以无限大又能够绝对小的柔软球体，球体内是如人的神经一般复杂的小径，其上来往或者变幻着人的遭际与命运。细细去想，其间所蕴藏的不可胜数的偶然与意外，或许比此刻眼前的我们，不知要精彩或神奇多少倍，当然，同样有可能更加平庸和不幸。

一日之界

耽溺于对水的想象与期冀，在一个于沙漠戈壁间长大的孩童的头脑里是怎样的一种状况？那一天的一切，似乎就是从此开始的。

那个位于塔克拉玛干沙漠东北角的绿洲小镇，即使到了今天，在很多人的眼睛里，仍然是世界的又一个尽头。灰茫茫的戈壁滩上，万物无遮，放眼只是一片空阔和死寂。真的是这样，那时候，我出生于此的小镇四际遭沙漠和戈壁围袭，常年天干地燥，稀疏的草木挡不住尘土的浑黄，反被吹沙层层覆裹，只有一场遥遥无期的暴雨，才能归还它们以本来面目，但这几乎是不可能的。

然而，我的小镇又从来不会没有希望与欢乐，也从来不缺少恣肆的生机，显然，造物在这里设置了一个从无到有的生命隐喻——必须要挨过漫长的无，才能窥见勇猛和顽强的生。

那恣肆的生机迸现在每年的七八九三个月。彼时，遥远的雪山加速融化，阳光下，无数条涓流竞坡而下，它们在砾石与浅草间寻找道路，清越闪亮的身影时而聚拢，时而分叉，时而浮现，时而遁迹，这样几经离合地一路向东，终于在沙滩戈壁之间，汇聚成一匹名为塔里木河的无缰野马。

这条大河，人们说它在戈壁与荒漠里横冲直撞了数千年，说它在旱天烈日下无所畏惧地摆荡着它丰腴又宽阔的身躯，说它在所经之处孕育并唤醒了一个沉静又奇异的世界——黑颈鹤、野骆驼、雪豹、新疆虎、盘羊、猎隼、胡杨、柽柳、罗布麻、大头鱼、裂腹鱼、高原鳅，说这些超然又寂寞的荒漠生灵只在惊鸿一瞥中，才向走近它们的人们传递出时间深处的讯息……而我，对于这条古老又朴素的大河却知之甚少，当这些如梦如幻的消息传至我的耳畔，我简直以为那不过是人们编造的一个故事，不过是大人用来装扮他们无所不知以达到威慑效果的一种花招，因为，从他们口中透露出来的那个犹如奇山异水的远古世界，远远不是我眼中的戈壁滩，远非我生长于此的沙漠绿洲小镇。

关于那匹无缰野马，关于由它蕴聚迸发的恣肆生机，当它途经我的小镇之时，已经变成一条秋冬断流的人工灌溉渠，变成夏日里家院附近的一只鸭子坑、一个蓄水池、数根小毛渠和几条排水渠。那时候，我差不多十岁的样子，一个十岁的小女孩是无法见到更大的世界的，她的身体又轻又薄，像一粒刚刚开始游动的鱼秧，随时有被外面的世界吞噬的可能。然而，即便如此，在那些远僻与荒旱的天地里，谁又能阻止一个孩子对世界的眺望与探寻呢？谁又能取消她对那条流入戈壁的河水的想象与期冀呢？连她自己也不能够。

水，让单倍的欢乐翻番为数倍之多，让凝结成一片焦黄的戈壁滩从大地的折褶处滋生出一个数倍于往日繁荣灵动的世界。常常，我需要站在水边好一阵子，才能将四肢里抑制不住的战栗安抚平整。只有在沙漠戈壁长大的小孩，才会这样吧，才能把矗立在水边的胆怯、兴奋和狂想变成战栗带到这个世界上来。

春夏之交，渠水会在一个黎明突然溢满干得发白的河床。初来乍到的那几天，它总是一副怒气冲冲的样子，混浊的河水一边吐着污黄的泡沫，一边卷起整个秋冬零落在河床上的干草、枯枝、塑料、破衣裳……它真的是气得要命啊，或许为自己姗姗来迟，或许为戈壁滩的枯索萧瑟，也或许是因为大地必然将它吸干的命运吧。它泥浆般的水流在内部翻搅，像滚开的水，在烈日的注视下，恶狠狠向前冲去。因此我既盼望水的到来，又害怕它到来时的这副模样。但没有几天，渠水便平息了怨愤，等到它完全安静下来，便成为我记忆中那条青凌凌为我们带来无限凉爽与欢乐，以及白杨树林带、稻田、棉花、葡萄、哈密瓜的一渠清流。

夏天，无所遮蔽的戈壁滩上，哪里能比得上被水萦绕和覆盖的世界有趣呢？团部家属院内，不知道为什么会有一个排球场大小的水塘，因为鸭鹅在此游戏，遂名鸭子坑，即由此，我们这些还被禁足在有限区间内的半大孩童，才得以品尝水润世界所蕴藏的丰饶与神奇。鸭子坑五月份才有水，先初，水混浊灰黄，但两天之后，澄清后的鸭子坑就成了一片荡漾着细碎波纹的绿色池塘，于是，围绕着它，我们开始了整个夏天的奔跑、追赶、涉险和嬉水，而夏天，也就由此变成一根波光粼粼的旋律——哗啦啦、切嚓嚓、咕噜噜、咕咚咚、扑漉漉，戈壁滩的荒旱枯寂啊，终于知耻而退，缩在草木的阴凉里，打瞌睡去了。

不仅仅是我们这些孩童。健壮茂密的芦苇，亭亭玉立的香蒲，青绿色的麻鸭、洁白的鹅、浑身灰麻点的水蛇、银灰色的小鱼、褐黄色的水老鼠、蓝蜻蜓、红蜻蜓……这些在春天之前还分散隐没在戈壁天地里的家禽虫豸碧草河鱼，眨眼间就成了鸭子坑的主人。每个夏日，早饭时间一过，便会有一群吵嚷不休的青麻鸭排队穿过小巷，摇摇摆摆游进这片湿气缭绕的金色水面。芦苇丛中，或者腐叶堆积的幽密处，因此时常躺着几枚青绿色的大鸭蛋。秘密不是我首先发现的，但是得知后这就成为一个巨大诱惑。我一次又一次独自摸入芦苇丛中。锋利的叶片划过皮肤先是一星轻痒，待感到疼痛，额头、手臂、小腿已经满是发红微肿的伤口。还有蚊子的叮咬，这些绕在耳边、钻进头发、扑在四肢上的嗜血小母鬼发出的喧嚣吵得人晕头转向。还有一不小心碰上的水蛇，卡在草根里的小鱼苗，一翎长而粗硬的鹅毛……这样不知经历了多少次历险与失败，我终于拾到了一枚沉甸甸的大鸭蛋。

河水所至之处，不只激起童真的欢乐，不只在它繁减着我们这方戈壁天日的巨大魔力，更在于它使想象滋蔓，使意外与未知潜行不止，使眼睛无法穿抵的边界向后退展而去。比如，某个夏日清晨，沿着流入鸭子坑的小渠往上走，就能在分流的闸口处看见一个激动人心的场面。数不清的小鱼，黑压压一片，每一条都长不过爸爸的一根手指头，它们簇拥在闸口处，紧密而有序地一个挨着一个，纹丝不乱，齐刷刷将身体斜成一个唯有它们自身能够感知的角度，鱼头一致迎着闸口流下来的第一股清流。这整肃异常的一幕我无法理解，我只是因为猛然看到这样一群不计其数的小鱼，以同一种形态排列在一起而感到吃惊和兴奋，我不知道它们在干什么，要干什么。顺着它们青灰色的鱼头向上向前望去，闸门只开了一条小口子，闸门的另一边，就是那条水深漫过我头顶的大渠，这些小鱼都从那里游下来的。现在，它们是在等待机会回到大渠里吗？它们是在想念那条大河的味道和温度吗？它们是想回到从前的水里吗？它们为什么想回到从前的水里去？河水只会不停地往下流，它们知道它们再也回不去了吗？它们知道自己会死在这里吗？它们会在这里给人抓去吃掉，如果不在这里被人抓去，就会在下游的池塘里给另一些人抓去，或者给鸭子吃掉。如果既没有被人吃掉，也没有被鸭子吃掉，那么，它们会躺在干涸的河床和塘底给太阳晒干。反正，它们是死定了。那么，它们这么固执地挤在这里，是因为要等待逃生的机会吗？

任何时候，只要站在水边，那些脑袋里的念头就会像河水一般湍湍向前流去。

河水，跟着春天到来，又随着秋天离开。水至复水尽，戈壁滩一岁一枯荣，我也长大一岁。一个寂静又孤单的夏日午后，大概三四点钟的样子，我从家里出来。我不能确定自己要做什么，有一些无法道明的心绪牵制着我，或许因为午饭前妈妈的怒容爸爸的沉默；或许因为几天前班级里某个男生一脚踢在我的肋下，此刻仍在疼痛；或许因为疼爱我的邻居姐姐突然搬家，离开前竟然没有与我道别；或许因为猛然听到了时间敲击在杨树叶上的声音，我便以为四下寻绎就能看到时间的模样；也或许是我长大一岁，那些禁止我走出安全地带的束令反而在驱使我跨越它的疆界。

我从家里出来，身前仿佛跑动着另一个自己，她屡屡回头轻唤着我，往大渠而去。一个人并非任何时候都需要伙伴，即使一个十来岁孩童，也天生地懂得一些事情只需要自己默默地观看，静悄悄地领会。但是，她将会遇见什么，将会发现和遭受什么，则将是连她自己也无法料到的。

沿着巷道往外走，拐上大路就再也没有阴凉了。正是一天里最热的时间，阳光像融化的油脂撕灼着每一寸肌肤，热空气嗡嗡响，气流火焰般在空气中扭动。我从来不知道一个人走在路上，能够迎面撞上这么多声音和让人眼花缭乱的光线。

距离大渠一百米，又尖又乱的欢闹声已经吵得我心慌气乱。大渠水深危险，爸妈多次说过——一个人千万不可以去啊！而我，则就要独自跑上禁足的边界线。

攀上大渠渠帮，眯眼一望，哦，左手一片闪亮耀目的水面上，男孩子们原来都在这里发疯啊！他们是怎么凑在一起的？足有一二十人！他们翻腾在碧绿清凉的渠水里，活像一条条跃动在水面上的大鱼，将眼前五六百米长的一段大渠搅成了一个水的乐园。

那些刺穿耳膜的又脆又响的叫喊声，都是一些与我年龄相当的男孩发出的，变声还未开始，他们的喉咙里还藏着蚱蜢、春芽和星星。他们蹦得那么高，脱得那么光溜，有的占据在桥头位置，有的站在石头桥墩上，有的站在桥头两边，不知谁在指挥，突然就一起尖叫着跳进了水中。他们不停歇地在河面上扯起一重接一重的水幕，他们的热情有多高，力量有多大，那重重水幕就有多高就有多深。

真羡慕他们啊！但是，他们却是不可接近的。不仅仅因为我不会游水，更关键的，因为我是女孩。很难说得清楚，区别是在我们还是母胎时就已经存在，还是出生之后不论大小的不言而喻的抚育方式，总之，一开始，我们就被外界教导必须得懂得这种区别；总之，这区别里最为重要也最不可言说的，便是连我们自身也知之甚少的身体。那光裸的赤诚的被天赐的皮肤、四肢、骨头与器官，一边被作为"他"，一边被作为"她"。"他"有什么，"她"有什么，当从大人们躲躲闪闪的言辞里领会到我有什么的时候，我被这种新鲜奇特的区别逗笑了。多么有趣啊，我有"她"这一边的身体，而我从来不知道"她"的秘密。坐在热气缭绕的洗浴盆中，当着妈妈的面，我第一次去找自己的身体。而妈妈，当然一把挡开了我的手，仿佛我要碰触和了解的，不是我的身体，而是一个被禁止触摸和了解的怪物。只需要这样一次抚育和教导，一个女孩便能够领会她作为"她"的基本含义了。"她"的身体，是严肃的，是含带着羞耻的，是要被封闭和包裹起来的，是不允许被轻易地探知和呈现的，连她自己都不可以。而眼前，这些翻腾在渠水里的男孩子，他们像一条条飞跃的大鱼，水淋淋，滑溜溜，他们却可以肆无忌惮地在太阳底下脱光自己，可以大摇大摆地显露和炫耀他们黝黑发亮的小身体，这一切，显然是因为他们与我的不同。而我，因为是"她"，所以绝不可以。不仅不可以暴露自身，也不可以去观看和打量，或者被他们看。每一个像我这样的"她"，都会在半知半解里，在大人们意犹未尽的言辞里，被放入一座半透明的帐幕之内，不用多长时间，这帐幕就成了我们身体的一部分，长进我的舌头、四肢、眼睛和大脑，与整个儿的我一起说话、玩耍、期盼和陷入孤单，以至于我几乎意识不到它的存在，因为我和它已经无法区分，因为我和它加起来，才能够是"她"。能够是"她"是非常重要的，因为除了成为"她"，不会再有别的能够。所以，若是做了不像"她"的事情，那么，一定是羞耻的。

已经站在灰白色的渠帮上，已经成为"他"的乐园唯一的闯入者，已经被男孩们掀起的水幕吸引，已经被他们自由的身体逗乐……所以，我站在瘦短如枯木的杨树树荫下，似乎只能继续眯缝着眼睛，半是惊讶半是痴迷地观看他们。

不知道是谁最早给了他们在太阳下脱光自己的特权，是谁允准他们可以这样无所顾忌地制造欢乐。他们从来用不着为此躲避外界的眼睛，也根本不必为此感到羞愧，反而是，他们得到所有人的鼓舞和激赏。即便是一辆过路车的司机，他坐在驾驶室里，浑身散发着汽油味，当驾车驶上大桥桥头，当看见男孩子们光溜溜的小身体，脸上就会生出溺爱和心知肚明的微笑，还会按响喇叭，让汽笛的长鸣声把他们的欢乐送上更高的云霄。即使是我，这时候也已经领会，他们两腿间的那只小揪揪是可以拿出来炫耀的，他们甩荡着它不仅可以使自己开心，也能让所有人开心。而他们自身，也自小就懂得了这种心知肚明的微笑，就悟出了将小揪揪在太阳底下甩来甩去的骄傲。

在太阳下裸露身体，是这些还光滑如鱼的半大男孩的骄傲，即便这种骄傲已经掺进成人世界的狡黠，但依旧是如此纯真。我不敢走得太近，但也没有捂住眼睛，或者慌乱地逃走。四周一片刺白，隔着五六十米的距离，我独自站在树荫下，望着这些在桥头制造水国欢乐的男孩，既为他们戏水的本领而心生羡慕，也被他们的叫嚣和疯癫而感染。这一切丝毫没有让我讨厌或者害怕，反而更使我沉溺在他们的欢乐中，与他们一并感受着水的清凉、丰饶和神奇，体会着一种无边无际的快乐。

可是我被发现了。我先是听到一声又尖又亮的叫声，接着惊叫声串联成片，连成一片比水花更混乱更喧腾的大笑和起哄。这些无法无天的男孩们发现了一个竟然敢窥视他们的小女孩，这个闯入者多么意外多么可笑，也多么不自量力啊！于是，他们更加亢奋更加激动了。有人大惊小怪地喊叫，有人爬上岸捂着他两腿间的小揪揪，有人干脆在对面渠岸上抬起两臂正对着我扭动起腰胯来，有的则转过身去朝我晃动他精瘦黝黑的光屁股……

惊颤中，我清醒过来，劈头而下的羞耻感让我立即转过身去，快步离开了男孩们。被一个同龄女孩观看，不知道男孩们是真的感到慌乱，还是故意显得慌乱？我也更不知道他们是希望被观看呢，还是一点儿也不介意？不然，他们为什么那么兴奋呢？我无法回答这些问题，但是我知道自己在想什么。羞耻感在男孩们放出尖叫声的第一时刻就紧紧攫住了我，紧接着是他们那种古怪而亢奋的身体语言——那种骄傲无忌地扭动下身的动作。他们真是熟练啊！他们似乎是知道如何对待一个观看他们的女孩的。他们那么兴奋，但他们又明显地想赶我走，不许我观看。真羞愧啊！应该一走上大渠渠帮就掉头离开的。我为什么要看他们呢？我其实根本没看清他们两腿间的小揪揪，我只是感到有个东西在那里像刚从水里捞出来的小鱼一样活蹦乱跳着。我埋着头越走越快，越想越羞愧。这些男孩里有我的同班同学，他们一定认出了我，他们一定会去告诉班里的其他同学——男同学和女同学，说我一个人跑上大渠去看他们的光屁股。真丢脸啊！连老师都会知道的，老师知道了，那么，爸爸妈妈也会知道的。

我越走越快，再抬头，发现已经听不到身后男孩们胜利和挑衅的大笑声，却又来到一个更加令我紧张的区域。因为一心只顾逃走，慌不择路中，我没有离开大渠，而是掉头沿着光秃秃的渠帮，一气奔向上游，因此再次成为一个不自量力的闯入者。

这里仍然是男孩子的地盘。他们是高年级的男生，有的生着满脸的粉色青春痘，有的嘴上浮出一层毛茸茸的黑色唇髭，而每张脸上，则是一律的茫然和阴沉。他们人数不多，顶多七八个，每个人都穿着肥大的深色短裤衩。他们或三两个无声地坐在树荫下，或独自一人来到一个僻静的渠段，站定，深呼吸，而后甩起手臂一个猛子扎进水里，再露头时，又回到了原处。我认不出这些让我感到害怕和羞怯的面孔，并非因为陌生，而是他们一致的沉默让我害怕。那些脱光自己与我同龄的男孩会把内心的欢乐喊叫出来，而他们，则更像是——要把脑袋里的想法死死地按进肚子里。他们看起来没有一个是开心的，不是冷漠地紧闭着嘴巴，就是阴森森地皱着眉头，就好像来大渠游水是一件被逼无奈的事情。没有人对我说过什么，但是他们——这些十五六岁或者更大一些的男孩，平日里，他们的目光总是黏在那些已经有了女人味的女孩和漂亮女人的身上，仅仅这一点，就让他们在我眼中成了一种避之不及的怪物。和那些光溜溜的男孩不同，他们裸露在外的身体传递出另一种气息，危险、生硬、蓄满力量，像电焊铺里横七竖八的生铁，腥气冲鼻。他们阴沉着脸是因为什么呢？什么事让他们感到生气或者不快乐吗？我没有兄长，因此只能听从直觉带来的这些毫无根据的闪念。幸好他们大多坐在渠岸的另一边，但即便如此，当穿过他们的领地，尽管我极力闪躲，还是碰上了其中一个。他正好皱着眉头打量着我。那是一种什么样的眼神呢？厌恶的、鄙视的，仿佛在说，你这个又瘦又小的黄毛丫头，就跟一只掉毛的小病猫一样招人讨厌，竟然敢上这里来！

　　碰上这样的目光，我的心里只剩下恐慌与羞愧。真是这样的，不需要语言，只用这种无声的注视，他们就能禁止我、嘲笑我，就能用一种强者的姿态告诉我我的不自量力和越界。而我，竟然顺理成章地认同了他们的暗示与驱逐，因为那一刻，我第一次因为自己长得瘦小、是个女孩而生出一股比恐慌与羞愧更为强烈的自卑感。

　　除了快步离开，我什么也做不了。我越走越快，直到以为自己完全躲开了他们。但我还在渠帮上，因为四际里没有路。太阳大概已经晒肿了我的眼皮，汗水流下来，蛰在眼眶上，又疼又痒。这时候我已经走了太多路，戳在凉鞋外面的脚趾缝里全是黑乎乎的泥巴。我想洗洗脚，于是再朝身后望望，确定看不见任何人的影子，才放心来到渠边，找到一个可以洗脚的平缓坡岸，小心地蹲下身去。平静又碧绿的渠水离我这么近，水波轻轻一摇，刺眼的光线全都碎了。只看一眼，就能想象出水里有多么凉快。稳稳身子，我先洗了把脸，然后伸出一只腿。脚洗干净了，真舒服啊，水的清凉眨眼间流遍全身，要是能像男孩们泡在水里那该多好呢。想到这里，我朝经过的渠面望过去，远处，有个皮球大小的黑脑袋虽然在水面上晃动，但已经威胁不到我了。

心里一阵轻松，恐慌、羞愧、自卑也随着四周的静寂撒开腿跑出我的胸腔，消失在狠毒的日头下。真好呀！终于可以放心地待在水边，终于可以大着胆子摸摸大渠的水，这可是我从未来过的地方，更是我不敢去做的事。抚摸着清凉的渠水，开心之际，我差不多忘记了刚刚经历的所有不快。然而，就是眨眼间的工夫，不知道哪里出了问题，我的脚下突然一滑，连一秒钟的挣扎都没有，整个人就掉进了大渠里。

清醒过来是在水下，一片迷乱中，我睁开了眼睛，眼前是一片旋转的灰绿色，水流声在我耳边轰鸣，四面八方涌来急剧的压力，手和脚什么都碰不到，只能无力地抗拒着水流。接着是呼吸，当意识到自己无法呼吸，不会游水的我本能地憋住了气。但是慌乱随之而来，无法呼吸的憋胀感随之而来。水流压着我，推着我，不知道已经把我卷出多远。恐慌中我的手拼命划动，这就碰到一抹滑腻的渠壁，但随即又什么也摸不到了。我不知道自己在渠的什么部位，只感到瞬间碰到的渠壁滑得像抹了油，一根草都没有，我什么都抓不住。一阵乱扑又让我碰到了渠壁，这一次，不管能不能抓住什么，我的手指死死抠抓着渠壁。大概就是这微弱而强烈的求生意愿，将我拉向了渠岸。随后，我的脚尖碰到了什么东西，它也是光滑的，但它突然又顶在了我的脚掌处，我的脚尖本能一点，人跟着往上一蹿，头露出了水面。

终于上了岸，半趴在滚烫的渠岸上，我痛苦地咳着肺里的水，咳得眼泪糊住了眼睛，咳得鼻涕挂在了嘴唇上，咳得五脏六腑都要吐出来。我一边咳水，一边害怕得想大声哭出来，但是吭吭两声，却又哭不出来。这难道不是自己闯的祸吗？难道不是不听爸妈话导致的下场吗？戈壁滩这时候像个大火炉，空气烫得无法呼吸，但是恐惧却让我浑身发冷。哭不出来，我就赶快换个姿势，抱着双膝坐在太阳下，好让打着摆子的身体抖得不那么厉害。

片刻，恢复过来的视力迫使我看向对岸，但是，这一看又吓了我一跳。水中有位大男孩，他站在齐胸深的渠水里，半张着嘴，露出两颗透着宽缝的方方正正的前门牙，正带着鄙夷的笑容阴森地盯着我。他是另一个大男孩，他什么时候游过来的？他看了我有多久呢？不知道。也许从我落水到冒出头来再到伏在岸上咳水，他从头到尾看了个遍，看了个一清二楚。这一刻，他一边看着我，一边用双臂划水，当我的目光与他相撞，一阵沉默后，突然，他恶狠狠冲我说："淹死你！"

我吓得一抖，只是呆望着他，身体再次打起了摆子。这个大男孩是谁？他为什么这么恨我，或者讨厌我？他为什么想让我被淹死？我从来没有见过他，但他为什么诅咒我被淹死呢？

水让我尝到了恐惧，但是这个大男孩更让我害怕。他不仅恨我、讨厌我，而且还蔑视我，因为说完那句诅咒我的话后，他就一个跃身，像条大鱼一般漂亮又悠闲地游进了大渠中央，他先是挥动修长的手臂，埋着头向前游了几米，猛地来了一个令我眼花缭乱的翻身，身体便仰躺在水面上，然后抬手蹬腿，不疾不徐，让自己变成了一只逆流而上的风轮，自由自在地游弋在碧绿平阔的水面上。

我怔怔地看着他，看着他在我面前炫耀他的游水本领，看着这个诅咒我被淹死的大男孩，这个见我落水却站在一旁默默欣赏的男孩，不知道他为什么会这样，就像不知道自己怎样掉进水中一样。我默默地看着他，没有让晃动在眼眶里的泪水流出来，尽管我想放声大哭，尽管我怕得要死。

真是让人伤心啊！太阳这么大，天空这么晴朗，我不过是因为和男孩们一样向往水中的欢乐与神奇，却莫名其妙地遭到了他们掷给我的——鄙视与驱逐。害怕，委屈，以致不解，但我如何也回答不了自己，这一切是怎么发生的。难道仅仅因为没有听爸妈的话吗？顾不上想清楚这件事，我赶快从地上爬起来，浑身滴着水，逃开了这个诅咒我的大男孩。我继续往前走，脑袋里嗡嗡直响。阳光更加狠毒了，戈壁滩又大又空，脚下的路白得发亮，我能够看见的、确定的，只剩下眼前这条渠岸上的小路，它像一只掉落的白线球，一头在我的脚下，另一头不知滚到了哪里。

如果不是因为碰上一座桥，我想我会一直向前走到大渠的尽头。

时间不知过去多久，等到下意识认为自己逃出了被诅咒的危险，我发现自己站在爸爸常带我捕鱼的排水渠边。这时，回头再望自己走过的路，它从大渠拐下来，一路起起伏伏，歪歪扭扭，像条死蛇苍白地摊开在狠毒的太阳下。难以置信啊，这条长路竟然是自己一步步走过来的。一定是吓傻了吧，好半天，我只是站着发愣，两只脚陷在淹到脚背的浮土里，一丛铃铛刺开着粉红色的小花，长枝勾住我的裤管，我气急败坏地踢了它好几脚。

回家，只有回家做一个听话的女孩才能甩开那些鄙视、驱逐与惩罚，羞耻也就不会再像这根开着粉红色小花的铃铛刺一般，死皮赖脸地黏着我。我认得这条路，晓得从这条路回家，需要经过一座涵洞桥。那涵洞桥足有三十米长，它高高地架在排水渠上，水从半圆形的桥洞里流向下游的棉田，人要过去，得一步步跨过桥身上的水泥横栏。以往爸爸带我捕鱼，说这桥下面的排水渠水深草多，水下的淤泥不知深浅。

来到涵洞桥边，望着桥洞里焦急地扑向前方的水流，我傻了眼。桥洞水深至少到我前胸，说什么我都没法在里面站上一分钟。而桥上的水泥跨栏，每根的间距似乎比我的腿还要长，我怎么能够迈得过去呢？再往桥下看，足足有十五到二十米的悬空，而桥下方的排水渠，虽然渠水清幽，但一眼望去全是腐烂的草茎，每一根都可怕地挂着一圈毛茸茸的淤泥，仿佛一条条扭动的长蛇。

怎么办呢？不能回头走来时的路，因为那条路上的男孩们比眼前的涵洞桥要可怕更多倍。想到这里，我求救般地朝四周望了好半天，也没有看到半条人影。我小心翼翼移到了第一根水泥跨栏上，这才真正意识到眼前横着的这一长列灰白又坚硬的跨栏并不比走回头路更容易。但是，突然间，我被自己吓出满头冷汗，因为就在一片混沌不清的犹豫中，我已经迈开腿，吸气一跳，整个人落在了第二根水泥跨栏上。接下来，尽管吓得头皮发麻，我的双腿却根本不在大脑的指挥下已经惊险地跳过了下一根，下一根，再下一根。

我一口气跳到了桥中央。

如果不是因为需要换口气我是不会停下来的。但是已经来不及了，就在停下的一刻，那些伏在横栏上的妖魔鬼怪便迫不及待地一拥而上，紧紧地扣住了我。它们扯着我的眼角迫使我往下看——我看见自己像走钢丝一般孤零零悬在近二十米的半空里。我越看膝盖越软，越看心里想得越多，我想我一定会从桥上掉下去的，一定会一头栽到那个深渊般的排水渠里。到那时，先是水草缠住我，然后是水蛇，再后来是淤泥，它会张开无边无际的大嘴，悄无声息地、心满意足地吞掉我。而四面八方，戈壁滩一个人影都没有，连条狗连只苍蝇都没有，所以，根本不会有人知道我去了哪里，不会知道我已经死了、怎么死的，爸爸妈妈就永远都找不到我了。天哪，怎么办啊？我怕得要哭出来，怕得膝盖里没有一点力气。但是，我又被自己吓了一跳，突然间我中了邪般地迈开了腿，一步跨了出去，而且一步比一步快，一步比一步急。那些瞬间，谁也不能为我做证，只有我的恐惧与我为伴。

"咚"地一下，我一脚踩空，掉了下去。

和之前一样，没有任何意识，我一头栽进了水里。露出头来是在至少一百米之后的灌溉渠里，水流很急，我连滚带爬被冲到一个稍浅的地方。水流过我的前胸，我半坐在水里，任由渠水冲刷着自己，咯咯打战的牙齿几乎要把我的牙床都震碎了。我想闭住嘴巴咬紧牙齿，但是做不到，因为我一点力气都没有了。我在水里坐了好一阵子，似乎在确认自己到底在哪里，到底死了没死。

真是万幸，我栽进了涵洞里，而不是二十米之下的排水渠。

这之后，我是怎么爬出渠水，又是如何一步步回到家中，这一段记忆在进入家门之前，全部被恐惧吃得一干二净。

回到家里，换下一再湿透一再被晒干的衣服，我一个人躲在里屋用清水清洗了头发和身体，再换上那件淡米色的连衣裙，而后像个听话的孩子，默默地坐在床边发呆。

那一天，我一直一个人坐着，直到天黑爸妈回家，直到这一天结束，直到妈妈拉下垂在五斗橱上的灯绳，直到爸爸抽完最后一根烟从院子里回到他的小房间，家里没有人知道我今天去了哪里，经历了什么。

我不知道自己是怎么做到若无其事地让全家人不曾有所察觉，怎么做到不流露出一丝的委屈或者受惊之后的失魂状，或者，怎么做到在经历了两次死里逃生的历险之后却不向爸爸妈妈寻求任何安慰和温暖，怎么做到拒绝从父母家人那里获得爱与安全感的补偿。当然，爸爸和妈妈，他们在这一天不知道我经历了什么，就意味着他们永远不会知道了。

那天晚上，躺在黑暗里，一种被惩罚的羞耻感让我大睁着眼睛无法睡去。一个不听话的孩子大概是没有权利再要求温暖与爱的吧，尤其还是一个更应该懂得顺服的女孩，纵然一切不过是因为受到水的诱惑。这莫名占据我身心的羞耻感不知道是天赋如此，还是有谁通过什么办法将它悄悄塞进了我的大脑和心灵，总之，确实是它让我闭住了嘴巴。被惩罚从来都意味着一种过错，而过错则意味着羞耻，还能有别的原因吗？如果有，我也无从知晓。如果不受水的诱惑，如果不走上大渠，如果不去向往那些翻腾在水中的男孩……如果做一个听话乖巧的女孩，那就不会发生这些可怕的事情，也就不会有羞耻，不会受惩罚。但是，我如何才能做到那些"如果不"呢？我如何才能知道哪一些"如果不"将会带给我奖励，哪一些"如果不"将会带给我惩罚和羞耻呢？这些从黑暗中冒出来的问题，在十来岁的我那里，如何能找出它们的答案呢？

许多年过去了，我依然会不时回想起这凶险而又万幸的一天，回想起那一天天空的明亮、太阳的狠毒和戈壁滩的空寂，以及渠水的清凉和男孩子们的恣意欢叫，当然，一并卷起的，还有那些混杂在一起的自卑、恐惧与羞耻感。而每一次回想起这些已经附着着种种隐喻的迹象，我都会问自己——为什么仅仅是这一天，是谁往这一天里塞进去如此众多的庞然大物？是为了让我快速长大，还是——它早已暗中看出了我的什么本性，因此特别择出这一日，要让我看见自己或者试试自己？许多年里，无论我回想过这一天有多少次，也从未有过一次的清晰回答——为什么仅仅是这一天。耽溺于对水的想象与期冀，在一个出生于沙漠戈壁间的孩童的头脑里是怎样的一种状况？那一天的一切都是从这里开始的，但是，那一天的一切看似早已结束，却始终没有消失。

小石桥记

1

　　小石桥架在一条七八米宽的排水渠上，桥两端一大一小各有一个水池，池边砌着供人歇脚洗脸的水泥台阶。小石桥四周郁郁葱葱，有菜园，有水稻地，有棉田，有闻风而歌的白杨树林带，有密密匝匝的芦苇与蒲草。夏天的戈壁滩，中午寂静又悠长，家属院里一个人影都没有，明美往我家窗台上一趴，我们俩便拽上隔壁的小秋，三个人急吼吼一起往小石桥跑。"他们不会在那里吧"，明美问。"他们晚上才在那里"，我跑得气喘吁吁。"晚上蚊子会吃了他们"，小秋听了傻笑。"他们才不怕蚊子，他们只想着亲嘴"，明美边跑边跳，不时揪一把路边紫盈盈的甘草花。前面三十米，再拐个弯，小石桥就到了，不管他们在不在，我们都会放轻脚步，首先听一听流水的声音。叮叮叮，当当当，着火的天空下，只有小石桥还在唱着歌！暑假刚刚开始，要不了几天，这里从早到晚都会溢满我们的尖叫与呼喊声。除了吃饭和睡觉，没有谁愿意离开它，我们每个人都仿佛要和时间争夺夏天，生怕淌过小石桥的流水带走本该属于我们的欢乐。

2

"明美，小石桥是谁修的？"我问。"这谁知道呢？"明美说。"赵卓的爸爸兴许知道，他家是水工团的。"小秋说。"我才不会去问她。"明美说。明美和赵卓是死对头，明美嫉妒赵卓长得比她好看，又比她会打扮，我和小秋嘴上不说，心里都清楚。我站在小石桥的水泥台阶上，明美下到深及小腿肚的水池里，小秋站在桥头卷裤腿。大中午的，我们来小石桥做什么呢？我们要赶在赵卓之前占领小石桥，只有站在小石桥的清流中，只有与小石桥厮守的时间越长，只有让嬉水的声音飞得越高传得越远，我们才能作为一个胜利者从骄傲的赵卓面前骄傲地走过去。真奇怪，这件事从来不用多说一个字，我们却全都心知肚明。流过小石桥的渠水不管多么清澈，几分钟过后，也会在池底留下一层薄薄的泥沙。我们接连走进水池，开始用脚底板擦洗水泥池底。一脚下去，泥沙漂起来，水立刻浑浊了，又立刻被冲走；接着洗下一片，再下一片，直到池底变得乌青，露出水泥的原色；然后是水泥台阶，这是要用手洗的，我们三人一捧一捧地将水掬上去，哗啦，哗啦，很快也洗干净了。青灰色的台面亮晶晶的，水泥里那些青色的咖色的白色的小颗粒都看得一清二楚。不一会儿，三个人的衣袖和裤腿全湿透了，脖子和脸上鼓起一个个红扑扑的蚊子包，痒得忍不住，就用清凉的渠水抹上几把。清洗干净的水池台阶眨眼间就被太阳晒干，我们坐上去，脚在清凉的水中晃来晃去，嘴里开始喊喊喳喳，一会儿说赵卓的坏话，一会儿计划晚上几点出来偷看亲嘴的男生女生。太阳把自己都晒化了，我们却毫不在意地坐在被太阳晒得滚烫的小石桥边。如果没有小石桥，我们和其他生长在戈壁滩的小孩就没有什么区别了。如果没有小石桥，时间放进我们心中的小秘密就会因为没有水的润泽而失去那些恣肆和葱茏。我们都说不清楚小石桥的水到底是从哪里来的，就像我们不确定自己到底是哪儿的人，出生在内地的父母把我们生在戈壁滩，你说我们是哪儿的人呢？小石桥的水来自恰拉干渠，恰拉干渠的水来自恰拉水库，恰拉水库的水来自塔里木河和孔雀河，再往上，我们就一概不知了。在塔克拉玛干沙漠的东北角上，我们这个沙漠小镇，就凭着这两条水量逐年减少、水质急剧矿化的内陆淡水河，延续着它作为一个水源频频告急的沙漠绿洲的命运。但我们才不管这么多，在小石桥的清流仍然叮当作响的日子里，在我们三个小女生站在小石桥的流水里忙忙碌碌的时候，我们从来不会怀疑小石桥的水会永远地流淌下去，会永远地发出琴弦般悦耳的流水声。在我们的沙漠小镇，像小石桥这样的灌溉渠纵横连贯，它们到底有多少条，我们同样也说不清楚，它们沿着棉田、果园与林带的边缘，一路伸向戈壁滩的四方八野，仿佛一丛丛开枝散叶的神经或者血管，勾连起一片又一片的荒野，浸湿那些沉睡又孤寂的尘土，唤醒埋在土层下的种子与根芽，而我们的小镇，也就由此一岁一枯荣地在时间里艰难又顽强地向前行走。我们三个坐在小石桥边叽叽咕咕的时候，我没有告诉明美和小秋，背着她俩，我其实早晨已经单独来小石桥逛过一遭。我一个人来做什么呢？早晨的小石桥最安静最明澈，大概七八点钟的样子，当她们还像一群羔羊，被父母关在家里、流着口水躺在拥挤却温暖的床铺一角时，我已经站在了小石桥的桥头上。不需要经人提醒，我十二岁的身体里已经因为小石桥长出了一只新的钟表，它与小石桥遥相呼应，会在小石桥的每一个特别时刻向我发出急切的响铃。那些清晨，我根本不知道自己是怎么醒来的，是谁从梦里将我一把拽起。跑上桥，先是站在桥头看水，水纹像被梳子梳过，霞光从沙漠那边移过来，穿过一旁的芦苇丛和沙枣林，瞬间照亮了半个水面，那些青灰色的小鱼就从桥洞与植物的阴影里游出来，急匆匆跑到阳光照亮的一侧水面，没头没脑游上几个来回，等到发现并没有什么大不了的事情发生之后，就甩甩尾巴爱上哪儿去哪儿了；这阵子蜻蜓特别多，多得一挥手都能碰到它们沉甸甸装满受精卵的身体。谁知道它们整天都干了什么好事，反正那些日子渠帮上到处都是它们的尸体。有人说蜻蜓生完宝宝就死了，但是这堪称壮烈的行为对于我来讲毫无意义，顶多生出一点兴致，拾几只回去扔给家里的大公鸡，听它享受这美餐的声音，活像嚼碎一嘴骨头，咔嚓咔嚓的，吃得真带劲儿。一天里只有清晨，小石桥发出的声音才会无比清晰。清亮的水声从最细的一根波纹上响起；芦苇因为一只沙扑扑的蹿动突然嚓嚓嚓地剧烈抖动；蜻蜓在一片接近水面的洋甘草的叶子上产卵，用力的声音像炸开的肥皂泡；有一种蜜蜂不知在做什么，像是磨牙一般，喀巴喀巴啃着一根干木棍，啃过的地方留下一道道口水印；几步之外，小石桥下面的排水渠响动更大，一条金光闪闪的野生鲤鱼会猛地从草丛里跳起来，张口吞下一只飞过水面的大蚊子。晨曦中，静立在小石桥边，独自看见初升的阳光在水面上制造的阴影，独自聆听昆虫的细语、水的歌吟，再跳进水池中央，让清凉的水打湿挽在膝上的裤管……似乎就比别人掌握了更多小石桥的秘密。这份快乐是自私的、独霸的，我真的丁点儿都不愿意与人分享。一个人与小石桥待上半小时，再仰起额角浸上一头带着露水的阳光，摇一摇满耳朵的虫鸣、草嘶和水的歌吟，我这才心满意足地回家吃早饭、做作业，然后——等待院门外响起小伙伴们的呼喊声，和他们沓沓沓跑向小石桥的脚步声。

3

　　大概四点钟，午睡时间一过，小石桥就不是我们三个人的了。那些泥猴般小男生的喊叫声刚响起，眨眼间人已经冒着烟跳进了小石桥的水池里，一直要到太阳落山，他们的叫嚣声才会渐渐消失。整个下午，那些尖呼声飞过炽烈的阳光，飞过蒲草汹涌的排水渠，飞过望不到头的棉田与荒野，最终落脚在沙漠边的防护林里。小一些的男孩只是玩水，穿着背心裤头，躺在小石桥的涵洞里，一人或者两个抱在一起，让水流将自己冲进另一端的深水池。大些的男孩则专挑我们在的时候做恶事。"明美，你瞧，'愣头刚'又在欺负小猫"，小秋皱着眉头推了推明美的胳膊。我们转过头去。精瘦黝黑的"愣头刚"站在桥头，手里提着一块砖，砖头上绑着一根黄麻绳，小猫缚在砖头上，喵呜喵呜地嘶叫。"明美，你干吗喜欢'愣头刚'，他这么坏"，我问明美。明美转过脸瞪我一眼，低下头去，玩自己的手指头，不理我。"愣头刚"不是我们"公检法"大院的子弟，因为住得近，平常就和我们一起玩。"愣头刚"比我们高一级，是班里人见人嫌的差生，但若是听说伙伴里谁给别人欺负了，他准会出头为我们找回去。"愣头刚"似乎不大喜欢明美，流言不知道从谁的嘴巴里传出来，说"愣头刚"嫌明美牙黄、脸上雀斑太多。明美本来不刷牙，听到有人这样说，开始天天刷牙，但是门牙上的暗黄色斑点怎么都刷不掉。"愣头刚"洗完脸，带着一帮小喽啰呼啦一下不见了，明美魂不守舍，一个劲儿地啃指甲，啃得十个手指头都露出了粉红色的嫩肉。"'愣头刚'去哪儿了？"小秋不安地问。"好像钻到排水渠了"，我说。排水渠岸，生着茂密的戈壁植物——罗布麻开着铃铛似的粉色小花；洋甘草刚刚结出淡红色的荚果；黄耆的紫色花序高高耸立；骆驼刺深紫色的花朵正在变成一根根坚硬的锐刺；苦马豆椭圆形的荚果上长满扎人的白色茸毛；黑枸杞一边开花一边结着黑紫色的浆果，那些短刺阴险地藏在浆果下面，凡人靠近都会被它扎得苦不堪言、龇牙咧嘴；还有浓密的小香蒲，我们管它叫"毛蜡"，毛蜡刚刚开始结果，越是嫩小的果实越好吃。"他们肯定去摘毛蜡了"，小秋说。"明美，别啃指甲了，血都快被你啃出来了"，我说。"啊"，小秋惊叫一声。我和明美吓得肩头一颤，天哪，"愣头刚"和他的小喽啰们，人手一条丑陋的、还在蠕动的水蛇，从排水渠边走了上来。他们每个人脸上都油晃晃的，有人边走边嗷嗷直叫。"愣头刚"举着一条锹把粗细的花蛇走在前头，暗红色的蛇身夹杂着黑色斑纹，圆滚滚的蛇身缠绕在他糊着污泥的手臂上，让他突然变成了一个比蛇更可怕的怪物。"愣头刚"亢奋极了，一边走一边挤眉弄眼，脸都变了形。我们吓得呼啦一下全从水里跳出来，往后缩在一株柽柳的阴影下。小秋已经哭起来，"啊——走开，走开！不要过来！"小秋边喊边哭。我也害怕，就是没哭出来而已，倒退着往后躲，忽地一脚踩空，从渠岸上掉进了浓密的杂草丛中。明美低头拉我，急得脸色煞白，却猛地转过身去，大步迎上去。只见明美歪着头，捏紧两只拳头，恶狠狠冲着作恶的"愣头刚"扑打过去。"愣头刚"全没料到，头上脸上白白挨了几只粉拳，怔在原地，面红耳赤地盯着明美。烈日下，四周安静得令人不安，即便是叮当悦耳的流水声也消失了，谁也不怕的"愣头刚"终于被明美给制服了。

4

又是一个酷热的中午，小秋透过我们两家用葵花秆扎成的栅墙，小声在我耳边说："我们去水稻地抓鱼好不好？不要叫别人，人多了会被发现的。"我们各自提了一只铁皮水桶往小石桥走，我的水桶提手生了锈，吱吱嘎嘎响得叫人心烦。"你吐口唾沫在挂钩上就不响了"，小秋说。我吐了两口，水桶果然安静了。我们沿着小石桥的渠水往上游去，很快望见一片绿油油的稻田。青翠的稻田真是好看，像一块平坦洁净的绿绒毯，温顺地平铺在戈壁滩上。"你是怎么知道水稻地里有鱼的？"我问小秋。"水稻地一灌水就有鱼"，我妈告诉我的。小秋妈是四川人，人瘦得像根柴火棒，却任劳任怨力大无穷。小秋爸身体不好，肝上有病，火气大得吓人，两年前病发，不到一个月，人就走了。小秋上面有两个哥哥，下面有一个弟弟，四个孩子，书都念得好。小秋爸去世之后，四个孩子的学费和生活费倒是有小秋爸的单位照应，但家里的活就都落在小秋妈身上。小秋妈种了几亩棉花地，喂了几只新疆细毛羊，每年能从这两项上面攒些零碎小钱。上学或者放学路上，小秋妈常常背着一座山——青草捆、棉花袋，或者引火用的干柴枝，从小石桥上下来，一步一晃往家移。小秋妈背上的东西像座山，她就像压在山脚下的一块石头。小秋妈怎么压不垮啊？这是我每次见到小秋妈时心里的疑问。小秋心疼她妈，下了课我回家做作业等饭，她则天天钻进狭小昏暗的厨房洗菜做饭，周末大多时间，也是做饭、割草、喂鸡、洗衣服。小秋今天要去抓鱼，一定是家里好久没有吃到肉了。站在稻田的田埂上，潮乎乎的热气先是黏在腿上，接着糊上了脸。热空气在这里停止了流动，它们显然被稻田里的水分子抓住了手脚，怎么都挣不脱。四周的静谧也沉甸甸的，呆头呆脑坐在树枝上、藏在草丛里，跟个傻瓜似的吮吸着水分子。就是蚊子太多，雨点般落在头上，我朝小秋头上看了一眼，哟，毛茸茸的，像落了一层灰。我们在田埂上走。"嘘，慢一点儿，你听"，小秋回过头对我说。噼噼啪啪，噼里啪啦，先是右手边的一小片，跟着左手边也响起来，噼噼啪啪，噼里啪啦。眨眼间，整个稻田都在噼噼啪啪地响。原本纹丝不动的稻子跟着摇晃起来，先是一小簇像过电似的猛地跳几下，然后向前蹿去，四周的稻子跟着也被电击了，惊慌乱跳起来，拨剌剌噼噼啪，整片稻田随着都抖起来、扭起来，真跟中了邪一样。一时间，嚓啦啦、咕当当、滴沥沥，草叶声、鱼的翻腾声、水花声，各种声音混在一起，像大雨，像鞭炮。"鱼疯了"，小秋说。"稻子也疯了"，我说。

5

热空气在小石桥上嘶嘶作响，排水渠边的蒲草密得走不进人，欢腾的渠水流过小石桥，日日夜夜，一去不返。夏天过去一半，这个月也剩下一半。我们从月圆之夜等到月亮缺了半个，他们却一次也没有出现。月光乌蒙蒙的，月亮躲在我们身后的柳树梢里，十点半，天已经黑透，小石桥上还是不见人影，流水似乎也觉得没意思，奏出的叮当声越来越小，排水渠的水汽倒是越来越腥，热一阵凉一阵，拍击着我们的鼻翼。"他们怎么不来小石桥了？"小秋问。一连几个晚上，我们都守在小石桥边的菜地里，等着看那些大我们几岁的男孩女孩的亲嘴表演。"肯定是发现我们了"，我说。"肯定是躲到别的地方去了"，明美说。"也许他们互相生气，两个人不好了"，我说。"明美，'愣头刚'亲过你没有？"小秋问。上一次抓蛇吓唬我们，"愣头刚"挨了明美的打，反倒在那之后，对明美有意起来，不是领着他的小喽啰，聚在明美家屋山头耍宝，就是跟在明美屁股后面，明美去哪里，没多久，他就会像从地里冒出来似的出现在附近。"我才不要他亲呢"，明美撞了一下小秋的肩膀。"快看，快看，来了，他们来了"，我说。呀，远远的，他们一前一后，往小石桥的桥栏上走，一直走到小石桥另一边的水池跟前，才犹犹豫豫站住了脚。月亮这时候爬出树梢，成心要给他们照亮似的。但我们看不清他们的脸。他们是谁呢，说实话我们当真不知道，附近有学校、有公检法、水工团、加工连、大修厂……好几家单位，一茬又一茬的"兵团二代"，大大小小，亲亲疏疏，我们哪里能知道他们是谁呢？"一定是刚刚好上的"，明美说。"一定是听到了小石桥的水声"，我说。他们始终笔直地站着，不靠近，也离得不太远。女生偶尔甩一下胸前的大辫子，男生也只是侧过身朝女生说句什么话。我们等待着，水声突然大了，我们心急火燎地拍蚊子。"他们到底什么时候亲嘴啊？"小秋忍不住嘀咕。话一落我们哧哧哧笑出声来，声音越来越大，那边听见了，立刻转过身子往这边望。我们互相一搡，索性从草丛后跳出来，嚓嚓啦啦，故意要把声音弄得更大，然后放肆大笑着，吧嗒吧嗒地朝马路上欢跑回去。

6

夏天就要过去，流过小石桥的水会突然浑浊不清，渠水里那些神气活现的鱼群也在一天天减少。小石桥的水量不像从前那么稳定了，忽大忽小的，家家户户的自留地于是都等着大渠放水。突然一天，小石桥来了满渠的大水，家家户户就排队排到深夜，地头靠后的一些人等得不耐烦，会提着砍土镘气冲冲上来质问，脾气大的二话不说，抬手就把别人家淌水的口子一把堵上。为浇地吵架的人多起来，有一天，妈妈竟然也和别人嚷嚷起来，真丢脸啊！一天早上，起床后天就成了黄色，风把沙子吹到了云层之外。家属院里，爱美的阿姨和大姐姐用纱巾包住了头和脸。我觉得奇怪，抬头看天，片刻，沙子沙沙沙掉了一脸。风把沙尘卷得太高，高得感觉不到风，只有沙子不停地往下掉。天越来越黄，越来越暗，戈壁滩成了一只被扣在一块污黄色的布罩下的猎物。空气里都是土腥味，下午四点钟，家里黑得像是夜里十二点。菜地里的蔬菜都耷拉下叶子，棉花刚刚结起核桃大的棉蕾，大批大批地往下掉，妈妈心痛得眉头抽巴成一只秤砣。那几天，小石桥断流，风与沙尘将我们与外界隔绝开来，家属院里却没有笑声和喊声，房屋即便开着灯也像坟墓。我去院子里走了一圈，地面、水泥桌、葡萄叶、压水井的手柄，全都落着一层新鲜的黄沙；警犬露露枕着前腿，缩在狗窝里，狭长的两颊落着一层灰土，鼻孔两边脏兮兮的，它翻着眼白看我，仿佛挨了一顿我的猛揍；鸡也没有声息，蜷缩在鸡圈的旮旯里，有一两只稍微精神些，也只是轻手轻脚地扎扎翅膀，决不会像往常一般无耻地跳上跳下。每个人都在担忧，狗儿和鸡比人似乎更忧伤，但除了等待风暴过去，谁都没有办法。

7

　　沙尘暴过去之后，小石桥流过两天两夜的浑水，重又变得清澈明亮，我们又跟从前一样围坐在它冲洗一净的水泥台阶上。一个清晨，蓝天无云，起床后我照常往小石桥跑。天哪，深水池里，半个水池都是"新疆棒子"的鱼秧秧，一条挤着一条，一层压着一层，在水池周围围成了一堵厚实的"鱼墙"。最上一层靠近池边的，笃笃笃，小嘴一致啄着水池侧沿上的淤泥。泥巴有什么好吃的，它们吃得那么起劲？我的手伸进水中，轻轻一捧，呀，满满一捧。从没见过这么多的鱼，我激动得要发疯，一溜烟跑回家。小秋正在剁鸡食。"小秋，快拿脸盆，满池都是鱼"，我着急得声音都变了调。不到两分钟，小秋与我各自举着一只洗脸盆冲出家门。下到池中，水深到大腿根，我俩弯着腰，一捧又一捧，几下就捧出了半盆鱼秧秧。小鱼们被我们惊动了，哗地四向散开。"要是带条毛巾就好了"，小秋说。"纱布最好"，我说。鱼比小拇指还小，啥渔网都网不住，我们同时想到了身上的衬衣，幸好里面都有背心。但是衬衣的料子都是的确良，漏水慢，小鱼眼见着都跑没了。一番折腾，鱼差不多跑光，我和小秋已经各自收获了大半盆。"新疆棒子"学名叶儿羌高原鳅，是名副其实的新疆土著，没有鳞，内脏少，几乎是蛇的变体。"新疆棒子"长得不讨人喜欢，从哪个角度看，表情都像是在嘲讽与鄙夷人。听说新疆的土生鱼类都不喜欢像人一样去进化，所以它们又古老又稀少。"新疆棒子"和从内地引进的鲫鱼不一样，它们喜欢成群结伙地聚在一起，黑压压一片，凑在某个凉爽的地方待着。关于"新疆棒子"，我们听到过一个传说，是一位浙江来的叔叔讲给我们听的。

他讲，唐僧取经过了火焰山之后，走到了铁干里克附近，消息传到青海湖，青海湖有个蛇精，想吃唐僧肉想疯了，就带着徒子徒孙，一路扬沙走石，一夜之间赶到了铁干里克。早晨，唐僧吃过早饭，打开城门一看，呀，里三层外三层，全是密密麻麻的蛇。这么多的蛇，怎么办呢？还是孙悟空办法多，它揪出一把猴毛，一吹，变成无数只刺猬，刺猬滚来滚去，不一会儿，蛇都给扎死了，蛇精也束手就擒。怎么处置蛇精呢？唐僧想了一个办法，他对蛇精说："你回青海的路上少不得又要兴妖作怪，不如就在这里变成鱼类安家吧。"这就是"新疆棒子"没有鳞长得像蛇的原因，也是新疆水蛇为什么不咬人的缘故。抱着半脸盆"新疆棒子"的鱼秧秧回到家里，我立刻将自己对家里做的巨大贡献呈在妈妈眼前。"全是小肉丁丁，吐吐泥，用鸡蛋面粉一裹，油炸！"妈妈高兴地说。第二天，家属院里的小伙伴都知道了这件事，于是，从这天开始，每个清晨，那个五六平方米的深水池里，就站满了懂事听话的我们——一心要为家里创造幸福生活的女孩子。我们高低不一站成一圈，拿着各种自制的捞鱼工具：扎出小洞的旧布片、洗脸毛巾、医用纱布、纱窗网兜，一下又一下，一天又一天，不嫌胳膊酸，不怕水凉，一个个全都陶醉在激动人心的捞鱼劳动里。有人低声交流，有人全神贯注，每个人都又高兴又紧张。家长们也前来观赏，他们蹲在桥头，看我们忙得抬不起头，满脸都是赞许的笑容。这样，一盆又一盆，一桶又一桶，半个来月，"新疆棒子"的鱼秧秧就在小石桥附近绝了迹。小秋见再也捞不到"新疆棒子",就担心地说:"'新疆棒子'都给我们吃光了,我们把'新疆棒子'的娃娃都吃光了。"小秋的话没说错,那个夏天,我们吃了太多"新疆棒子"的鱼秧秧,所以,当下一个夏天到来之后,我们再也没有在小石桥见过它们。

8

"新疆棒子"消失后,小石桥附近连常见的鲫鱼也再难抓到。水稻地不见了,越来越多的菜地因为浇不上水改种棉花。小石桥的水量越来越小,水流开始浑浊,这比抓不到鱼更让我们失望和忧伤。没有小石桥清澈的流水,我们那些声嘶力竭的欢呼声真的嘶哑了许多。又经过一个夏天,小石桥猛地荒芜了。浑浊的渠水匆匆穿过小石桥,水量有时候会出人意料的大,有时又会突然断流。水池两旁的泥土小路因为少有人去,已经泛起一层虚软的白色碱花。水池池沿肮脏不堪,落着枯草和结了块的泥巴。羊只肯定来这里喝过水吃过草,因为黑色的粪便同样留在了台阶上。植物们疯长,有的倒在路边,有的爬进水池,排水渠两岸的香蒲,竟然长得和桥身一般高。小石桥不停地变化,我们不停地长大。上了初二,我和小秋一起分到重点班,明美从此与我们疏远,见了面,脸顿时冷下来,再斜过来一眼,就傲慢地走过去了。"愣头刚"经常逃学,有一天猛然撞见他,他的嘴唇上面已经长出一层黑茸茸的胡髭，声音也粗得吓人，看我们的眼神又陌生又不耐烦。清水潺潺的小石桥现在流淌着一种让人嫌弃的灰色泥水，一开始我们都不适应，但渐渐地也就无所谓了。浑浊的渠水既不能清洗衣服，更无法濯洗我们的皮肤，连那些还可以脱光自己的小男孩都不愿意将自己泡在浑水里。我们首先从身体上疏远了小石桥，接着是心里，像是失忆一般都不提起它的过去。这个夏天，小石桥的水流啊流，但是已经和我们没有多少关系了。戈壁滩上，倒是热闹了许多，我们听到一些新鲜的名词——蛭石矿场、地膜棉、香梨园、鹿茸基地……大人们整天唠叨着这些新鲜事儿，却没有人提到两公里外的沙漠悄无声息地又向我们移动了几大步，数十米宽的防护林已经被沙漠吞噬掉一半，那些沙枣树、柳树、杏树、桑树……眼睁睁被沙丘埋掉了半个身子。一个初秋的下午，六点来钟的样子，我和小秋相约一起复习历史，我们都不愿意待在家里，就你提问我回答一来一去地往小石桥的方向走。小石桥两边，原先鲜绿馋人的菜地都种了棉花，棉田一望无际，田埂齐整得像被刀切过。站在桥头，小秋和我都闭住了嘴巴，我们怔怔望着桥下的水流，不知道该怎样表达心中的诧异。水小得可怜，好些地方渠底都像死鱼肚子般翻浮而起，从前嬉水的水池已经被泥沙填满。水流被泥沙劈成几缕，全没有手腕粗，像一条条泥鳅，懒洋洋往桥身里拱。我和小秋互相看看，都从对方眼里看到了那些水光熠动一去不返的快乐与美好。那些人在干什么呢？小秋往桥的那头望。桥的另一端，不远处有块空地，空地里站着一群年轻人，头发理得很短，每只脑袋都乌青乌青的。"好像是看守所的犯人"，我说。看守所在两公里外的沙漠边上，那里是一片禁地，即使路过去沙漠里玩，我们也得绕着走。我上前两步，走到桥中央，盯着那群人仔细看。我越看越蹊跷，越看越惊慌，等到看明白那是一群正在脱土坯的少年犯，并且旁边站着两个端枪的警察时，小秋也站在了我的身旁。那不是"愣头刚"吗？我的心咚咚狂跳。"不会吧，呀，真的是他"，小秋说。"他干什么了？"小秋接着问。明美要是看到他这样会说什么，我反问小秋。"愣头刚"在学校的大会上被点名批评过，我们都知道；"愣头刚"后来退学去社会上找工作，我们也听说过，但是，"愣头刚"怎么会突然成了眼前的少年犯？那个和我们一起长大，一起呼喊、奔跑、胡闹的男孩子怎么会成了桥那一头的罪犯？我们这样望着"愣头刚"的时候，他也看见了我们。他把木匣里的土坯扣在地上，提着空木匣边走边朝我们望，一个端枪的警察走过去，跟他说了什么，他立刻低下头，再没朝我们这边看一眼。小秋难过得要死，拧着眉毛，嘴巴半张着，像咬烂了自己的舌头，疼得不知道怎么办好。我也难过，眼泪几乎掉出来，"愣头刚"虽然老做坏事，但在我们心里他从来不是一个坏人，他只是喜欢恶作剧，喜欢用恶作剧显示他比别的男孩本事大。"'愣头刚'好可怜啊"，小秋说。"回家我要问问我妈，他们干吗要把他抓起来"，我说。就像小石桥的流水变少变浑浊一样，我们既搞不清楚这是怎么发生的，也无法阻挡这些变故的到来。"愣头刚"藏在那群少年犯里，不让我们再看到他。那天，历史书被我和小秋卷在手里，再也没有打开过。那天下午，似乎见到的每样东西都在驱赶我和小秋。我们无法再在小石桥待下去，这就一前一后、慢吞吞地朝马路上走。灰色的马路空荡无人，一头通向虚蒙蒙的地平线，一头扎向沙漠边缘的防护林带；踏上马路的时候，戈壁滩的夕阳在我们身后猛地掉下一截，我们各自的影子跟着拉长了许多；不用看，渠岸两边的芦苇、枸杞、甘草、罗布麻、骆驼蓬、泡泡刺还在我们身后胡乱生长着，有的快要枯萎，有的横七竖八趴在地上；渠水也还在我们身后有气无力地流淌着，只是听不见一丝水声。我和小秋，我们一前一后慢慢地往前走，谁都不说话，谁也没有回头再看一眼小石桥。

捕鱼者

1

　　戈壁滩的夏天来了。周末清晨，后窗外一群麻雀啾啾唧唧叫个没完，那种乱七八糟的激烈，就像一群胡作非为的小屁孩在撒欢儿争抢着什么。我被它们吵醒，睁开眼朝窗外望去。天空一片湛蓝，亮晶晶的阳光爬在我家院子的西墙头上，爸爸坐在西墙下，两只手上下不停，正忙碌着什么。我的眼睛糊着眼屎，迷迷蒙蒙的，惊讶中以为自己看错了什么。真新鲜！爸爸在织渔网。一只绿色的渔网垂挂在他身前的晾衣竿上，已经有一米多长。爸爸一只手握着一根挺粗的钩针，一根手指上绕着绿色尼龙线绳，左右穿梭，一下又一下，我在他身后站了好半天，他都没有注意到我。太阳照在爸爸黝黑的脸庞上，他的手指看起来无比有力和灵巧。

2

之前我见到的渔网都是白色细尼龙绳编成的拉网，每当夏季来临，爸爸会在每个周末将拉网放在一只铁皮桶里，然后戴上草帽，一个人骑上自行车便出门去了。爸爸去哪里抓鱼？一个人怎么将拉网放在水里？我什么都不知道。爸爸不爱说话，下班后做完家务，多数时间都是一边抽烟一边发呆，独自坐上整晚，仿佛有想不完的心事。偶尔，爸爸也会贪杯，酒一下肚，眼光与神情会像被泡发的海带，完全变了形状。但爸爸又是一个异常灵敏的人，春天，当小草刚刚发芽，白杨树嫩黄的新叶刚刚挤出树干，他会在第一场毛毛细雨之后，带着我先是穿过一片盐碱荒滩，再走过两列棉花田，来到沙漠边上的一片防护林里。爸爸是带我来找蘑菇的。他教我怎样在沙土里发现蘑菇，怎样在摘除蘑菇之后不要破坏土层更深处的菌种，怎样分辨有毒和可食的蘑菇。有一次我们在林带里碰到一坨牛屎那么大的一个蘑菇，爸爸也头一次拿不准了，他蹲在蘑菇一旁，瞧了又瞧，边看边咕哝："戈壁滩怎么会有这么大的菌子呢？"最后，他摇摇头，说"不捡了，万一有毒可就坏事了"。但是背着手走出去不远，爸爸又说"回去捡上它"。"为什么"，我问。"你看，这里也有一个，给牛啃了一半，说明它没有毒，牛比人知道得多"，爸爸说。爸爸带着我找蘑菇，却一直不带我捕鱼。"那可不是好玩的，戈壁滩里，连块树荫都找不到，太阳会晒脱你一层皮，蚊子多得吃人，你哪能受得了！"爸爸说。周末，爸爸总是一个人出门，妈妈虽不满意爸爸这样终日逛荡，但当爸爸提着半桶活鱼回来，再为全家人烹烩出一盆鲜美异常的鱼汤与鱼肉，妈妈就把不快扔到墙根儿了。爸爸提着盛鱼的铁皮水桶回到家里，再将鱼倒入洗衣大盆的时候，我会激动得眼睛发光。我蹲在盆边打量它们，听它们嚓嚓嚓簌簌簌吐着水泡，一边戳着鱼的脊梁，一边问爸爸，这是什么鱼，那是什么鱼。这样，我就认识了鲫鱼、鲤鱼、草鱼、鲢鱼、"五道黑"和"新疆棒子"。"五道黑"最好吃，妈妈说。"哼，你光知道好吃，不知道'五道黑'最凶狠，这种鱼是北疆来的，塔里木从前没有这种鱼，它吃小鱼，吃了不知多少'新疆棒子'的鱼苗苗"，爸爸站在院子当中，一边擦洗腿上的泥点子，一边扭过头来对妈妈讲。听爸爸这样说，我就探下头，拨开挤在盆边上的鲫鱼和"五道黑"，朝盆底去找不多的那几条"新疆棒子"。"五道黑"的鱼鳞真硬啊，轻轻一碰都粗糙得扎手，怪不得爸爸要用铁刷子才能去掉它身上的鳞。"新疆棒子"是当地人的叫法，爸爸是南方人，拿它跟长相近似的泥鳅相比，所以只告诉我那是一种鳅鱼。贴在盆底的"新疆棒子"是灰褐色，脑袋比一般鱼宽，像个躺倒的三角形，身上光溜溜的，没有鳞；和其他鱼比起来，它似乎不容易长大，也不喜欢抛头露面，不像别的鱼儿，挤在盆边吐泡泡，它看起来又孤僻又倔强，而且脾气相当大，当我用手指戳它时，它会一甩尾巴哧溜一下滑到别处，小眼珠满是被打扰的愤愤不平。妈妈喜欢吃"五道黑"，我更喜欢吃"新疆棒子"，因为它没有刺，它的肉细腻绵软，真的是入口即化。爸爸不带我去捕鱼，但如果爸爸捕鱼回来，一定是我最早知道，一定是我第一个蹦到他盛放活鱼的水桶边。爸爸捕鱼回来一般是傍晚太阳下山前，有时他不直接回家，他把自行车停在鸭子坑边，先去水边洗干净腿脚上的泥巴，再蹲在岸边空地整理挂着水草或者枯刺的绿色拉网。这时候，我会像闻到鱼腥的猫一样，哧溜就蹭到爸爸身边。渔网腥气冲鼻，但我不在乎，蹲在爸爸对面，看他一掀一掀清理叠整拉网，不时也伸出手去，帮爸爸摘去一段腐烂的草根或者弯曲的细铁丝。这时候，往往有路过的男性长辈来聊天，遇到有经历的人，他们的话题就会在鸭子坑暖热的潮气里，沿着戈壁滩悠长的黄昏，探入那些我从未去过的时间深处。"从前塔里木的大头鱼和尖嘴鱼再也见不着了，更吃不上喽"，一个叔叔说；"自从上游打了水库，那些鱼就少了"，另一个叔叔说；"不打水库水就白白跑掉啦，你们不晓得吧？塔里木原来哪里有鲫鱼、鲤鱼、草鱼的？都是从口里引进来的鱼种，'五道黑'是北疆来的，这些鱼繁殖起来要比'新疆棒子'和尖嘴鱼快多了，你说的大头鱼，从我来塔里木就没见过"，又有人赶快说。这时候，爸爸只听不说，黝黑的脸只是挂着心满意足的微笑。

3

　　阳光移向这只垂挂在晾衣竿上的绿色渔网。爸爸的圈脸胡已经冒出头来，像光秃秃的泥土长出连绵的小草。爸爸慈祥地眯着眼睛，见我过来，放下手中的钩针，点着烟，美美地吸了一大口。我伸手去摸渔网，它又光滑又温暖，尼龙线绳因为刚刚结起，握起来还有一种蓬松感。我将渔网拉开来，发现它的形状和我的裙子一样，但是这怎么能网住鱼呢？"底下有一圈小口袋，网住的鱼会钻进那圈口袋里，等渔网织好你就明白了"，爸爸说。一天又一天，挂在院子中央的渔网在阳光下、在戈壁滩里的风中长长、长大，爸爸抽空就坐下来织几圈，看着他或平静或沉峻的脸，看着他粗黑的手指头灵巧地绕着那些绿色的尼龙线，我总觉得爸爸不仅仅在结线，不知道还有多少看不见的东西被爸爸编进了渔网。偶尔，爸爸会呆坐在垂吊于他眼前的渔网对面，双手撑在膝盖上，默默盯住渔网，半天不动一下，脸上全是我看不懂的冷漠或者哀伤，似乎渔网根本不是他所爱，似乎他是无可奈何才要这样一圈圈地织下去，就像太阳每天会落下又升起来一样。这时候，我是担心爸爸的，并为他满腹心事的神色而不敢靠近他。但大多时候，爸爸脸上的神情是专注的沉迷的，在我们都没有注意到他的时候，他已经独自坐在院落当中，背对太阳，穿针引线手挥目送，俨然已经忘记了周围的一切。

4

经常来看爸爸织网的叔叔有两三位，看样子他们也是喜欢这件事的人，他们拉个马扎坐在爸爸身旁，一边看一边抽烟一边就说起了往事。他们一说起来我就往跟前凑，那可比小人书里的故事好听多了。"1960年那鱼才叫多，那时我在英苏，困难时期吃不饱肚子，就想办法下湖打渔，花莫克西波底湖，一条网扔下去，多少人都拉不动，不得不赶来马车，马车也拉不动，就用链轨机车拉。那鱼大的啊，每条都五六斤重，你们知道那一网上来多少斤？一万斤啊！我们的命都是鱼救回来的。鱼拉了上来，通知各单位去拉鱼，拉鱼的人每人带把刀子，就在湖边的沙包下，这边剖肚，那边撒盐，撒完盐往沙包上一甩，拣回去的鱼堆在仓库里，食堂一天三顿吃鱼。鱼多好吃啊，野麻根瓜藤做的馒头吃得人想吐，现在有了鱼，那吃的一个高兴。清炖、清蒸、油炸，还有人发明了吃干鱼的办法，大葱加醋凉拌，味道也好。"一个叔叔说完，另一个赶快接过话来说："那时候还能见到大头鱼，那鱼最好吃，肉又软又绵，口里没有这种鱼，有人打过一米多长的大头鱼呢，不知道是条多少年的老鱼精呢。"前一个叔叔马上又接着说："水库打起以后就立马少了，大头鱼怪得很，到了季节，要回头往源头上游，要到上游什么地方才能产卵，水坝一拦，那鱼进去出不来，下游又捕得厉害，没两年就少得见不着了。"多数时候，爸爸只是笑眯眯地听，但偶尔也会简单地插上一句："当年八连的小宋偷偷下湖抓鱼，鱼太多，回去猛吃一顿闹了肚子，不得不请假在家，被上头知道，立刻抓起来关了禁闭，这事你们不知道吧。"我家有箱小人书，附近伙伴要来看还得巴结我，但这些小人书的故事都不如叔叔们围在爸爸的渔网边唠叨出的这些陈芝麻烂谷子好玩。什么冬季织网比赛，什么野麻网和透明交丝线网的不同，哪个海子的鱼多，哪个团场最先开始在水坝里用拦鱼设备……从叔叔和爸爸的闲扯里，我听到了一些从来没有去过的地名——龙口海子、英格海子、毛蜡湖、艾沙米尔海子、卡拉水库、大西海子水库。戈壁滩干涸少绿，我们喝的水里有沙子，鞋子里有沙子，眼睛里有沙子，紧闭窗门桌子上依旧落着一层沙子……我的眼前到处都是土和沙子，但是在这些大人们的嘴里，却另有一个碧波连绵、水宽鱼大的世界，他们说什么小湖连串、野鸭成群水鸟成片，四周胡杨林黑苍苍的，几十公里几百公里都走不出去……他们还说，现在各个团场驻扎的地方，所属地的地名都有"海子"的意思，各种各样的海子，什么新海子、大海子、小海子、海子的海子、海子之母……在叔叔和爸爸的讲述中，干涸荒凉的戈壁滩变成了一个到处都是亮晶晶、蓝莹莹的海子的世界，到处能看到鱼跃鸟飞，到处是胡杨树的阴凉，到处是又高又粗的芦苇丛……啊，蓝莹莹的湖水里，还有数不胜数的鱼，现在我又知道了另一种叫作大头鱼的鱼，它是什么样子呢？它竟然能长到一米来长！这些故事听起来那么诱人，戈壁滩的过去——在我还没有出生的时候——听起来似乎比现在好玩得多。那么，那些海子在哪里呢？爸爸织好渔网以后，会不会就是要去那里呢？光秃秃的戈壁滩里原来深藏着一个又一个大鱼潜行、草木茂盛的海子，想到这些，我激动得几乎要叫出声来，并且暗下决心，等到渔网织好，一定要让爸爸带我去捕鱼。

5

一个初秋的清晨，一只挂满了银色铅坠大概五六米长的渔网新崭崭地挂在我家的院子当中。爸爸还是坐在渔网对面的方凳上，嘴里噙着烟，一只手扶着渔网上部，一只手掀动着渔网底端的网兜，嘴边的笑容像水波一般一圈圈地荡开去。跟随着爸爸手臂的节奏，底部打开的渔网就像一片蓬松的绿色云团，在空地上悠然浮动。我两脚跳到爸爸跟前，又一次为他总是悄无声息地做好一件让我觉得不可思议的事情而惊讶和惊喜。我绕着渔网走了一圈，然后蹲下提起渔网一角。"爸爸，这网能捕多大的鱼"，我问。"要等用了才知道"，爸爸诡秘地看了我一眼，眼睛里像是撒了一把星星。周末，拿起新渔网，我和爸爸出发了。爸爸为什么会突然同意我做他的小跟班，同意我跟着他在酷热的戈壁滩里四处转悠的呢？啊，不需要为什么吧，因为我是他的女儿啊。碧空无云，阳光亮澄澄的。攀上大桥，爸爸急于试试他的新网，四向瞅瞅，将车停在桥头。我伏在桥栏上俯望河水。水比夏天要小一些，碧青而安谧，像一个长大并懂事许多的小孩，手脚稳重了，眼睛里一天天多了些深幽幽的含义。再看爸爸，他已经喜滋滋地从水桶里拎出渔网，而后抖展摊开，再分握、提起，然后两腿微弯，双足紧紧扎稳，接着侧身运气，猛然振臂间，绿莹莹的渔网便唰地飞在水面上。一个漂亮的圆圈，眨眼间沉入水中。我伏在桥栏上，瞧着运气撒网和屏住呼吸小心收网的爸爸，瞧着他的快乐和投入，心里无比惊讶：这是另一个机敏、自信和无忧无虑的爸爸，他的眼睛直勾勾地盯着水面，四肢灵巧有力，半躬起身体的样子像是随时可以腾空而起，整个收网的过程，脸上一层层荡开着一些忽明忽暗的表情，它们一闪而逝又此起彼伏，就好像水面上那些摇晃的细小波纹。平常的爸爸嗜烟、嗜酒、老实、胆小、笨嘴笨舌，但当他站在水边，对着这个空阔浑黄的戈壁滩，那些日常里的沉闷与拘谨都闪到了一边，他眨眼间成了一个和孩童一样贪玩和忘乎所以的人。看见一个变了样的爸爸，我真是太高兴了。

6

撒网和下拦网的水域是不同的，撒网对水域要求比较高，水面最好开阔，水要足够深，水速要缓，水底要没有扎人挂网的木桩和水草。但是除了自然形成的野海子，戈壁滩适合撒网的地方简直没有。野海子都在沙漠深处，汽车开进去来回都得两三天，爸爸凭着一辆永久牌自行车，最远只能在方圆十来公里的地盘里转悠。之前，我总是想象爸爸捕鱼的地方是一片又大又深的水面，比家门口的鸭子坑还大，水面被粗壮茂密的芦苇丛环绕，附近有连片的树荫，树荫底下，有在田地里劳动的农场职工或者路过的行人和爸爸打招呼，当爸爸坐在树荫下就着凉开水吃冷馒头的时候，水面上会跳出一条又一条银光闪闪的鱼。成为爸爸的捕鱼伙伴之后我才知道，根本没有比鸭子坑更大更深的水面，没有树荫，没有路人，甚至没有凉开水和冷馒头；大多时候，只有满天炽白的阳光，满眼焦黄的沙地，满身的泥点，满脸满头的蚊子，满手是被野草划破的纤细血痕。但我一点儿也没有后悔或者退缩。先初，爸爸多在大渠撒网，因为只有大渠拥有适合撒网的开阔水面。大渠地基高于两旁的农田、马路和人家，因此站在渠帮上，我可以望见两岸景色，因此跟着爸爸走得越远，我渐渐看到的戈壁滩就越广大，也越荒凉。孤单的土坯房、始终飘着尘雾的218国道、稀疏的胡杨树、光秃秃的戈壁滩，再往远，就是连绵起伏的沙丘了。走过长长的大渠，我们的收获并不多。鱼都到哪里去了呢？走得越远，渠帮上的土就越白，四周也越空阔，空气很烫，烫得我的脸先是发红，接着又痒又疼。每个周末都是如此，爸爸在前面撒网，我提着水桶跟跄跟上，这样走出一段路程，我放下水桶，回头去推自行车。爸爸撒网收网，我们走走停停，水桶里总是不多的几条一拃长的鲫鱼，连常见的"新疆棒子"也几乎见不到了。多么让人失望啊！以前爸爸去排水渠拉拦网还能见到筷子那么长的鲤鱼和"五道黑"，大渠的水这么深这么多，鱼都去哪里了呢？河水缓缓流淌，鱼鳞状的波纹闪着刺眼的白光，这条从几百上千公里之外流过来的河水下面，到底藏着什么秘密，发生着什么样的变化呢？

7

爸爸只好带着我去排水渠侦察水情。连着好几个假日，我们沿着团部附近大大小小、长长短短的排水渠，先是从团部出发，挨个往下面的连队跑，再由连队前往沙漠防护林，若不是这样，我根本不会知道自己到底生长在一个怎样的世界，戈壁滩到底有多大有多荒凉。排渠一般在农田或者林带旁边，越是面积广大的农田，侧旁的排水渠就越深越宽，灌丛与杂草也越茂密。排水渠几乎没有像样的渠帮，渠岸上部多是深及脚踝的碱土，被草叶划破的伤口沾上这样的土会有剧烈的蜇痛感；因为排水渠地势低洼，坡岸也就相对潮湿，麻黄、芦苇、画眉草、骆驼刺、甘草、棘豆、苦马豆、野麻、蒲草……塔里木盆地的野生植物竞相在这里抢夺地盘。排渠跟前有时连人走的路都没有，被太阳晒得打卷儿的杂草生长在开着碱花的虚土里，一脚一脚如同踩在气泡上。爸爸这时候会心疼我，说让我待在原地，他一个人往前走走看。但我不答应，四面都是望不到头的农田或者荒地，没有树荫，更见不到半个人影，戈壁滩会用它又大又白的寂静吃掉我的。所以我宁愿跟着爸爸走在没有路的碱地里，让带刺的杂草在小腿上割开一条条口子，宁愿被蚊子追咬，也不敢一人留下来。多数排渠水浅得大概只到爸爸膝盖，因为是农田的排碱水，水倒清澈，但渠底都给排碱水釀成黄色，真不知那些只有我手指头那么长的小鱼儿是怎么生活在里面的，难道它们要喝这种又咸又苦的水吗？但它们可真是机灵啊，乌青的小身体很早就觉察到陌生人的到来，而后一起拐头向上游游去，越往上游，带动的鱼儿就越多，鱼苗苗、鱼秧秧……大大小小，一群跟着一群，奋勇又着急地往上游，眨眼间，沟里或密或稀的杂草就被它们精灵般的小身体撞得东摇西晃。先初，只是近处的一片，窸窸窣窣啦啦，很快，向前去的整条渠都抖动起来了，那些翠绿的草尖儿在白辣辣的阳光下过电般颤动着，似乎大地深处传来了一股难以描述的力量，使得它们为之惊异和战栗。阳光刺眼，空气烫人，我在渠边的杂草间快步穿梭，跑得比爸爸还快，草尖扎上脸颊划过手背，混合了碱土味的汗水从太阳穴流到我的嘴里，渠沟里带着鱼腥气的潮气将咸晶晶的汗水变得又滑又腻，接着渗进皮肤的小伤口里，顷刻间，我的脸又红又肿，双手又痒又疼，即使这样，我也没有停下脚步。我太开心了，和爸爸这样走在戈壁滩里，还有一渠精灵一般的小鱼在和我赛跑。如果不是爸爸在后面喊我，我想我会一直跟着小鱼们跑下去的。

8

　　家里总会突然迸发出争吵声，那些刺耳的声音令我害怕，也让我感到羞耻，爸爸妈妈，他们是我最爱的人，但是他们却经常像仇人一般相互喊叫。事情的尾声，多在妈妈一个人的哭诉中落幕。我从来弄不清他们争吵的起因，败下阵来的永远是爸爸，永远是他无话可说，或者有口难言。他忍气吞声地坐在离妈妈最远的角落里，埋着头，一根接一根，凶狠地抽烟，直抽得唇干舌燥脸色发青，脚前扔满烟头的残肢断骸，仿佛那些被踩扁的、被掐断的、被摁弯曲的白苍苍的烟头，就是他内心烦恼与痛苦的形状。而我，每每在望着这一片丑陋又狼藉的烟头时，都会心惊胆战地退在一旁，都会忘记呼吸，都会无比同情爸爸可怜爸爸。争吵过后，爸爸有时也会喝闷酒，他坐在黑漆漆的厨房灶台边，或者有气无力的火炉旁，端着一只倒满高粱白酒的玻璃酒杯，一杯接一杯，直至眼神迷蒙、语无伦次以及一个人哑然失笑、自言自语。这种时候，我对爸爸的同情又化为恐惧。我甚至会被他脸上的那种像井水一般摇晃扭动的神情吓哭，那种神情怪异得我无法理解，它使爸爸的脸变得像鱼、像猫、像狗、像羊、像鹰、像牛……就是不像他本人。这种时候，我决不敢多看爸爸的脸，倘若不小心瞅去一眼，定会吓得远远躲开，缩在里屋大床一角，或者院门外的电线杆下，必须要花很长的时间、很大的力气，才能让扑腾在嗓子眼儿的心落回它的原处。这期间我会想，如果没有烟、没有酒，爸爸要怎么办呢？所以，我打心眼儿喜欢带我一起捕鱼的爸爸。爸爸怎么这么好呢！这是坐在爸爸的自行车上时经常萌生的感动。他眉头舒展开了，嘴边总是挂着温暖的笑容，眼睛看到哪里都乐陶陶的，阳光白云，草木水土，即使是戈壁滩的荒凉，没有一个不使他轻松和快活，仿佛我们的家真的是个牢笼，一旦出门行走在天空下，他就脱胎换骨成了一个浑身是胆、满身是力气、满脑子是智慧的爸爸。这一天，爸爸带我来到一条水深河宽的排水渠边。很少有人胆敢在排水渠撒网，因为水下布满暗桩和丛生的草根。来回查看多次，爸爸决定在这里冒险。太阳西斜，整条渠半明半暗，又腥又热的水汽裹上来，沾在皮肤上，又黏又滑。这里和普通排水渠明显不同，它两岸的芦苇与蒲草被人割了一茬又一茬，仍然又密又高；水面甚至比大渠更宽，水极其清澈，每条波纹都闪着玻璃似的光，因此可以看见水下累积着多年腐烂的水草，它们一根根毛茸茸的，边缘挂满灰暗的污泥，随着水流软弱无力地摆动着。这里有一种与众不同的岑寂、阴森和蓬勃，有一种含着巨大未知的危险和惊喜，我那么害怕，又不明所以地激动。哗——啦，水中央突然翻起一道水浪，只见渠边茂密的水草一片东倒西歪，接着半条渠都晃动起来。爸爸和我都兴奋地睁大了眼睛，水声印证了爸爸的想法，这是只有大鱼才能搅出的水浪。爸爸沿着一段湿软咸腥的水线来回察看了好几趟，终于万般谨慎地选定一片水面。撒出渔网，静待片刻，爸爸开始收网，渔网被水下的沉重拽得紧绷绷的。最让人担心的事情发生了，渔网被什么东西紧紧挂住。思谋片刻，爸爸将手绳交在我的左手，又帮我缠在虎口处。"这样，指头扣在网洞里，千万记住啊，要往后拖，不要往水跟前走"，爸爸不放心地对我说。爸爸说完慢慢往渠里走，渠底不知有多深的淤泥，每迈出一步，他的身子就会微微一斜。先初，爸爸走得还算平稳，渠水渐渐没过膝盖、没过大腿，突然，爸爸猛地一沉，刹那间水淹到了他的胸口，他身子一斜几乎倒下，一只手靠着一簇半腐烂的草根刚要站稳，但又软又沉的淤泥又把他拉了下去，就是眨眼的工夫，眼睁睁地，水面上只剩下他的半张脸和他前后扑动的双手。我当即大哭起来，回过头朝岸上望，希望见到半个人影，能来救救我的爸爸。我大概哭得撕心裂肺，脑袋也被自己哭晕，等到听清爸爸的声音，他已经脱离危险，安然站在一旁齐腰深的水里。"哭啥啊，傻丫头"，爸爸浑身湿淋淋的，轻柔地说道。从此，这片水域就成了我和爸爸常来的地方，我们围绕着它，每一次既意犹未尽，也满意而归。

9

"爸爸，今天我们上哪里？"我问。"去四连排渠看看"，爸爸说。出去捕鱼的次数越来越多，我与爸爸的话越来越少。最初的兴奋与探奇随着又一个夏天的逝去，变成我们父女之间的一种仪式。家里督促我好好读书的人总是爸爸，但是他从不会以学习为理由不带我出门捕鱼。我也根本没有想过这个问题——爸爸是否需要我的陪伴，我这样撵都撵不开地黏着他，是否能给他孤闷的内心带去一缕温暖与安慰？或者，他是怎样看待我的，怎样评价我的贪玩和固执？我还小，还游不进他人、即使是爸爸的内心。但是我晓得自己在想什么——我要跟在爸爸身后，陪伴他，寸步不离，因为越是与爸爸走过越多的路，越是看过戈壁滩的荒凉，我越是害怕。我害怕爸爸陷在排渠的淤泥里淹死，更怕他因为烦透了家里的争吵，有一天会踏入戈壁滩的野草与荒径，永远地离开我们。大渠、排水渠可以撒网，偶尔，我们也在两三米宽的灌溉渠里下网拦鱼。除了交代我该做什么，或者咕哝几句"鱼越来越少、渔网又失落了两只铅坠"，爸爸几乎不再和我说什么，他的沉默似乎将我带到一个比戈壁滩更广大的时空里。而我，无论坐在爸爸的自行车上，还是站在密生着芦苇、野麻的排水渠边，嘴里从不叽喳，更不会因为枯燥而发出一声怨言。自小习惯于爸爸的沉默，现在又与他共同经历着荒天旱日下的空僻与阒寂，沉默如同蔓生的根须，已然替代了那些多余的语词，以及一切未可言明的心绪。一月月，一年年，我在长大，鱼却越来越少，空网越来越多。我倒不曾感到多么失望，但我开始担心爸爸。撒网捕鱼时，爸爸会挽起裤腿、光着脚板，殷切地一次次将渔网抛向水面。而我，望着他黝黑精瘦的侧影，总会惊诧于他此刻的形象——
他不再是我的爸爸，不再是一位机关后勤保管员，不再是妈
妈的丈夫，不再是小镇任何一位长辈的朋友和熟人，他成了
一个陌生人，一个只和水、鱼儿、太阳、天空、荒草、尘土
和孤寂打交道的捕鱼者。我看着他收网时的姿态——两腿微
弯，脖颈前倾，目光扎入水下，双臂像捕食前的豹子，屈伸
间蓄满一触即发的力量，就是这个姿势，他在一日之间至少
要重复上百次。所以，越是后来，我越是不关心网里有没有
鱼，反而在望着他的一刻，心中会无端地升起一缕忧伤，仿
佛已经预知那即将到来的落空。空网带来的失望，谁能比一
位捕鱼者体会得更真切呢。空网越多，捕鱼者的希望就破灭
得越多。如果戈壁滩上再也捕不到鱼，爸爸就再也不能成为
一位捕鱼者。而除了这个捕鱼者的身份，还有什么事能带给
爸爸更大的快乐呢？所以，我与爸爸的结伴而行，越到后
来，越发变成了我对他的担忧和守候，我在想，也许自己这
样跟着他，陪伴着他，即使一条鱼也捕不上，爸爸也不会完
全地失望吧。爸爸却是平静的。网中的鱼越来越少，跑路的
时间渐渐多过捕鱼时长，我们赶在最后一抹灰金色的落晖消
失之前回到家中，铁桶里屈指可数的几条活物会令我不敢面
对妈妈的一双怒目。爸爸却是平静的。又是一兜空网，他叹
口气，安静地弯下腰身，拣起拇指大小的一根鱼秧秧，扔进
渠水，而后摘去挂在网眼上的枯枝杂草，再将渔网拎起，提
抖齐整后放在岸边，这就蹲在一旁，或者坐在附近的一片

阴凉下，取出香烟，咬在泛起干皮的嘴唇间，划火点着。之后，便是长久的默然，那一缕缕从他口中吐出的烟雾，几乎还未飘起，便消失在戈壁滩的热风里。落空太多，失败太多，大概他早就逆来顺受惯了吧，大概他心里早已堆满比捕不到鱼更加令他失望的事情吧。唯有一次，爸爸坐在树荫下的一个土包上对我说："要好好念书啊，我就是吃了没念书的亏"。爸爸所说的吃亏，具体是指什么，他当然不会细说，而我也不懂得如何去问。

10

那个夏天之后，爸爸收起他的渔网，不再去捕鱼。或者他背着我，悄悄地独自去了，再悄悄地独自回来，谁也没有惊动，我就当他是不想再让我与他一同经历空网的失落吧。这之后，我先是成为一个初中生，接着是高中生。六年过得很慢，许多看似更重要的事情接连闯进我的脑海——为功课和成绩而烦恼，为阴晴不定的友谊烦恼，为被老师疏远烦恼，为长得又黑又瘦而烦恼，为电视剧里的女主角烦恼，为妈妈的偏心烦恼，为家里的争吵声而烦恼……它们替代了我与作为捕鱼者的爸爸的相伴而行，那些美好的记忆我只是偶尔才想起。高考结束，到了九月底，录取通知书迟迟不见影子。时间空荡而充满悬念，爸爸虽然不说，但我清楚他对我的期望很高，我呢，多半则会让他失望。一天中午，我

大河奔流遗落的一朵浪花 / 阿舍

躺在床上读武侠小说，爸爸推门进来，他先是盯着我手中的书，若有所思地停顿片刻，接着脸色一变，露出一个神秘的笑容，再开口道："大渠今天停水，我们去看看有没有鱼。"我一骨碌翻起来。爸爸拿出了那张绿渔网，我以为他早已扔掉了它。准备就绪，我们父女出了门。还是和从前一样，爸爸骑车载我。但也有更大不同，在我跳上自行车的一刻，车身猛然一晃。上一次跟随爸爸去捕鱼是在六年前，那时我的身体那么轻盈，跳上车，爸爸说就跟只小猴子一样，几乎没有重量，现在，还有一个月，我就要十八岁了。大渠剩下半渠水。我们一路往大渠的上游走，一个多小时后，爸爸在那段栽着两株老柳树的地方停下了自行车。我不解地望望爸爸，我是知道的，柳树下的这条河段是片老河床，从前住在这里的人家为了蓄冬水，将这片河床掏出一个深洼，为了禁止偷渔，又埋下了许多树桩。以前爸爸是从来不在这里撒网的。但眼前的爸爸如此坚决，大概是半渠水让他多了许多自信，大概是他不过想带我出来轻松一下，有鱼无鱼，挂不挂网，全都无所谓。我又见到了六年前的爸爸。爸爸十分小心，来回估摸了一下水下深坑的大小，便提着渔网站在了岸边。他挽着裤腿光着脚板，精瘦又结实的小腿在经过了一个夏天之后，已经黝黑发亮；他的光脚板敏捷地在湿地上移动，吧嗒吧嗒，响声是那么的干脆和快乐；还有他的目光，灵活又闪亮，就像当年坐在织了一半的绿渔网前。只瞧了爸爸一眼，我的眼泪差点掉出来，这是陷在生活中的他极少露出的一面——喜悦、自信、果决，我多么希望这些表情永久地刻在爸爸的脸上啊。爸爸沿着大坑边缘连续撒网，我们这一天的运气真不错，几网下去，不仅没有被挂网，又提上来几条一斤左右的鲤鱼。爸爸的手脚越来越麻利，仿佛担心鱼会跑掉，有时候竟然在突然之间改变方向，像是得到什么启示似的，从大坑的这一边快步跑到另一边，未及站稳，手臂便迅猛挥起。只见刺目的白光下，张开的渔网漂亮地飞出一个饱满的圆，眨眼间迅速沉入水底。收获意想不到的大，没过多久，一条真正的大鱼在爸爸的渔网里翻腾，它沉重的身躯翻起的水花令我几乎想扑入水中一把把它抱上来。爸爸屏住呼吸，小心地收网，每往上提起一寸，大鱼就在水中拼死挣出一波水花。我的心提到了嗓子眼儿，怔在岸边不敢发出一丝响动，就在这时，爸爸双手奋力一提，渔网连同大鱼一同被甩到了渠岸上。下午七点左右，戈壁滩的夕阳仍然烤得人脸发烫，我和爸爸一路推着自行车走回家。大鱼几乎有我的胳膊那么长，像个娃娃一般，被我们装在蛇皮袋里架在后车座上。真是难以置信，六年前，在戈壁滩的鱼量远比这一天品类繁多的时候，在那些更辛苦更殷切的一次又一次捕鱼经历里，爸爸却从未有过如此巨大和丰厚的捕获。回到家，爸爸仍然将鱼倒进那只比我年龄还大的洗衣盆里，听着鱼在水里噼噼啪啪的翻腾声，闻着自己满手满脸的鱼腥气，我的脑袋仍然没有从狂喜的晕眩里醒转过来，我真的以为自己飘进了时间的隧道。这是时间放置在我们父女之间的一个奇迹吧，也许爸爸从来没有淡忘过我们曾经的相伴，也许他知道我们相伴期间我的一切心迹。所以，这一天，就在我快要离开戈壁滩之前，他神奇地预感到了什么，于是一贯逆来顺受的他，返回身去，重新成为那个最使我欢喜的捕鱼者，然后馈赠予我一个——连他自己也不敢相信的一次满载而归的收获。几天后，我收到了大学录取通知书，从此我离开了戈壁滩，再也没有回到那里生活过。而作为捕鱼者的爸爸从此也彻底消失，没过两年，爸爸妈妈沿着尘土遮天的218国道，把家搬到一百六十公里外的库尔勒市。再往后没几年，爸爸得了癌症。又过了两年，爸爸去世。而我，直到爸爸临终之前，都没敢张口去问，那只渔网去了哪里。

魔盒

又到了下一年的春末，戈壁滩干燥的空气里全是沙枣花的花香，那味道不怎么好闻，仿佛一位又傻又粗野的姑娘，拿她开玩笑的人多，真正喜欢的少。可是我还是会试着想象它的美好，因为从小大人们就教育我，它是戈壁滩的功臣，戈壁滩的水土保护没有它就会完蛋。我们的戈壁滩在哪里呢？在塔克拉玛干大沙漠的东南角，一个叫作乌鲁克镇的地方。有一天，我学着那位从焉耆城来的大学生姐姐的模样，从离家最近的水渠旁的沙枣树上折了两枝正在绽放的沙枣花插在了罐头瓶里，做这件事的时候，我挺为自己的变化得意了一番，瞧，姑娘们都应该喜欢个花啊草啊头绳啊发夹啊悄悄话啊什么的，现在我也慢慢和她们一样了。把罐头瓶搁在窗台上我就去上学了，中午回来没顾得上看，下午放学想起，凑上去一瞧，妈呀，整束花都蔫了不说，最吓人的是，瓶子周围，还有倚窗而放的方桌边上，密密麻麻落了一层干死的小黑虫。"哪来的虫子？"爸爸回说："全是小苍蝇。""苍蝇怎么在这里呢？""大苍蝇把卵下在花里头了呗。""蜜蜂采蜜，苍蝇吃屎，怎么它们上花里面来了？""苍蝇管你香臭，闻到味儿它们就来了。""闻到味儿它们就来了"这句话说得顶好，没想到一向笨嘴笨舌的父亲说了一句这么漂亮的话儿。是的，父亲说的正好是我们，正好是我们这群半大孩子对于欢乐和新鲜事物的穷追不舍。这一年春天开始，又有一个好东西吸引了我们，它真的就像戈壁滩五月的沙枣花香，不管蜜蜂还是苍蝇，都冲着它扑了过去。它出现得那么突然，又如此恰当。正是我们的身心开始像个饿狼般寻求食物、贪吃又胃口大开的时期，正是我们向成人世界迈进的加速阶段，正是自我意识如同野草一般开始冒芽的时刻——电视来了。

1

这个立体四边形的方匣子，里面沉甸甸的像装着一块大石头，我们目瞪口呆地望着它，只当它是个魔盒，不管这玩意儿意味和即将带来的是什么，我们就是要打开它，就是要围绕着它犯傻、争夺、打架和模仿。三医院有电视，每周六晚上都有电视连续剧！伙伴里总有一个消息最灵通的人。三医院有三医院的地盘，我们公检法大院也有自己的地盘，两边的孩子谁都不服气谁，但是我们听都没听说过电视。"什么叫电视连续剧？"我问。"就是一次放不完，下次接着再放，就是欲知后事如何，请听下回分解。""连续剧演的是什么？"我问。"日本的，《姿三四郎》。""演多久了？""刚开始。""在哪儿演？""大门口。""走，去看看。"大中午，戈壁滩热得能把皮肤烤出油来，我们几个小屁孩往三医院狂奔。路上差不多得半小时，赶到地方，一看傻了眼，什么也没有，就是医院大门旁的一片空地，扔着几块烂砖头。阳光下，四周围就我们几个，转着圈东看西看，看完再瞧地上，地上白花花的晃眼睛，直瞧得眼冒金星，也没醒过神。我焦躁起来，这当上得可够大了，镇上的露天电影院虽然破烂，起码有水泥凳、有白色的幕墙，眼前这里，只有看我们笑话的一团团热空气。"这怎么看啊？"我差不多气急败坏地问，"电视在哪儿？"有人指了指对面的一面山墙，说："到时候推出来一个木架子，电视机就搁在上面。""电视多大啊？""这么大。"那人把双臂张开，然后又缩小了几乎一半。"这么小，怎么看得清啊？""所以要早点儿来，早点儿来才能坐前面。""坐哪儿？地上吗？""这又不是电影院，自己得扛凳子。""那好吧，礼拜六，礼拜六谁来得早，谁就帮大伙儿占位置！"怎么占？拣砖头，把自个儿的地盘围起来。三医院同我们"公检法"相似，由农二师师部直接管理，驻地在乌鲁克镇，所以从院长到下面打开水、扫地的门房都认为自己高人一头，不把镇上的团场职工放在眼里。不过，就三医院放公开电视这件事来讲，人家可真是牛，比镇上牛，比我们"公检法"更牛，整个镇上，有那么多的单位，人口加起来五六千，没听说哪个单位买了电视。买了就买了吧，还要公开放电视连续剧，大摇大摆地嘚瑟，真是太让我们高兴了，否则，我们到哪能看到日本电视连续剧呢？眨眼就是星期六，下午我就开始忙乎，从院墙角的一堆杂物中找出那只久已不用的靠背椅凳。大概三年过去了吧，我的个子长得不快，但是爸爸当年为我们姐妹做的小椅凳明显更小了。在院子里风吹日晒，它的漆皮掉了许多，斑斑驳驳的，像一个受了委屈的小孩。看着它，我不知道为什么感到了忧伤，这就蹲下来，抱着双膝望着它发呆。也许我又想到了当年我扛着它一个人去看电影，一个人走在黑漆漆回家路上的满足与恐惧吧；也许我感到吃惊和不解，一件已经被扔在身后的旧物，在我认为自己已经长大了之后，却仍然和我在一起。它明明被我丢弃了，却又像是一直和我一起在时间的跑道上跑，直到我一伸手又抓住了它，这时候我才意识到其实小时候并没有过去，小时候还在我的身边，在和我一起长大。我抱着双膝蹲在院子中央发呆，直到爸爸在我身后问了一声："又把它找出来做什么？""看电视，晚上我要去三医院看电视。""那么远？整天瞎跑，功课做了多少？不准一个人去啊！"我去压水井压了桶水，拿块抹布，给椅凳彻底洗了个澡，洗完澡晾干，漆皮又掉下许多，当年光滑精巧的深褐色小椅凳眼见着成了一个花脸老太婆。等不到晚饭时间我们就出发了。我们"公检法"大院的七八个小屁孩背着自己的凳子，长长短短高高低低，火急火燎往三医院赶。离天黑还得四五个小时，我们都对是否能够占到好座位没有把握。但我们不可能来得更早了，我们得结伴，得凑够一个足够人数的小集体。各家情况不一样，越是孩子头越是麻烦多，他或者她统治着我们这个小王国的思想和行动，我们进进出出都首先受制于他或者她的家长，而家长的意愿或者喜怒我们根本无法判断和预料。等待作为孩子王的他或者她是必要的，我们去的是三医院的地盘，我们曾经用自己的大狼狗欺负过连队住校生，所以当然明白前往别人的地盘所意味的风险，而孩子王则是我们的定海神针，或者是主心骨，但凡意外出现，我们必须听从他或者她的指挥，必须团结在他或者她的周围，才能保证自己不被别人欺负。我们穿过学校食堂，然后抄小路往北走。从小路开始就是水工连的地盘了，这条路好走又惬意，因为它就是一条长长的小渠渠帮，渠边青草葱茏、泥土湿润，野慈姑、莎草、马齿苋、骆驼刺、甘草、棘豆……杂乱而稠密地挤在一起，它们见水疯长，我喜欢它们扑打在脚踝上轻微的刺痛感。渠两边是长得望不到边的棉田，棉花正在初蕾期，个子和叶片也像得了失心疯，每天噌噌猛长。事实上，这条小路并不比百米之外与它平行的那条马路路程更短，相反，它窄细不平，不时需要跨越横穿而去的灌溉渠，一路又蹦又跳，而每个人都背着椅凳，不仅无法加快速度，反而更耽误时间。但即便着急，我们也不会走大路，是的，我们急着去看电视，却没有人愿意放弃走在路上的诸多乐趣。还没到地点，只远远望着，我们已经失望得要死。简直无法让人相信，几天前探查过的那个白得晃眼的空地，已经围满了人。走近细看，不仅是娃娃，竟然有大人笑眯眯地坐在凳子上抽烟。我们抱着凳子手足无措，不甘心坐在最后，也根本不知道往哪里见缝插针。更气人的是，那些占据了前排最好位置的三医院的小屁孩们，看到我们抱着凳子发呆，竟然大呼小叫起来。有一个光脑门脸上黑油油的男孩站起来，手一挥，大声喊道，外头人来了，看好座位，别让他们抢了。顺着他的手势看去，我们简直要气炸了，超出一半的场地都给他们圈了起来。看看他们怎么干的吧，用高低不一的长凳短凳先把四周围起来，围起来的地盘里，又用各种形状的砖块石头分出了不同的区域，大概是各家各户的位置；大一点凶一点的孩子坐在作为围墙的凳子上气势汹汹地瞅着我们，小一点不懂事的娃娃坐在地上玩耍看都不看我们一眼。霸占了大半个场地，且不允许一个外来人进入，这种赶尽杀绝的狠劲让我们目瞪口呆，虽气红了脸，但没有人敢上前一步。连孩子王也没敢轻举妄动。我瞅了一眼我们这边个头最高的男孩，他的牙齿咬得咯咯响，拳头也攥了起来，胳膊上的青筋跳来跳去，双眼死盯着那个光脑门的黑脸男孩。看见被人盯着，黑脸男孩更加猖狂，从自己的座位上站起来，在围住的地盘上走来走去，把表示占领点的砖头石块用脚尖码得更齐整。这样肆无忌惮的挑衅我们还真是头一回见到，不免愣在原地。我们这边的孩子王是两个大女生，不知什么时候，我再回头，她们中的一个已经死死抓住我们这边个头最高的男孩。君子报仇十年不晚，我听见她低声说。之后她侧过身，冲着我们这群矮她一头的跟屁虫说，往后站，靠右边挨着坐，到时候看不见，都站在凳子上，谁也不许闹事。她一发令，我们心中烽烟四起的恼怒与胆怯都安稳了，个头最高的男孩被孩子王推着往一边走，但男孩的弟弟显然不愿意，他无法无天惯了，哪能忍得下这口气，死活不退，孩子王扯着他又骂又哄，全被他一把甩开，直到高个男孩——他的哥哥——上去一脚将他踹倒在地，这才罢了休。但他气哼哼的，横下一条心，从地上爬起来，一边揉着被擦破了皮的胳膊，一边红着眼眶骂了一句脏话，又朝电视吐了口唾沫，而后头也没回，飞跑着离开了。这天晚上，确如孩子王所说，电视一开始我们就不得不站在凳子上。黑白电视最多十七英寸，即使站在凳子上，我也无法看清那些小得可怜的人影儿，好在电视声音调得极大，模糊的人脸并不妨碍情节伸出它们纤长柔韧的指爪将我紧紧缠住。要说电视本身，它并未激起我多大好奇，顶多是比电影更高级的技术，我没有兴趣去弄懂这个方匣子的内部机密，此外，它近乎倒退的室外观看方式连镇上那个破烂的露天电影院都不如。但我和我的伙伴们还是为这只魔盒着了魔，这当然是因为电视连续剧本身，它莫名地使我们兴奋，叫我们念念不忘，它一集接一集的连续播放形式，让日常散碎单调的时间聚拢成一根由七彩光线构成的空中轨道，我们像猴子一般沿着它行走、攀爬、打转儿、跳跃……等到电视连续剧结束之时，每个人的身心都不知不觉起了变化。关于《姿三四郎》，第一个晚上，我并没有记住什么难忘的情节，令我心潮难平的是每集开始时播放的主题曲。它与我所听过的音乐全然不同。天哪，它完全是日本式的狠巴巴，拐腔拐调，又那么动情动听，似乎是咬牙切齿地在唱，似乎痛苦又真挚得要把心肝肺都要掏出来。它的感染力如此之强，瞬间便可将人掳走，这种感受是如此猛烈持久，以至于回到家躺在床上我仍然认为自己还在另一个世界游荡。《姿三四郎》每周三集连续往下演，我们"公检法"与他们"三医院"——类似两拨"江湖派系"——的关系时有缓和，也时有恶化，但越到最后，更吸引和左右我们的，已经是电视剧里那个更富于想象的世界，至于没有座位的现实，无论再危急，我们也能想出办法化险为夷。那些日子，当身边的男孩被《姿三四郎》里的柔道迷得在院落里开始踢沙袋练打桩时，十一岁的我在一遍遍回想剧中的两个女子——早乙美和高子，这对双胞胎姐妹长着同一张娇美的脸蛋儿，一个是天使，另一个却是魔鬼，她们与姿三四郎的三角恋关系比之前我所看过的有关爱情的电影都复杂，因此我的感受也复杂得多。一个善良，一个邪恶，可是她们无法用好坏两重标准去判断，无法叫我喜欢谁不喜欢谁，从服装到声音到神情，再到内心与性格，两个人都有让我喜欢的地方，甚至于，有时候我更偏爱那邪恶一边的激烈与极端呢——因爱生恨，其中的惊险刺激简直让我无法呼吸。缥缈，无形，满是惆怅和甜蜜，一触即散，有关爱情的幻想、有关两性关系的启蒙，不是通过身边人或者

书本得来的，而是因为一部日本电视连续剧，就这样来到了
一个十一岁女孩的大脑中。

2

《姿三四郎》剩下最后两集的时候，传来一个令我发狂
的好消息，学校某老师家买了电视。消息是在学校工作的爸
爸带回来的，他说，以后就去某老师家看，三医院那么远，
又那么乱，女孩子家，不要随便去。听到这个消息，我激动
得在爸爸面前来了两个旋转跳。某老师家与我家离得不远，
扛着椅凳走过一座排水渠桥，再穿过夹在"公检法"办公楼
和菜地之间的一条弯曲的小路，七八分钟就能到。这个消息
令我为之发狂还在于前往三医院的看电视经历，其间的屈辱
感让我们这帮小伙伴都懂得了"自己人"与"外人"的区别，
三医院那帮小气鬼和二流子之所以欺负我们，就因为我们
是"外人"。现在，某老师与爸爸都是学校职工，那么，我
对这家人来讲，就是"自己人"了。公共放映场地虽然条件
差，但有一个最大好处——可以提前占位置，可以用占位置
的明争暗斗缓解等待电视开播的焦急，可以撒野，可以吆五
喝六大声嚷嚷。改去某老师家看电视则首先要脱离原来的小
团伙，要"背叛"那些一起玩乐、打架、吵闹、偷东西、两
肋插刀若干年的小伙伴，因为说什么都不可能十来个小屁孩
一齐挤进某老师家窄小的房间。这是尤其令我不安的一点，

"背叛"意味着我从此会被小团伙排除在外，意味着为了看电视我放弃了和小伙伴在一起的少年欢乐，而我不确定自己能否承受住这些沉重的打击。还有，去某老师家得收敛正在身体里乱窜的顽劣本性，得像个女孩子，得有礼貌，吃瓜子啃香瓜这种事情就别想了。这些都是从公共放映场地转战来到作为家庭的私人空间看电视所需付出的代价。我该怎么办呢？当然是说什么都要去的，还有比看电视更紧要的事情吗？想想吧，坐在某老师家里，不论座位再偏、再后，也比在三医院大门口看得清、看得带劲儿。真是伤脑筋啊，既不愿背上一个"背叛者"的骂名，又渴望坐在某老师家不再忍受蚊虫叮咬、安静而舒服地看电视。偷偷摸摸地去看，一定是行不通的，须知那些小伙伴全是千里眼顺风耳，为了欺骗大人躲避家长，我们从未间断过磨炼自己的间谍功夫，并且一再在实战中将这种功夫升级换代、修补漏洞。"背叛"一定会被迅速发现，一旦败露，必然会招致严厉的驱除，恶果会立竿见影，第二天，你就会成为一个没有人搭理的大傻瓜和可怜虫。我想到了一个办法，把某老师家有电视的消息告诉了小团伙中的核心人物，这个核心人物只要不动怒，小团伙就不会孤立我。说出这个消息的同时，我讨好地对她说——我可以带你一块儿去。而她，先是看着我的目光吃惊地跳了一下，接着垂下眼睑抠手指上的肉刺。想了一阵，她答应了我，但一再说明要带上她的妹妹。这样，加上我的妹妹，周六傍晚，我们四人来到了某老师家的院门外。深褐色的木头大门紧紧关着，不敢贸然推门，我们够着脚尖往里瞧。怎么这么静呢？家里跟没人一样。这会儿，三医院大门口的放映场地上，指不定多热闹呢！大人小孩一定坐满了，一定嘈杂热闹得激动人心。按说我们撒野惯了，胆子应该不小，但这一刻怎么怕成这样呢？连敲门都不敢。四个人干等着，各自放下手里的椅凳，心里越发焦急，这就叽叽咕咕起来。她——小团伙的核心人物问我："你是不是搞错了，他家有电视吗？他家是不是不住这里啊？"说完我们一齐抬头看了一眼立在院中的电视天线，而后她接着说："有电视干吗不在院子里看，院子里地方不是大多了，肯定是不乐意别人来看……"正说着，门开了，是某老师家的大儿子，比我高一年级，长脸、平头，黢黑的脸颊上摊着几个五分硬币大小的皮癣。因为离得近，我第一次发现他几乎没有上唇线，为此我无端想到了一些动物，然而又不确定到底是什么。他什么时候溜到院子里的，抑或一直藏在院子的某个暗角？我们吓了一跳，刚才那番叽叽咕咕肯定都被他听去了。果然，他沉着脸傲慢地扫了我们一眼，沉默片刻，然后指着我和我妹妹，无礼地说："你俩进来，她们不能看。"我急出一头汗，赶快说："她们是和我一起的。""一起的也不行。""就看这一次。""一次也不行，你俩看不看？要看就进来，不然我闩门了。"这下我更不知道该怎么办了，涨红了脸紧张地看着她——我们小团伙的核心人物，正因为我而遭受别人的羞辱，而同时我又一百个知道自己不可能扛着椅凳和她一起离开，这一刻，与电视的吸引力相比，伙伴的情意无可奈何地退居其后了。"你看过枪吗？摸过枪和子弹吗？我爸爸有枪，我可以带你去看。"她不慌不忙地说。真是机智又老练啊！不愧是孩子头。某老师家的大儿子眼睛一亮，吃惊地望了她一眼，然后盯着我看。我点点头，说："她爸爸是公安局的，天天揣着枪，就挂在皮带上，我见过，是真的。"某老师家的大儿子还是半信半疑，咬着嘴唇想了又想，终于头往屋里一点，嘴里蹦出两个字"进来"。小屋里的情景吓了我们一跳，昏暗的房间里坐满了人，黑压压一片圆圆的小脑袋，都是附近的教工子弟。电视机搁在最里面的一个高低柜上，电视关着，对着窗户的鼠灰色荧屏上，浮映着窗棂和逐渐暗下去的天光。靠走廊的墙壁下面，倚墙并排着两张沙发，空着，一定是留给这家的两位家长的。即使有了"带他看枪"这个颇有吸引力的交换条件，某老师的大儿子也没有改变他粗鲁无礼的态度，见我们挤在房间门口，他手往墙角一挥："你们坐那儿去。"这场电视——《姿三四郎》的最后两集——我看得别扭极了，某老师的大儿子，要不是倚仗家里有了电视，平常都没人搭理，一个在任何游戏中都胡闹耍赖的二货。现在，瞧瞧他，坐在屋里最好的位置上，呼来喝去，嗓门儿在大声叫喊中变得又尖又细，又动辄搡一把别人的肩膀；为了招摇，连续走进走出，边走边用身体撞人，嘴里同时不住地嚷嚷，即便他的妈妈喝止过他，依然一副狗改不了吃屎的模样。多么让人羞愧啊！为了舍不下的电视连续剧，竟然要忍耐这个坏小子，竟然要低下头由他指手画脚，竟然要带着讨好的笑不能有一丝不满。不知道挤在这间屋里的其他人有什么想法，我却被《姿三四郎》的主题曲激发出愈发强烈的屈辱感，心中愈发愤愤不平，甩手离去的想法几次冲上脑门。去三医院看电视，也常给人欺负，然而那是集体与集体之间的对抗，且凡事都有孩子王出面主持，由此分摊到我们这些小屁孩头上的荣辱感既不会汹涌也不曾久驻于心。不仅如此，那样的对抗虽然也剑拔弩张，却是一种光天化日下的弱肉强食，你进我退之间透明而坦白，即便是那些恶狠狠的敌意也仅仅限于看电视那一晚，决不蔓延或者升级。但是眼前这位某老师的大儿子，从我们进屋坐下到电视开始，始终想羞辱谁就羞辱谁。他可以随口嚷嚷，却不允许别人哪怕小声地说一句或者笑一声。似乎每个人他都不肯放过，他盯住和创造每一个机会，以便找茬拨弄和踩踏一番对方的自尊心，然后从中获得比看电视更大更持久的快乐。他就像一个胡作非为的小暴君，向着屋里的每一个同龄人，任意喷射他心中那些恶毒的念头。因为这种屈辱感，我从未有过地感到气愤，《姿三四郎》大结局的情节也没法儿吸引我，我第一次感受到了有关人的一种极其恶劣的东西，第一次被这种东西深深地伤害，我不知道它叫什么，想了又想也不知道它叫什么，它同时又令我害怕，于是在憎恶它的时候，又因为自己什么也做不了而忧伤起来。

3

　　紧接着《姿三四郎》，是另一部日本电视剧《排球女将》。这是一部迄今但凡提起片名仍然令我眉飞色舞的电视连续剧。要用怎样的语气来描述，才能与当年因这部电视剧而生出的疯魔状态相匹配呢？我们五年级教室旁边有个沙池，在《排球女将》播出之前，我不曾关注过沙池中奔跑和跳跃的人影，那是学校女子排球队的训练场地，都是些高年级的女孩，长得又高又苗条，我和她们的距离就像地球与月亮那般遥远。《排球女将》的播放也给女子排球队带来了变化，训练次数明显增加，训练热情一夜之间从奄奄一息变成熊熊大火，燃烧了大半个校园。她们多在下午最后一节自习课开始训练，以往十分平静的她们突然都喜欢上了喊叫和喝彩，跟《排球女将》里的女孩子们一样，嗓门忽地都大起来。这样一来，坐在教室里的我就根本无法背书或者做作业了。下课铃响过之后，班主任一般还要再啰唆几句，等到我背着书包跑到沙池边上时，女子排球队总是正在解散。我遗憾地望着她们被汗水濡湿的脸颊和头发，幻想有一天也成为她们中的一员。沙池上，满是她们跑跳扑打留下的足印，我站在沙池边缘，正好迎着橘红色的晚霞。微风吹来，排球网轻轻晃动，我听了听，感到之前那些清脆的喊叫和喝彩声还挂在球网上，是这些声音而不是风在摇动着它。就是这一刻，我开始盘算如何将电视里的这一幕搬到这片空荡又宁静的沙池上，但是，这首先需要组建一支自己的排球队。回到家我就行动起来，组建排球队当然需要有个排球，但是排球只有学校有，而学校肯定不会把排球借给我。那就自己缝一只排球。我们平常玩一种打沙包游戏，沙包里有装沙子的，也有装沙枣核、大米或者黄豆的，但这些东西打在人身上会很疼，若是不小心打在脸上，半张脸都会肿起来。所以我们发明了一种棉花沙包，用棉花将拳头大小的布袋塞实，用起来十分轻巧，最关键的是，它有了弹性，棉花越塞得紧，弹性就越大。缝沙包对我来讲十分简单，从家里放碎布头的抽屉里找出几块花布，三下五除二我就缝起了一个比平常大三倍的沙包。沙包缝好了，留条口子塞棉花，这就要小心些了。家里自留地种了些棉花，每年只收那么两三袋，都是用来打网套做被子的，妈妈可是拿它们当宝贝，每只袋子扎紧了口搁在大衣柜上面，谁都不能动。之前我有一个小许多的棉花沙包，被妈妈发现后审问过棉花是哪里来的，我骗她说是别人的沙包，这才蒙混过关。事实是，那个小沙包的棉花是我从家里铺在床上的网套里一朵朵揪出来的，一床网套揪几朵，一个小沙包的分量差不多就够了，妈妈也发现不了。但是要把眼前这个巨型沙袋塞满塞实，至少需要一公斤皮棉，那得多大一把棉花啊！再从网套上揪显然不行，只要换床单，妈妈必然发现，一旦暴露肯定挨顿痛打。于是，只能去袋子里拿。作案过程还是很顺利的，瞅住一个下午放学家里没人的机会，我将一大把白花花的皮棉塞进了沙袋里，我手脚麻利耳听八方，一边塞棉花，一边替妈妈感到痛心，直到那只沙袋被棉花撑成了一只圆滚滚一弹老高的布面排球。"排球"做好之后，我开始组建排球队，"公检法"大院的小伙伴们因为后来我独自去某老师家看电视已经与我疏远，所以只能打班里同学的主意。没想到真有响应的，三女两男，连听话的乖乖女——数学老师的女儿都被我说动了，电视的魔力真是不可思议！难道他们也和我一样，都得了疯魔症！训练时间定在每天下午放学之后，空下来的沙池可以让我玩到天黑。训练环节与招式全部模仿《排球女将》，先是热身跑，沿沙池两圈，边跑边嘿嘿哈哈喊号令以鼓舞士气；接着是实战练习，每人自选电视中一位球手的绝招作为自己的招牌，譬如小鹿纯子的"晴空霹雳"，由佳的"流星赶月"，花子的"高抛发球"……击球时每人也要像电视中一样，大声叫喊出绝技的名称。放学后的校园即刻沉寂，而我们汗流浃背忘乎所以，夕阳将我们五个人的身姿斜映在沙池里，狂喜中我瞄了几眼自己的影子，立刻被置身于其中的一种豪迈心理所感染，脚下的步子也就迈得更大了。沿沙池跑圈的时候，我们真的相信这不是游戏而是一件庄严又了不起的大事；为接一个飞来的"高抛发球"而扑倒在沙地上的时候，我们毫不怀疑自己就是一位真正的排球队员，必须拼尽一切力量挽救每一个球。很快有人被我们吸引过来，有时候是学校附近的住家户，有时候是被老师罚作业或者做值日晚归的学生。住家户多是闲着没事的大人，瞧热闹似的看我们几分钟，便带着被逗笑的神情走了；那些学生一般先是好奇。他们干什么呢，又喊又叫的？便凑过来看一会儿，有人会张口问："你们是排球队的吗？""不是。"我们说。"那你们在干什么？""训练！""训练干什么？""不干什么，就是训练。"对方一般哑然片刻，而后其中一个会说："快走，别看了，一帮神经病、疯子。"这种评价会挫伤我们几分钟，令我们从专注与陶醉中暂时醒过神来，然而只要身体一直处于运动中，下降的热情又会重新回到沸腾状态，更重要的，球手是不应该轻易地就被几句话打倒的，我们不就是要像电视里的排球女将一样勇敢与拼命吗？于是，在打出一个球时，每个人的嘴中发出了更大的喊叫声，那只塞满棉花的布面排球，就像歌中所唱一样，"球儿凌空多有力"，它飞来又飞去，在晚霞灿烂的光泽中旋转或者落地，我们围绕和追随着它，我们跳起来又扑倒在地，我们笑得喘不过气来，我们真是一群小疯子。两个男生第二天就退出了排球队，消息传得太快，第二天上午，班里其他男生大概就在集体嘲笑他俩，都说了些什么，我并不知道，但一定让他们感到无地自容。放学后，剩下我们三个女生，三个人你看我我看你，都想从对方眼中看到鼓励与决心。我们的胆魄并没有自己想象的那么大，头脑里的热情与冲动犹如一根水银温度计，外部世界的冷暖时刻遥控着它的刻度指数。要跳出这个外部世界该有多大的确信与力量呢？不知道是谁说了句"不管他们，我们练我们的"，霎时，三个人眼睛一亮，一起因为这句话而欢欣起来，说着我们大步跑向沙池，一个追着一个，仿佛要追上快乐巨大的身影。接下来的几天，我们玩得越来越晚，不到天黑决不回家。那几天的天气也尤其好，戈壁滩完全进入夏季，空气里多了几许潮润，草木开始蓬勃生长，一切看起来鲜亮许多。沙池过去，先是一条蒲草浓密的排水渠，再过去是一条胡杨树林带，胡杨树新栽不久，大概也就一人高的样子。每个傍晚，红彤彤的霞光都是被蒲草的草尖和胡杨树的树梢托举着送到沙池上来，我们的脸和影子在这片光泽中浸润的时间越长，腿上的力气和心中的快乐就越大。太阳还没完全落下，星星就已经在天边眨眼了，每天都是那几颗，金光闪闪的，又小又亮，挂在藏青色的天空上，目不转睛地盯着我们，像是看出我们的需要，要来陪伴我们似的。有一天我们玩得更晚，原因是被称为"花子"的女同学老是接不住球，她太胖了，接球时跑不动。天边只余一缕灰蓝色的天光，我们决定惩罚她，罚她再绕沙池跑一圈，她愉快地接受了惩罚，一个人绕着沙池外沿跑。为了鼓励她，我们两个绕小圈陪着她，边跑边大声地喊"加油"。跑完一圈，天也黑透了，"花子"累得一头倒在沙地上，一边喘气一边大笑。我们先是和她一起笑，然后并排躺在一起，这时才发现星星已经布满夜空。我们都放低了呼吸，璀璨星空让我们安静下来。这样一凝神，我们才看出，星星其实比我们还要疯。流星一颗接一颗，有的短短一瞬就没了，像是一头栽下来的风筝；有的远在天边，仿佛没人管的孩子，自由地划来划去；有的就在头顶，这样的星星最吓人，我们都担心它会掉下来砸上我们；有几颗是最意外的，忽然从一端起飞，之后轻盈地横跨了整个天空，那金色的线条、优雅的弧度让我们看得目瞪口呆，每见到一颗这样的流星，我们都会在屏息后不自禁地惊呼起来。而那些待在原地看似不动的，其实都推来搡去挤作一团，不肯老实待着，就像体育课上的男生，老师叫排队，他们总是你挤我我挤你不一会儿就打闹起来。星星让我们忘记了排球，更忘记了回家，那一晚，星星还给了我许多遐想，甚至让我感知到了一些就要临近的和一些无可避免的事物，譬如几天连续回家这么晚，爸爸已经在用不客气的眼神打量我了，譬如班级里已经有其他女生悄悄议论和轻蔑我们……果然，第二天下午，数学自习课上，最令我生畏的数学老师敲敲我的桌子，将我叫到教室外面。你们每天那么晚回家都在干什么？数学老师是个上海人，平常又傲慢又严厉，我的数学成绩不好，从来没给过我好脸色，这几天我把她的女儿拉去撒野发疯，她肯定更要借此数落我。我吓得不敢吭气，瞧见她眼睛往外喷火，赶快低下头去。数学老师等了半天没有结果，只好自己一个人说："马上要期末考试了，马上要升初中了，要抓紧时间好好学习，几个女孩子，疯成那样干什么！再不听话，我告诉你爸爸，叫你以后电视也不要去看了，一点都不学好！"数学老师的声音像一根硬生生的棍子，一下又一下地戳着我的肩膀。回到教室后，我蹩了一眼数学老师的女儿——我的同伙，她低着头咬着嘴唇，眼睛红肿，估计昨晚挨了巴掌。我们教工子弟都晓得她妈的厉害，吼一声老虎都得抖三抖，她女儿的耳朵常被她揪得青一块紫一块。三个人的排球队被数学老师一把扯散，我的疯魔症也渐渐平息。人清醒过来之后会有一个异常难过的阶段，因为中魔和清醒所在的是两个世界，两个世界分别有不同的快乐与忧伤、不同的尺度与疆域，离开这一个进入另一个之后，再从另一个的视角凝望这一个之时，视线会因为距离的错位而发生奇怪的扭曲。我便经历了这种扭曲。因为数学老师对我们的行为如此嗤之以鼻，因为我的学习成绩的确已经一塌糊涂，因为班级里有人说起我们时用的确实是一种轻蔑取笑的眼神与口吻……所以，连我自己也相信那些行为是丢人的、可笑的、不堪回首的。

4

秋天开始的时候，我成了一个初中生。一个中午，午休后我背上书包，懒洋洋往学校走。经过家门口附近的十字路口时，远远望见大路另一头，一辆大卡车晃晃悠悠朝我们这边驶来。跟在大卡车后面的，是一条半空高的灰尘带，白茫茫的，那一边的世界就什么都看不清了。我站在路中央，望着那辆车发了一阵呆，很少见这种大卡车开进这条路来，车厢里都装了些什么，那么高那么重，压得车都走不动了，像个老太婆似的晃来晃去。没精打采地望了一阵，什么也没看出来，我转过头，去了学校。下午放学回来，刚刚走过排水渠，邻居小伙伴就从家门附近的小渠边冲到我面前："你家买电视了！"我家买电视我怎么会不知道！这么没谱的事情他也编得出来！我认定他在耍什么鬼心眼，没搭理他，走到渠边的一块石阶上，往下瞧水里的动静。排水渠的水就要干了，各种水草的根都裸露出来，乱七八糟地缠在一起，渠里面的鱼和水蛇都藏到哪里去了呢？要等到来年夏天，我才能再次见到它们。"你妈说是金星牌的，十四吋。"我回头瞪着他，这下惊得张大了嘴，都能说出电视有多大，这就没法不信了。我腾地转过身子，风一般往家里跑。家里一屋人，有大人有孩子，妈妈站在大屋里端的高低柜旁边，笑得又得意又有风韵，她一边极其优雅地克制着内心的骄傲，一边满意地听着满屋子人议论纷纷。爸爸站在妈妈身后，左右调试着电视天线。一直等到关门吃晚饭的时候，我才问："妈，你买电视怎么都不和我说？""这种事情，买回来才能说，你小孩子不懂。""从库尔勒买的？""库尔勒哪能买到！上海，你严阿姨托人从上海买来的，名牌。""怎么运来的呀，那么远？""在阿姨那里压了好长时间，今天才找到便车。""是不是中午那辆大卡车？""是啊。"这一天应该是载入我家史册的重大时刻，我真后悔没有牢牢记住它的日子。这一天，电视已经够我做梦时都要发出响亮的笑声了，岂料还有更大的惊喜！吃完饭，妈妈朝爸爸投去会意的一眼，又从里屋抱出另一样好东西，一台两个喇叭的三洋牌录音机！
瞪着这个稀罕玩意儿，我和妹妹几乎蹦上了房梁。爸爸妈妈
简直是魔术师啊，一夜之间，我们家什么都有了，再也没有
谁能在我面前拽来拽去了！抑制不住狂喜，我又明知故问
了一句："妈，你怎么想到买这些呀？为什么？""你们去别
人家看电视白眼还没挨够吗？"嗬，真是我的亲娘啊！连我
想什么都知道。接着，我们一家人凑在方桌四周，就着灯泡
的光亮仔细琢磨录音机的各个按键，遗憾的是妈妈没买磁
带，所以那天晚上，我们仅仅惊讶地听着录音机空转了一阵
儿。录音机按键上都是英文，妈妈像是想起什么，忽地脸上
严肃起来："给你俩讲啊，录音机不是用来玩的，买它是因
为我要用它学俄语。"谁知道妈妈说的是不是真话，反正这
台录音机很快就被我们用来听邓丽君的歌曲，至于她学俄语
的事，我只听过她捂着喉咙一本正经跟着磁带发出过几个音
节，再就没有下文了。电视机与录音机分别有两张使用说明
书，我们一家只有爸爸意识到了说明书的重要性，但是他把
仔细阅读和学习说明书的任务交给了我。从那天晚上爸爸嘱
咐我的神情来看，他俨然将"使用说明书"上的内容视为一
种了不起的科学，并与我的未来息息相关，而我作为一个学
生，必须要去掌握这样的知识，至少也要对这种知识表示出
极大的兴趣。这样看来，一向寡言本分的父亲又是敏锐的，
至少在我们一家四口当中，唯有他意识到了"电子技术"的
不同凡响，唯有他表现出对掌握这类"知识"的郑重与严肃。

而我又一次令父亲失望了，除了按照说明书找出每个开关或者按键的用途，我对说明书上写的每一个字都不感兴趣；除了意识到从今往后时间将会因为电视机和录音机的到来多出许多欢乐，我什么都不愿意多想。和我的考试成绩令爸爸感到无颜一样，我对"说明书"的冷落和不屑让他望着我的目光又一次透出深深的寂寥。但是能怎么办呢？爸爸一定在想——她要是个男孩子的话，也许会好好看一看那上面的东西。有了电视，接下来的大事就是安装一根接收信号的电视天线，妈妈早就打听过，电视天线越高，电视信号就越好。于是爸爸买线杆、找铜丝，花了一周多的时间将材料找齐，又请人指点做了顶端的天线架，然后将一粗一细两根圆木接成一根近二十米高的电线杆，最后在院子一角挖出一个几乎和我一样高的深坑。一切准备就绪，爸爸妈妈定下拉线杆的日子，一个周末的下午。拉线杆也许是一件和盖房子同样重大的事情，加之我家又是"公检法"大院第一家买电视的人，所以，那个深秋的下午，我家就像办喜事一样热闹，大人们来来往往挽起袖子准备帮忙，小孩们窜进窜出高声尖叫，狗儿露露被拴得不高兴，一会儿冲着人吠，一会儿呃呜呃呜地小声哭。幸好院子里已经空出大片地方，葡萄枝被爸爸压好埋进土里，蔬菜——主要是萝卜和大白菜——也都收好储藏在地窖里，否则，二十米高的电视天线是无法横放在院子里的，那么多人也无法在我家转得开身。那天下午，妈妈交给我的任务是，看好所有拉线杆和安装天线的工具，保证大人们用的时候能找得到。拉线杆之前，最重要的工作是检查线杆头上的天线连结点，电视信号有没有、好不好全靠这个玩意儿；其次是两根圆木接得牢实不牢实，千万不能在竖杆时出现意外，此外还得扛住戈壁滩一年四季的大风狂沙天。将近六点，夕阳通红的霞光披照我家东墙角上，埋电视天线的大坑恰好在此。坑周围站着六七位身强体壮的叔叔，再往上看，四根有我小腕粗的缰绳已经从四个方位渐渐扯紧，爸爸站在房脊上，望着屋后某个地方，指挥其中一个方向的缰绳再往某个方位移动几步。忽然传出一声号令，房前屋后所有搭手的男人齐声应和，接着又一声令起，众人手脚立刻跟上，一边紧呼一边发力，每张脸片刻间全都挣得通红。电线杆先是颤颤巍巍，接着稳稳当当立在大坑里。突然，不知哪个方向松了力，线杆猛然一晃，霎时惹起一片惊呼和斥责，那泄力的一方赶快回手吃住劲，顷刻间，天线重新笔直地矗立在戈壁滩钴蓝色的天空下。那一刻，我站在院子一角，胡乱抹了一把快要冻出来的清鼻涕，望望线杆顶端被晚霞映红的铜丝天线，激动得眼泪都快出来了。谁能想到，就在这充满喜悦的一天，就在我家里里外外笑声四起的这一刻，嘭地一声，一道沉闷又巨大的爆炸声从我家屋内传出，跟着声音响起的，是从我家屋顶烟囱飞出的一块黑砖和一股一飞冲天的黑色烟雾。浓烟在空中翻滚，比烟雾飞得更高的，是一把又一把黑色的小星星，它们像是刹那间从浓烟中诞生的小精灵，一出生就中了魔，一见光就获得了非凡的生命力，它们开心得要命，力气大得要命，因此比烟雾冲得更高，在空中停留的时间更长，有的像雪花那样轻飘飘地飞，有的像鞭炮一般再一次飞起来炸开。烟雾被冷风一吹，顷刻间散开，而它们——那些黑色的小星星，仍然自顾自地在半空中起起落落。所有人都怔住了，立在原地，不知发生了什么。还是站在屋顶的爸爸反应最快，他大吼一声："火墙爆了！快，进去看看有没有伤到人！"真是乐极生悲。冬天，戈壁滩喜欢用土火墙取暖，我家的火墙是爸爸自己砌的，通风好，散热快，用了多年，从未有过堵烟的毛病。好在无人受伤，但家里惨透了！屋内每个角落和缝隙都铺着一层一指厚的乌黑的毛絮状的黑灰，崭新的电视、水缸、厨具、床铺，连大衣柜顶，都是一层令人绝望的一触即飞的黑絮。屋里屋外一片混乱，幸好家里人多，左邻右舍的阿姨帮忙清扫，天黑前，我家才从一片乌黑中渐渐露出家具原本的一些颜色。见此情景，连最顽皮的小孩也不敢再提晚上看电视的事情，住得近的邻居说了几句安慰话便闪身离去，剩下我们一家的时候，爸爸说："火墙明天再砌吧，今晚先接上铁烟囱，还得烧水吃饭哪！"

5

又到了夏天，戈壁滩在塔里木河水的滋润下迅速复苏成一个遍布生机的绿色沙洲，菜地、棉田、瓜果、林带、鱼群、水渠……这些爆发出强大生命力的事物，总是踏着季节的节奏，竭力为人们的内心送上一缕慰藉。也只有到了夏季，人们才会因为这些湿润与绿色，稍稍淡忘那些关于荒僻与肃杀的记忆。不知不觉，团部、学校、"公检法"……越来越多的人家竖起了电视接收天线，傍晚的时候，望一眼灰蓝色的天空，不需要谁再告诉我，我也能够感受得到，戈壁滩的天空已经不像从前，除了月亮、星星、云朵和风沙之外什么都没有，至少那些携带着电视画面的信号，此时此刻就在我的头顶上飞来飞去。这大概是我在少年时代唯一一次对电子技术产生的诗意想象。这样，有天傍晚，站在小院当中，望着在风中轻轻晃动的线杆，我问了爸爸一个问题，电视信号是从哪里来的？之所以问这个问题，是因为我家的电视接收天线已经被爸爸改装成可以调整方向的活动天线。爸爸真厉害，他在粗大的圆木底部装上了一个绞索，如果某个方向的电视信号不清楚，他就转动这个绞索，让线杆顶端的天线略微改变方面。依靠爸爸的这个发明，我家看到的电视画面要比别人家清晰，偶尔，还能收到另一个发射台的电视信号。爸爸说，电视信号有团部的，有巴州发射台的，有尉犁县的，还有马兰发射台的。这以后我才知道《霍元甲》是马兰发射台的信号，离我们最近的尉犁县虽然有一个功率为三百瓦的蝙蝠翼天线发射铁塔，还是北京天线架线队专门跑来安装的，但因为它只转播巴州电视台的汉语节目，而巴州电视台根本播不出好电视，所以凡是竖起接收天线的人家，都只看马兰发射台（军队台）的节目。那些年，多亏有了马兰台，我们才能看到香港、"台湾"和新加坡的武打片。后来，尉犁县电视台不得不增加了发射机，提高了发射功率，并且也开始不时转播马兰电视台的节目。初三暑假，妈妈带我去尉犁县办户口，天太热了，空气烧人的眼睛，我在被烤成一块焦炭的昏沉中记住了两件事：我的瞌睡像石头一样沉重，让我的头不停地往一旁一个维吾尔族男人的肩膀上撞；另一件事是，尉犁县的天线杆真多，一个接一个，像在半空中拉起一张灰色的大网。再细看，那一个又一个杆头上的天线架，真的很像一只只张开翅膀的灰蜻蜓，它们让我想起小时候那些在夏日黄昏贴着水面飞翔的红蜻蜓、蓝蜻蜓和黄蜻蜓。真正的蜻蜓是五彩缤纷的，是飞上飞下的，是活泼的、激动的、调皮的，但是眼前这个如同拉起一张灰色大网的无数个天线架，它们的两翅那么死板，动作那么单一，颜色那么灰暗，但就是这张灰色的大网，这张几乎要遮住天空、网住下面人家的灰色大网，给这里的人也给戈壁滩带来了那么多的快乐。它们长得好看吗？它们远远不如那些真正的蜻蜓好看，但是比之于真蜻蜓，它们带来了更多的热闹，带来了似乎是无可穷尽的快乐，这其中就有我一次又一次的中魔。坐在穿过尉犁县城的班车上，我还发现了另外一件事，以前，我和伙伴们总是一起看电视，现在，看看这些密密麻麻的线杆就知道，以后，越来越多的人家会有电视，而我不知道是坐在公共场地与大家一起看电视好，还是回到家里自己看电视好，我只是感受到了这个变化，感受到我们的欢乐原来是连成一片的，就像小时候的鸭子坑，任何一根细小的波纹都能够一层层荡漾出去，成为一个又一个同心圆。但是从此以后，那些快乐会变成一小块一小块的东西，像天黑之后的孩子，回到自己家中，钻进每户人家的门，成为每家人自己的事情、每个人自己的事。我说不出这其中的好与不好，只是觉得属于我们自己的东西越来越多了，这是一件挺让人高兴的事情。又过了一段时间，戈壁滩有了中央电视台的节目，大人们说天上有一颗叫作东方红1号的卫星，能把中央电视台的电视信号传过来。卫星是不是和天空中的星星一样，距离我们同样遥远？这是一件超出我理解范围的事情，所以，我的心思没在这件事上停留。但是，中央电视台的节目是经过录制后再转播，这件事我是知道的，因为那几年的新闻联播和春节联欢晚会，我们要比实际播出时间晚半小时才能看到。电视天线越来越多，这些高高低低粗细不一的线杆矗立在戈壁滩的半空中，一天比一天更多地将它们接收到的信息播散在戈壁滩上，我们由此望见外部世界的新鲜与矫捷，由此备受鼓舞似的渴望了解更多并融入其中。很快，已经有人家买上了彩色电视机，妈妈听说后一边感叹时代巨变，一边将一张彩色条纹贴膜贴在我家的黑白电视机的荧屏上，以此缓解全家人心中的期盼与羡慕。紧随其后，戈壁滩变化加速，塔里木河河水的浑水期越来越长，我们再也见不到那种青愣愣的水色，见不到清澈的小溪里一群群逆流而上的小鱼；从团场发往库尔勒的班车越来越多，人也越来越挤，班车路过我们团场，一般要到第三辆我才能挤上去，挤上去夹在人缝中，此后便被颠簸的车身一路甩荡，到了下一个沙漠小镇，还要再挤上来一批人；出去的人多，进来的人也多，戈壁滩多了许多陌生面孔，他们都是从外地来团场包地种棉花和香梨的；一个大型油脂化工厂建了起来，戈壁滩上相邻的五个团场生产的棉花，都会运到这里来加工……人们似乎繁忙起来，电视里与电视之外的世界似乎都繁忙了起来。

风吹过

    我从来不知道风是从哪个方向吹来的，我甚至搞不清楚晨曦与夕阳的位置，那段时间，虽然我像一只呼呼旋转着的风扇终日奔跑在那个浑天黄地的戈壁滩上，但是风是从哪个方向吹来的，我真的毫无所知。严冬寒风，春季连天连夜的狂风，夏日白昼的热风与夜晚的凉风，它们一阵儿将戈壁滩吹得荒枯无望，一阵儿又吹来浓郁的沙枣花香，一阵儿又躲在葡萄叶子的阴影下偷吻那些一天比一天饱满的葡萄粒。它们飒飒不尽无始无终，来去之间瞬息即变，因此我从未花费心思去搞清楚它们的方向。但是，当有风吹过，当站在每一处有风吹过的地方，即使被风中的沙尘迷住了眼睛，即使风暴遮罩住整个天空，我却能够感觉到风带来了什么东西，风的里面一定飞舞着许多我不曾知晓的事情。

    春节过去不久，"公检法"来了许多新面孔。"他们来戈壁滩干什么？和我们一起喝西北风吗？"在见到他们之前，我问妈妈。小潘开三轮摩托，小孟是神枪手，大个子小赵是大学生，马上就能当助理检察员。还有一个女孩叫有丽，大专生，整天抱着书读，不理人。妈妈说："肯定是嫌弃戈壁滩。""那她干吗上这里来？"我问。"谁能想上哪儿就去哪儿呢？"妈妈说。我们住在公安局、检察院、法院和司法局四家单位组成的大院里，前前后后十几排平房，我们看起来像是一个整体，但实际上，每户人家都是走在远乡僻壤上的异乡人，每户人家搁在心头的最大愿望都是离开这个被风沙裹罩的戈壁滩。

　　四月，一个星期天的早上，起床后我胡乱洗了把脸，来到院子里悄悄解开了警犬露露的铁链。前不久团部电影院放了一部印度电影，青春漂亮的女主人公命运十分悲惨，但是她养的一条家犬能够多次救她于危难之际。在为女主人公流了好些眼泪之后，我决定开始训练警犬露露，这是因为露露像极了电影里的那只狗。有朝一日，我想，谁再敢欺负我，就让露露替我报仇。露露至少有百分之八十的德国黑贝血统，除了我家人，谁见了都吓得发抖。每天放学回家，只要推开院门，露露便会一甩链子朝我猛扑过来，再呼地一下一跃而起，两只前爪就搭在了我的肩上。它立起来的个头比我都高，没等我站稳当，它又热又长的大舌头已经冲着我的脸舔过来，亲热得我躲都躲不开。对我如此，对外人可就不一样了，连大院里揣着枪的老公安进我家门，都得绕着走，都吓得脑袋缩到了肩膀里，真是又可笑又痛快。所以露露一直被铁链拴着，爸妈不敢随便放开它。轻手轻脚，我带着露露出了门，还好，走到巷口，路上没有见到半个人。已经四月底，戈壁滩的杨树仅仅长出指甲盖大小的叶片，柳树的枝条倒是绿了，但芽头仍贴着枝条不肯打开。又是个大风天，走出巷道，我回头望了一眼道路的尽头。风把四野的尘土一帘帘地掀上天空，又一鞭一鞭地驱赶它们，那些飞腾在半空中的沙尘就一股股地成了一群受惊狂奔的骆驼。道路尽头，除了遮住视线的沙尘，除了给风吹得形销骨立的枯草，什么也没有。我喝了一声露露，朝另一个方向的"果园路"跑去。到底是警犬，出门时我随手在院子里拣了只空药盒让露露叼在嘴里，又嘱咐它不能咬出牙印，一路跑下来，它真就做到了。果园路一边是果园，一边是林带，因为树高草深，风就在这里做起更大的乱子。沙枣、旱柳、杨树，还有遍地的芦苇、碱蓬和野麻，一边张牙舞爪东摇西荡，一边发出无数个疯子声嘶力竭的怒吼声。幸好有露露陪伴着我，不然我说什么都要拐头回家。大风呼啸，草木在我的头顶群魔乱舞，露露叼着空药盒，低头默默走在前面，它明显看出我的犹豫，体贴地放慢了脚步。风似乎更大了，一个劲地朝前推搡着我，那些高大的沙枣树咔咔嚓嚓地响着，几乎要被风吹断了腰。突然，露露停下脚步，抬起头盯住前方，喉咙滚出一串雷声。我上前靠在露露身边，手指套进它的皮项圈内，担心它冲出去咬到什么人。我带着露露往前走，一心想看看，前面是何方神圣。一个高个子的女孩，不用多想，我一猜就着，她就是有丽。有丽足有一米六八的样子，即使离她三十米远，我也能看清那件穿在灰色西服下面的红格子衬衫。真让人吃惊，有丽在读书，大星期天的，她竟然不睡懒觉。有丽站在路边一个半人高的石墩旁边，手里捧着书，大声念着一连串的英文句子。风在她的四周咆哮，野草在她身旁痛苦地抽搐，大树的枝条在她头顶疯狂地甩来甩去，各样风声纠缠在一起，大得好比能将人一口吞掉的洪水，而她竟然仍在放声朗读。我隔着马路，站在有丽对面，心想为了远走高飞，她下的力气比风都大啊！露露也真奇怪，它一向是要冲着陌生人显摆一下它的厉害的，这一刻却安静地坐在我的脚边，和我一起眯起眼睛凝望着有丽。有丽看着我们一人一狗这样打量她，撩了撩被风吹乱的刘海，扑哧一下笑开，对我说："我知道你是谁，你家狗真威风。"有丽这就成了我的朋友，虽然我根本不了解她，她也从来不和我说什么特别的秘密。我十二岁，有丽二十一岁，相差的九年时光使我成为她的仰慕者。一个勤奋、时尚、骄傲的姐姐，有谁能够超越有丽给予我——一个成绩差、性子野、因为贪玩闯祸而常常挨骂甚至挨打的小女生——更多关于未来的遐思，以及作为一个女孩的典范之态呢？我讨厌学校，躲避老师，不知道拿什么做自己的理想；不乖巧不听话，耍棒弄棍，不长记性，挨过打就忘。有丽就像一面洁净明亮的镜子，照出我野生的上蹿下跳的还未被规训的原形。任何时候，有丽看起来都又整洁又漂亮，似乎戈壁滩的每一缕风都绕过她，吹到了别人的身上。她的书桌上堆满了法律专业的书籍和英语书。下了班，她多数时间把自己关在屋里，学习、读书、写信、发呆。当然有男生追求她，有公安局的干警主动接近她，有学校的男老师打听她，有流里流气的世家浪子挑逗她，也有喜欢揽闲事的中年女人要给她介绍对象，都被她毫无余缓地一口回绝。"妈，有丽姐会喜欢什么样的男生啊？"我问。"有丽才不会在戈壁滩找对象，那些人别做梦了，"我妈说，"有丽啊，她的梦长着呢！"

时间到了第二年春末，有丽因为看不到回城的希望而松了劲，降下身份似的愿意与大院里的人来往了。于是，有一天，有丽答应和我一起去看电影。吃过晚饭，嘴一抹我就往有丽宿舍跑。推开门，屋里芳香扑鼻、清凉湿润，她一定是把冲过头发的第二遍清水洒在了砖地上，空气里因此还有一种好闻的属于少女身体的洁净气息。这种味道是那么亲切动人，又那么陌生庄严。我顿时懵住，屏住呼吸待在门边，不敢让自己沾满尘土的双脚玷污了屋里的清洁。平生头一回，我感到当一个女孩是如此美好，但又同时因为这种美好而感到莫名的担心。"傻愣着干什么，进来呀"，有丽脸冲着我擦头发，嘴角一扬，笑着说。她的皮肤原本就是粉白的，这一刻浸透了水分，更加灵动鲜美。因为洗头，衬衣领向内掖得很低，露出很大一片脖颈，平常不觉的乳房那么醒目地圆鼓鼓地凸出来。她那么好看又那么好闻，搞得我很难为情，于是闪开视线，踮起脚尖走进屋里，坐在床尾的一只方凳上。擦好头发，有丽开始往脸上抹雪花膏，对着脸盆架前的一面小方镜，她手指轻移，耐心地把脸蛋儿抹得又光又白，又在嘴上涂了一层凡士林，然后将掖在颈椎底部的衬衣领翻出来，一边在镜子里欣赏自己，一边抚拽领子与肩头的皱褶；整理好衬衣，她开始梳头发，戈壁滩空气干燥，她乌黑的卷发干得很快，眨眼间就蓬松地披在肩上。接着我眼前一亮，有丽从皮箱里拿出了一件驼色风衣，简直跟电影《追捕》里高仓健的那件一模一样，这还不够，转眼间有丽不知从哪里变出一条鹅黄色纱巾，而后一抬手让它轻轻系在颈间。看电影还需要这么梳洗打扮吗？女孩干吗要这么打扮自己呢？我没敢问有丽，我担心碰到她心里的什么秘密。从小，我就害怕秘密，害怕所有人心中的秘密。当我不喜欢那些钻进我心中的秘密的时候，我就跑到不远处的小石桥边，对着任何一片草丛，把秘密丢进草丛里，再看着风把它们吹走。有丽戴着墨镜双手插在风衣兜里快步走，我跟在她身旁甩着手快步走。有丽又高又白，我又矮又黑；她香喷喷的，我乱糟糟的。我俩依次穿过镇中学和学校家属区，然后是一个大而平坦的中小学操场……我们边走边说，说什么我完全没有印象，但从我的角度望过去，她迎着晚霞绽开笑容时的洁白牙齿，以及被黄纱巾裹住一半的灵巧下巴，无比深刻地印在了我的脑海里。我开心极了，能和有丽这样一位骄傲的姐姐一起看电影，似乎比电影本身重要几百倍。一个非同寻常的伙伴，这足够满足我渺小的虚荣心。买票入场，坐下后我四处张望，看看有没有认识的伙伴或者同学。哪知看来看去，没有一张熟悉的脸，反而平添了许多烦恼。电影院真是越来越破烂了，好几处内墙墙皮开始脱落；水泥凳也有倒塌的；地上的虚土里掺杂着瓜子皮、花生壳以及糖纸；原本雪白的幕墙已经发黄，下雨留下的浊黄色水印丑陋地挂在上面；舞台上，半大的娃娃们你追我打大呼小叫……我又一次感到羞愧难当，这种破地方怎么配得上有丽这样的观众，真希望她什么也没有看到。还有更让人无法忍受的事情，我瞎看乱瞅的时候，猛然发现许多不三不四的目光落在有丽身上，有和我一样大的同龄人，有男人，更有女人……我顿时明白过来，有丽的装扮果真太招眼，来这种破地方，谁会穿得这么时髦和漂亮呢？而我怎能不明白呢，人们都不喜欢和他们不一样的人，就连我的小伙伴们不也是如此吗？自从我和有丽成了朋友，他们都和我疏远了。霎那间，那个因为拥有一个非同寻常的伙伴的虚荣心荡然无存，我开始不安和担忧。有丽会因为受不了这里的破烂和不友好的目光而离开吗？天黑下来，电影开映。与夜空黑色的幕帘一起降下的，还有突然不知从哪里冒出来的人，这些人进来就往前挤，有的干脆一脚站上水泥凳。没多久，我们便被堵得什么也看不见。"走，我们上前面去。"有丽说。穿过层层人墙，我们找到一个落脚处，并排站下。不是什么好电影，有丽为什么这么大的兴致呢？看看四周，我似乎比她更确信她不属于这里，似乎比她更讨厌她身旁的那些人，那些戈壁滩的土包子，那些不三不四的视线，那些落满裤管的土，那些围着我们像灰尘一般落下来的蚊子……但是有丽看得却那么入神。

光束闪动，银幕上的光芒回映在有丽脸上，我偷偷望了她几眼之后，突然对她产生了一种从未有过的畏惧心理，因为那一刻的她显得那么的陌生和难以理解。难道她要用这种方式表明她接受了戈壁滩，表明她开始和我们一样了吗？可是我喜欢有丽是因为她和我们不一样啊！难道她不希望离开戈壁滩了吗？在戈壁滩上当一个和所有人都一样的人，我简直想象不出那会是一个怎样的有丽。一个年轻人不知何时挤在我和她之间。他默默站了许久，我才发现他的存在。他抽着烟，个头很高，黑亮的脸隐藏在夜色之中。"你是哪的？怎么从来没见过你？"年轻人瓮声瓮气地问有丽。有丽目不斜视，不理他。"电影有那么好看吗？我看你比电影里的人好看。"有丽没吭气，片刻，扭头拉住我的手说："走。"我以为走的意思是离开电影院，但有丽拉着我，绕了一大圈，又在舞台的另一端站下。"咱们回家吧"，我说。"别害怕"，有丽边说边用力地握了握我的手。那条黑影又挤过来，这一次，他站在了有丽那一侧。"交个朋友吧"，他说。"我已经有朋友了"，有丽说。"有了也没有关系，多交个朋友总有好处。"年轻人死皮赖脸。我拉拉有丽的手，意思是我们快走。有丽却纹丝不动。"你最好离我远一点，不然马上会有人把你铐起来的。"有丽一点不慌。"哟，胆子挺大，都会吓唬人。"年轻人说。"那你就试试看。"有丽的语气越来越平静。这回年轻人成了哑巴，幽暗中他晃晃身体，转眼没了人影。这段插曲远比电影更惊心，年轻人走后，有丽在我眼中完全成了一个谜。她如此出众，却让自己置身于破烂的电影院；电影并不好看，她被蚊子咬得很惨，但却全神贯注看完了整场电视；她和周围人格格不入，却容忍自己被一个二流子一再纠缠……这到底是为什么呢？直到电影结束，直到夏天过去，有丽也未曾向我吐露过一个字，是因为我太小了吗？但是这些得不到解答的疑问却成了我的心事。了解一个人是那么难，我们看似一对好姐妹，可是我对她的疑问却比对任何一位伙伴更多更加奥妙。我被她这些令我着迷却又让我不解的举动迷住了眼睛。我失去了辨别力，这个大我九岁的女孩到底在想什么？是不是每一个长大的女孩都会变得这样不可理解？将来的我是不是也会这样？疑问得不到解答，疑问就变成了我心中的秘密。我不能把有关有丽的事情告诉别人，更不喜欢秘密，所以我只好一次次跑上小石桥，把它们扔进桥边的草丛里，希望风能够把它们吹走。但是戈壁滩的风从春天吹到夏天，又从秋天吹到春天，它能够带来并带走一些人，却吹不走那些我假装丢在草丛里的秘密，我知道，它们已经长在了我的心里。

长进心里的秘密越来越多，就像戈壁滩的风沙，一年比一年大。有一天，家里突然有了一台金星牌电视，于是，每个有电视节目的晚上，家里都像集市一般热闹和拥挤。一个月色皎白的夏日夜晚，放电视的外屋坐了满满一屋人，都是大院里的邻居与小伙伴，清凉的风在敞开的窗户与纱窗门之间来回穿梭，轻轻拂过每一个人的肩头。"真凉快啊，这风吹的"，有人发出喜滋滋的感叹。有一阵，风突然大了，窗帘给吹得卟卟卟打在了墙壁上。但转瞬又小了，便又轻手轻脚缠绕在每个人的膝间。我被风搅得有些不安。电视看到一半，猛然发现先是个头最高的男孩小武突然站在纱窗门前，片刻后，一声不响离开了；随后，小霞回头扫了一眼，很快也起身出了门，紧接着是另一个女孩燕子。不知道他们要做什么，我不假思索地跟了出去。他们像是要去别处，看到我黏在身后，只能改变计划，穿过庭院，绕到我家葡萄架的另一面。他们在葡萄架后面的菜地田埂上停下了脚步。一阵风来，葡萄架上的藤蔓，厚密的叶片发出一片鸣响，籁籁——沙沙。见我没眼色地站着不动，小武似乎不大乐意，他拉开距离，独自站在一边，一个劲儿地直咂嘴。我一心想知道他们要做什么，所以双腿牢牢杵在原地，并不理会小武的烦躁。一阵令人不安的沉默过后，小武点着了两根香烟，依次递于两个女孩，而后自己吸起来。风明显大了许多，葡萄藤在响，围墙用的枸杞条在响，窝棚里的鸡也被吹醒动弹几下，甚至头顶的月亮，仿佛也被风吹着往前跑了一大截。刹那间，我似乎明白了，原来，自己已经不和他们一伙，已经被他们推了出去。失落中连着一丝模糊不清的羞愧，这是什么时候的事情，又是因为什么呢？我被往日最要好的伙伴排除在外。"你回去看电视吧，别跟着我们，不然会学坏的。"小霞对我说。我又惊讶又尴尬，一时不知如何对答。他们三个不再出声，垂着头站在菜园的阴影里，像是对一个无法更改的判决久久默哀。那一刻，连一贯肆无忌惮的风都躲得无影无踪，大概它也不好意思看到我这么丢脸吧。被驱逐的感觉真是糟透了。我离开他们，丢了魂似的回到屋里，坐在后排他们留下的空座位上，完全不知道电视里在演些什么，只是感到身后满院的月光像大渠的水，无声又可怕地在往高涨。而一缕又一缕的习习凉风，则从月光之侧潜至我的脚边，变作一根根孤单的思绪，缠绕着我的双脚，一遍遍地提醒我，院子里的小伙伴啊，他们一天天的都发生了变化。但是变化就意味着我和他们的距离，意味着我们之间的分隔与疏远吗？意味着我被他们毫不留情地推开吗？这是什么时候发生的事情？为什么是我被驱逐？清爽的晚风还在我的脚下徘徊，风一定知道他们要去做什么，在想什么，但是风什么都不会告诉我。

堆积在心中的秘密并不会影响夏日傍晚的美好。没有电视的晚上，做完作业我会跑去对面小渠边玩水，会跑到排水渠爸爸放拦网的地方听一听鱼儿蹦跳的声音，然后钻到葡萄架下，摸一摸那串只有我知道位置的葡萄又长大了多少；有电视的晚上，要赶在电视开播之前把作业做完，然后帮妈妈烧两壶开水灌在暖瓶里，再去大院里溜达一圈，问问几个最要好的伙伴今晚来不来看电视。那一天恰好周六，下午我在小渠边洗衣服，小红挑水回来。"《四世同堂》演到第几集？"小红问我。"十三集"，我说。"开演之前，你来叫我"，小红说完，半眯着眼瞧了瞧西垂的太阳。电视剧开始之前会放戏曲节目，大人们喜欢，我们小孩子都不爱看，就凑在院子里玩攻城游戏，直到天完全黑透。小伙伴们浑身淌着热汗进了屋，我一个转身，跑去叫小红。小红家很近，两分钟我就蹿到了她家门口。可是院门从里面死死顶住。我啪啪啪一顿猛拍，没人应答。小红家院子大，屋里听不见敲门声很正常，我动手自己开门，院墙烂了洞又没补，我的手正好可以伸进手去拔开门闩。门一开我跳了进去，有间屋亮着灯。我推屋门，屋门也锁着，啪啪啪我又敲，还是没人应。真奇怪，明明亮着灯啊。循着灯光，我凑到窗户跟前，透过窗帘留下的一条缝隙，一看，吓出了一身冷汗。小红红着脸，阿涛从后面抱住她，将她往床上拖。小红表现得又情愿又不情愿，两个人你拉我扯，像是打架一样。站在窗外，我的腿都软了，张嘴愣住半天，然后拔腿就跑，跑出院门，想想不对，又转头回来，重新将院门从里面闩上。回到家坐在电视前，我魂不守舍等待着小红。他俩在干什么？小红会不会吃亏？阿涛是不是想欺负小红？整个晚上我不停地想这些问题。小红的妈妈和妹妹们都在我家看电视，望着她们完全沉浸在电视节目中的头影，我不知道该怎么办。因为不知道怎么办，所以我什么都没说。小红终于没来看电视。第二天早晨，我早早等在小红家对面的小渠边，她每天都会站在渠边刷她的一口白牙。她是我们这群伙伴中牙齿最白最亮的一个。水渠就在白杨树林带的下面，清晨的凉风因为浸上稀少的夜露，要比晚风更加清凉。沙沙沙，哗啦啦，翠绿的树

大河奔流遗落的一朵浪花 / 阿舍

叶在蓝宝石般的天空下迎风歌唱，这是清晨的戈壁滩最好听的声音。我背对着小红家院门等她，或者她的家人。我不知道自己在等什么，最好，别有什么坏消息。没有多久，小红果然出来了。她笑眯眯看了我一眼，然后开始刷牙，刷到一半，她猛地停下。"昨天晚上，你怎么没来叫我看电视？"小红问我。我怔怔看着小红，想看出任何与昨晚那让我目瞪口呆的一幕有关的迹象，但是什么也没有。小红始终笑眯眯的，嘴边粘着一圈白花花的牙膏泡沫。清风卷着杨树叶的味道，将她自己用电丝夹出来的一头卷发吹得乱七八糟。后来，她把刷牙缸里的水倒在手心，抬起手臂淋在横飞的头发上，这个动作让她顿时由一位刷牙的少女变成了一个懒洋洋出来倒尿盆的少妇，也令我对她产生了极大的不满。见我傻看着她，小红一边慢吞吞刷着她的牙齿，一边异常开心地朝我挤眉弄眼。晨风滑下青白色的杨树树干，不依不饶地拨弄着她满头乱糟糟的卷发，我同样不依不饶地审视着她，这就又发现她的另外一个秘密。因为起得早，小红大概知道不会碰上外人，所以她连胸罩都没有戴。她裸着上身穿了一件月白色的乔其纱衬衣，薄衫之下，胸前春色一览无余。随着刷牙的节奏，一对俏乳一下又一下地，带着使人无比心悸的颤动，一次又一次地轻点着衣襟。因为看见隐现在衬衣下的那对尤物，我立刻想到昨晚从身后强抱着小红的阿涛，当即觉得头晕目眩，便低下头去，不愿再看小红。我的脸发烧，心中滚动着失落，小红和阿涛，这对大院里的少年玩伴，显然

194

已经有了只属于他们的秘密，显然有了不能跟大家分享的欢乐，这欢乐是他们在夜晚背着所有人偷偷尝到的，这欢乐大概很像一种化学试剂，在一夜之间就改变了小红。也许所有的女孩都能尝到这样的欢乐，但是看起来小红首先尝到了。那么，从今往后，他们就会带着这秘密的欢乐在伙伴间走来走去，而我，作为这个秘密的知情者，却要装作对它一无所知。没有男生喜欢我已经够可悲的了，难道我还要为他们保守秘密吗？凉爽的晨风轻轻摇晃着翠绿的白杨树叶，小渠前方，水井周围的芦苇丛跟着摆动起它们细长的脖颈，真是心烦啊，这些刚刚听起来十分动听的声音现在全都变成了对我的嘲笑。是啊，风可以把它知道的一切吹遍戈壁滩，我却只能紧闭嘴巴，傻乎乎地看着他俩。我说过我讨厌秘密，这一刻甚至憎恨起小红来，如果不是她让我喊她去看电视，现在的我，说不定还在梦乡里因为什么事而放声大笑呢。燕子曾经告诉过我一个怎样把秘密说出来的办法——把它写在纸条上，然后把纸条埋在土里，就等于你说了出来。我不相信燕子的话，因为这和我把秘密丢进草丛，希望它们被风吹走却从来吹不走是一样的。小红将最后一口漱口水吐在渠边，我将渠边一只长着一对大翅膀的蚂蚁踢进水渠，各自往家走去。晨风轻轻地吹，我的心沉甸甸的。

夏天过去之后，风还是日夜吹拂着戈壁滩。一个晴朗的中午，放学路上，一根细如线杆的龙卷风突然拔地而起，它烟灰色的细长身躯亭亭玉立，在蓝天下悠然旋转着，竟然如此地婀娜美丽。它头一次离我这么近，就在马路斜对面那片矮小的胡杨树林带里，我仰头看它，惊讶于这种凭空竖立在蓝天下的风的身姿是那么的神奇和不可思议。我像个傻瓜似的半眯着眼，龙卷风已经沿着一条神秘的曲线迅速飘移过来，我看得出神，完全不知脚下的尘土已经乱成一片，当意识到龙卷风正好直冲着我而来，正要拔腿就逃时，风已经一把将我拽进它的肚腹。除了巨大的风声我什么都听不见，除了一片暗灰色的尘土我什么也看不到，无数的沙砾、草屑、虫尸、粪渣砸向我的头、脸、眼睛、手臂，钻进我的衣领、鼻孔、耳朵眼和鞋子。我像个在戈壁滩流浪了几天几夜的小乞丐一样回到了家里，妈妈皱起眉头，看着我洗黑了两盆水，然后对我说，有丽要走了。我垂着头在太阳下擦头发，发梢的水滴掉在脚前，一滴滴洇湿了红色土砖。我看着那一坨坨散开的水印，并没有对有丽的离开感到特别的吃惊，反而像是早就在等待这个消息。这个大我九岁的姐姐虽然跟我要好，我却越来越不懂她；小霞和燕子将我推出她们的小圈子；小红和阿涛也有了只属于他们二人的秘密和欢乐……龙卷风看着婀娜美丽，里面却浑浊又可怕。只有被风吹过，才能知道风带来了什么。一年后，我去看有丽，妈妈说她结婚了，丈夫是她的同事。下午三点，太阳晒得人睁不开眼睛，路边的石榴花在热风的吹拂下像一朵朵舞动的小火焰。真开心，就要见到有丽了，还有她嫁的那个男人，他肯定比戈壁滩所有的小伙子都出色吧。有丽还像从前一样精神焕发，皮肤又白又亮。"有大姑娘的样子了",有丽在巷道口接到我,摸着我的头发说。我们进了门,有丽在前,她先朝里间看了一眼,转身冲我飞来一个眼神,是说——她的他在睡午觉,我们得小声一些。有丽家很挤,里外两小间,大概是单位分给他们的临时宿舍,外屋挨墙放了一只圆桌、两只沙发和一个简易灶台,就只剩下中间一个洗衣盆大小的空间了。有丽从折叠圆桌下抱起一个西瓜,为我切开,又为我冲了一杯橘子粉水,继续洗泡在洗衣盆的衣服。近三个小时过去了,有丽从水房提了三桶水回来,洗完那盆脏衣服之后,又将灶台上的碗筷清洗干净拾掇齐整。这期间,她只是压低嗓门和我聊天,她似乎很想念戈壁滩的老朋友们,一家一户挨着问过来问过去。我们的说话声很小,就是笑起来也尖尖细细的,远远比不上有丽的丈夫在另一间屋里打出的呼噜声,那呼噜声气壮山河,像戈壁滩连天连夜的风声,此起彼伏地锤击着我的耳膜,直到我离开。

沙漠，或梦想

1

　　我不知道那只苍鹰是怎样来到我的家里的，一夜醒来，仅见到它徒然张开的羽翅。

　　苍鹰的翅膀被长钉钉在了厨房灰色的泥墙上，赫然占据了大部分墙面，迎面望见时，我怔住片刻，但我没有恐惧，也没有感到兴奋，我呆呆地看着它，仅仅想到，一只在天空中自由又傲慢的猛禽，此刻已经死得惨不忍睹，尸骨不知被撕成几段，只留下这双被砍掉的翅膀，当作战利品被牢牢钉在了墙上。我当然知道这是谁干的，那两个做梦都想发财的白痴，他们的身体像壮年的红柳一样结实。

　　苍鹰的翅膀无比平展地张开，仿佛尖啸着正扑向猎物。但是现在它们既不能再为自己捕食，也不能再吓唬那些曾被它追赶的惊慌失措的小生灵。紧紧贴在墙壁上的翅膀，其中有一扇的根部滴下一滴血。清晨，房舍的窗户早早打开，那滴血已被闯进的光线吸干，被沙漠的风吹干，干尸般贴在灰暗的墙壁上。

它是怎么被弄死的呢？看见这双翅膀的同时，我想到了这个问题。这种猛禽，虽然常在沙漠的上空盘旋，但普通人无缘见到，更不能靠近。想到这里，我似乎听见苍鹰沉重的落地声。

"它站在那里，我们从后面上去，一棍子就爆了它的头。"

他们坐在我家八仙方桌的两旁，抽着烟，笑嘻嘻地说，很是得意。

他们二人从湖南老家来，试图投靠父亲一段时间。他们听说新疆有很多值钱的宝贝，也缺少劳力，不管做什么，他们梦想在这里冒一通险，捞一把就走人。

我一边听他们说话，一边想象那幅画面：一根结实的木棍砸中它的脑袋，它灵敏严厉的脑壳怦然炸开，犹如一枝橘红的非洲菊，绽开在沙漠的阳光下，脑浆四溅，新鲜浓烈的气味引来沙土里阴暗的黑蜘蛛，它们从四面八方急切地赶来。紧接着，我听见喀巴喀巴的折断声，又像刀斧砍在脆骨上的嚓嚓声，刀斧极为锋利，所以穿越脆骨的声响极为清脆，甚至是快乐的。

父亲也抽着烟，目光中掠过一丝惊奇，然后用湖南老家口音和他们说了几句话。我听不懂，但能感受到父亲既没有责怪也没有对此感到满意的意思。也许在父亲眼里，死了一只鹰并没有什么了不起，真正麻烦的是眼前这两个人，年轻力壮，要吃，要喝，要抽烟，要娶女人……父亲不知道该拿他们怎么办。

过了两天，这只鹰不知道被谁家的狗刨了出来，原来他们把它埋在了我家院前的沙土堆里。我不敢靠得太近，离开三四米远，大致看清了鹰碎裂的头颅、被扯掉翅膀的尸身。直到那一刻，我仍然搞不清楚自己对这件事情的好恶。那一年我十二岁，还是个孩子，难道在沙漠里出生的孩子也会变得像沙土一样干涸生硬？似乎并不是这样。几天前，苍鹰还是我心里一个难以企及的高度与象征，我怕它，却认可它的威严，而此刻，它丑陋地死在我的面前，没有头，没有翅膀，身体蜷成一团，炸开的羽毛全都裹了一层厚厚的沙土，狗都懒得再闻它一下……那么威风厉害的东西却死成这副肮脏的惨相，这大概是最困扰我的一件事。怎么能够这样？事情改变得太快，不会有谁来告诉我这其中的落差意味着什么。事情就是这样，它发生了。那两个白痴为什么要去弄死这只与他们无仇无冤的猛禽？他们弄死它难道就是为了把这对翅膀钉在我家伙房的泥墙上，可是我们家没有任何一个人有这种爱好或者希望？既然他们渴望发财，为什么不想办法捕一只活鹰然后把它换成钱，为什么非要这么残忍地弄死它呢？这只鹰不管生前多么威风，一旦没了命，别说威风，连一点点尊严都没了，人撕扯它，狗践踏它，虫子蛀蚀它，风吹散它，要多惨有多惨，要多恶心有多恶心……人死了，是不是也会这样？我不知道向谁张口问这些问题。成长的过程，说不清有多大的一部分是需要自我完成的，自己提问，自己想办法解答，解决不了的，就形成了永远的心理和情感黑洞。那一刻，秋日白茫茫的天空毫无生机，世界仿佛仅剩我一个人，而我必须独自面对一具惨不忍睹的尸体。

2

苍鹰是我所见过的沙漠里稀少的飞禽之一，其他几类为乌鸦、猫头鹰和麻雀，年幼时我在清晨与黄昏听过布谷鸟的叫声，在正午看见过一只啄木鸟尖长的细嘴，它梆梆梆敲着空洞的胡杨树干，像在叩问一具几千年的尸体，但仿佛从未得到过回答，所以它不停地梆梆地问下去。我就是这样爱上啄木鸟的，它顽固的叩问声，像一个死心眼的小爱人，不悲不泣地一定要问出情人为什么抛弃了它。但是等我再长大了两岁，布谷鸟与啄木鸟仿佛都死绝了，它们成了沙漠里的干尸，还是飞到了别处，我无法回答自己。所剩的这些或凶猛或丑陋或平庸的飞禽，也在慢慢地减少，所幸沙漠并不流行伤感与多情，它们来或走，多或少，就像沙尘一样令沙漠感到无所谓。所以，这些生存在沙漠的飞禽，年深月久，也像沙漠的时间与事物一样，显露着粗粝、漠然与生硬，它们盯着人的眼睛，一副不以为然的神情，仿佛在说："你的下场不会比我好到哪里。"

沙漠之于这些飞禽，在我看来是一种相互需要，就像男人与女人，因为城市会吓破它们的胆，而荒凉粗糙的沙漠天空，因为它们的盘旋与逗留稍有了几分生机。只是它们彼此的需要比之于男人女人，要平静与智慧许多，它们不会哭天抹泪，撕撕扯扯，海誓山盟，虚情假意，它们彼此间的眷恋与真挚掩埋在沙土之下，神情间只有淡漠，仿佛根本瞧不起人类之间的那些矫情的伎俩，它们彼此间以时间为证，以共同死亡作为约定，这已是几千年的定律，是不必言说的古老风习，高贵又严厉，仿佛天和地一样自然。

3

那两个白痴每次从沙漠里出来，便会带回一些令我感到吃惊与好奇的事物，比如，一条身长与我相近的大鱼，而这一次，就是一对苍鹰的翅膀。

那条大鱼被我们吃了。现在我已经忘记了那条鱼的味道，唯一清晰的细节是大人们剁下婴儿头似的鱼头时，一枚巨大的鳞片飞溅到我的裤管上，我把这枚鳞片洗干净，放在阳光下看了又看，灰色的荧光里闪烁着绿松石的色泽，真是美丽无比，刹那间我觉得那不是一条鱼，而是一只飞翔的大鸟，它展开斑斓的羽翅，穿过沙漠的天空，沙漠粗粝的风吹落了它的一片羽毛。后来，我把如我手腕一般粗的鱼骨洗净晒干，并涂好颜色放在伙伴的手心里时，不出我的预料，她们全都张大了小嘴，像一群追着气泡玩的小青鱼，那种不可思议的沉迷模样，令我感到分外得意，于是我在心里不屑地说：任凭你们再怎样想，也不会想出那条鱼有多大，只有我见过那么大的鱼，它一甩尾巴能掀倒你们这一群小破孩儿。

苍鹰的翅膀钉在墙上，我不愿多看，久而久之，它重新让我感到耳边与脖颈里灌满了呼呼的风声，感到它如冰霜般冷傲的目光在我的头顶虎视眈眈。真是奇怪！这一对已经没有生命的大翅膀，摸上去又光滑又硌手，当羽绒处的细腻感和翅骨部位的粗糙感同时抵达我的感觉神经时，我还是会情不自禁地头皮发紧，仿佛摸到的仍然是一只威风凛凛的大鸟。这与几天前我看到它的尸身时的感受完全不一样，难道这就是那两个白痴把它们钉在我家墙上的原因？难道有一些东西真的是通灵的，即使没有生命也会令人畏惧？就像这对鹰翅，因为它早已经将生命的秘密通过风传递在天空与大地之间。

有一天，我小心翼翼，再次轻触翅膀的一支白羽，之后便又胆怯地急急跑开。我转身急着要回到房间里，一抬眼看见那两个白痴站在院子当中，淡白色的阳光下，他们正巴结地看着我，然后带着一脸戏弄的笑容，问我："翅膀大不大？以后给你做把芭蕉扇，送你去火焰山当铁扇公主。"

我问他们从哪儿逮到它。他们的回答丝毫也没有减轻我心中的惊惶：是只飞不动的老家伙，棒子扔过去，躲都不躲了。

他们龇着牙笑着，我低下头离开了这两个白痴。

4

沙漠又来了一场风暴，天空像极地的长夜，昏暗无边，三天里只有微弱的光。大人们变得沉默少言，孩子们也不再敢大声喧哗。沙漠仿佛被风移到了另一个时空，没有飞禽，没有绿色，没有传说与梦想，小镇从此与世隔绝，阳光、月亮、鹰，或者凉爽的风均成为令人幸福的回忆，均成为一种不可切近的虚幻。我们仅剩昏黄的天空，被折断茎叶的蔬菜和乌鸦的尸体，以及丢失孩子的母亲，失散羊只的牧民。风暴摧毁了刚刚成熟的菜园，乌鸦从空中子弹般落下，电灯像幽灵一样忽明忽暗，压水井呜鲁鲁干号许久，才能流出清凉发苦的水。黄色的细沙在不知不觉中钻入所有的地方，耳朵、头发、水杯、锅灶、床铺，每个人都能感觉到一种恶狠狠的企图，像曾经吞没了大片的棉田、河泽与树林一样，沙漠还要一点点啮噬我们的身体，让我们成为几千年后，供世人观瞻闻名天下的沙漠干尸。

我就是在这一天决定要离开沙漠的。我感到窒息，离家院五百米远的沙漠此刻已经升腾在高空，以一种更难以预料的方式觊觎着我，那双眼睛的明亮度、凶险度与警觉度，胜过那只被扯掉翅膀的苍鹰千万倍。

我无法选择我的出身，无法改变我的命运。偶尔，沙漠会很沉静与安详。某个黄昏，我躺在沙漠红柳的阴影下，会觉得躺在沙漠干涸的命运上，它连绵、粗暴和喜怒无常。但自始至终，我不曾对沙漠抱有任何幻想，它必有一日会仅剩飞禽与动物的尸体，仅剩枯干的胡杨与红柳，除此之外，便是空洞的阳光、月光、风和可怜的几片云朵。《一千零一夜》的故事在远方，那里左特鲁德掀开面纱，张开红艳饱满的嘴唇，为了活命，她说干自己的喉咙，说瘪自己的胸脯。《一千零一夜》的沙漠充满神奇与瑰丽，充满生的气息，而我身下的沙漠，楼兰女尸、尼雅古城已在不远处预演了它的未来。我的沙漠，命运已定。它不会飘出一个有如左特鲁德似的幽灵，不会有人为它书写另一个《一千零一夜》，它的干涸与粗暴让汉代边关的痕迹消失殆尽，让丝绸之路的驼队在这里销声匿迹。旅行者来了，他们以为我会赞美沙漠，他们惊叹的目光散发着炸鸡腿的热气，盯着一株胡杨便开始拍照和感慨，看见洁净的沙子便张开没有肋骨的怀抱，沉醉之状令我羞愧而去。

沙漠里到底发生着什么？贫瘠的想象无法抵达，我也无法和不愿抵达，我从来不想让自己的命运滞留在沙漠里，从来不曾认为自己会爱上沙漠里的某个男人，他们的眼仁茫然四顾，苍白又贫乏，像微小的沙砾一样轻飘无助。而我的爱情与梦想，只能在沙漠以外遥远的某个地方，它没有确切的地方，或许在一个黑森林的尽头，腐烂的树干爬满青苔，空气被叶汁染成苹果绿，无所谓，它越遥远越美好，远到令我再不认为世界上还存在着沙漠。所以，我不是那些忠诚的飞禽，到死也无法与沙漠融为一体，沙漠不过给予了我一副躯体，再使这副躯体完成背叛它自身的命运。

这些是我坐在离开沙漠的班车上想到的，那时我内心的所愿，便是彻底成为一个背信弃义的浪子，远离沙漠，凭着年轻和追求幸福的身体，没有一丝眷恋地快乐起来。离开沙漠是快乐的，未来在前方，变幻莫测，有火热的雨夜，有无边无际的水，有智慧和才华横溢的情人。不可估测的未来向我微笑，以远离沙漠作为诱惑，这样，许多关于沙漠的细节很快被我抛诸脑后，很快就湮灭在迎面而来的世事与情怀里，进而越来越、越来越模糊不辨。

我甚至忘记了那两个白痴打死苍鹰的时间，忘记那场风暴的时间，也许是我有意这样做的，我喜爱用浑浑噩噩形容那些时间，这样我可以放弃对很多事件的疑惑，放弃沙漠里那些死亡的飞禽、消失的溪流与动物、不断涌入的陌生人、不断离开的熟悉面孔，甚至放弃我的出生。

然而，回望就如同人性里的虚荣与自私，在一些不可知的时刻，剧烈的时刻，侵入人的身体与情感，它使人变得更加冷漠与坚硬，也让人一日比一日更加宿命与怅然。但回望的勇气并非人人具有，回望的深意也非人人所能领悟。俄尔普斯从地狱带回妻子，冥王提出条件，未到阳世不许回头，在狂涛翻滚的海边，俄尔普斯却终于无法忍受煎熬，当他回头，他永远失去了妻子。然而我，也在一个积郁重重的冬天，未曾逃脱人的本性，我不仅开始回望沙漠，而且回到了沙漠，当然，我也没有逃脱俄尔普斯失去妻子的命运。

5

这两个白痴为什么会来到沙漠?

他们来到沙漠的时候,一条清澈的水渠从我家的院前流过。这是沙漠赋予我的最美好的记忆。我在这条小渠边追逐过那些青色的小鱼,它们一只两只,或者一小群跟着另一小群,它们惊慌失措,因为忙着嬉戏,从更大的一条河里拐了一个小弯,拐进这条小渠。一般情况下,它们在拐进渠口时,总要向小渠的深处张望瞬间,它们像顽皮的孩子,对未知世界生有无尽的好奇,而任何种类的好奇都有着难以预料的建设性与毁灭性,它们不曾想到这些,它们相互轻轻一触,或者嘴里吐出几个泡泡,那意思是说,咱们一起去玩玩吧。就这样,它们拐进了小渠,它们不知道,它们在渠道里将经历的人声与脚步和它们失去生命的命运。

我对这些小鱼有着奇异的偏好,现在我确信,凡水中事物,均能引起我无尽的想象。这也是我惧水的原因。沙漠干燥的天空犹如培育婴儿的试管,已经按照养分比例和科学数据,煅造出我充满风孔的肺叶。而水是另一个世界,它极具重量与密度,为柔软又润泽的实体,富含创造力与生命力,母亲的乳房,及远古第一个生物的诞生,它是可视的,蓝、绿、黑,以及无可比拟的透明色;也可触摸,无论冰凉或滚烫,温顺或急切或喧腾,总使人清晰地感知。小鱼们在淡绿色的渠水中摇头摆尾时，它在这一世界的大自在令我好奇，我不知疲倦地追逐它们。

我黑色的影子潜入水中，为它们带来恐慌，阴影在水里尾随它们，犹如死亡逼近的脚步声，像一条阴险的蛇的欲望，它们惊慌失措，紧张地游动，尾巴颤动不安，像射出箭镞的弓弦。一切被它们猜中，我追随它们，就是为了满足抓到它们的狂喜。有时候它们累了，会躲在一棵水草的阴影下休憩，我放轻脚步，在不知不觉中替代了那棵水草的阴凉，双手伸进水里，一点点向它围聚，它感到异样的氛围了，异常恐惧，警觉中左右晃动身体，寻找脱逃的最佳路径，就在这个瞬间，我的双手猛地一合，再一握，它滑腻的身体就在我的掌心了，它剧烈而又徒然的挣扎在我的手里翻动，充满质感，一个小巧光滑的东西撞击着我的手心，它滑软，却极富韧劲，它反抗，但绝无可能成功。我生命里最初的关于荣耀的体验便来自于此，我抓住了一些难以让我理解的小生命，这喜乐令人发狂，令我产生想捏碎一切的冲动。

最初的荣耀得益于水，得益于这条细长蜿蜒的小渠。最初的令人叹惋的迷蒙也来自它。

这迷蒙是阴性的、飘移的，充溢着黄昏的紫茉莉和晚间的月见草气息。这些气息我从未闻见过，仅仅作为想象，遥远不可及，却极度秘密与强烈。我从一些书页上得知，一些植物只在夜晚散发香气，花香缭绕馥郁，为生物界最本能的一种暗示，诱惑那些夜幕下不安分的事物，它们是蝙蝠，或者人隐秘的欲望。

沙漠里，年轻的伙伴悄悄变得若有所思了，他们秘密地选中了令自己产生性萌动的小情人，当我突然在一个夜晚获知这些秘密后，沙漠的天空便蒙上一层若隐若现的轻纱。或者，空气里多出一种令人蠢蠢欲动的气味，伙伴们彼此的眼神变得迷离、闪烁和不可捉摸。他们约会的时间总是黄昏和夜晚，约会的地点总是在水边，水渠上的一个石桥的一侧，他们两两相对。月光朗朗，抚摸着水声，宛若女子梳理着长发，清洁着发光的身体。他们就那样站着许久，一个人的手放在衣袋里，一个人的手垂在两旁。他们站着许久，我无法想象他们的对话，他们会说些什么呢？沙漠里有什么有趣的事吗？我不解地想到这些，那些煞有介事的男孩，举止粗鲁，语言贫瘠，全身上下除过凸耸的喉结，再一无是处，为什么她们会选择他们呢？

两个白痴来到沙漠的时候，我正沉浸在对水的好奇及那些迷蒙的叹惋里。

我总是粗心大意，清澈的小水渠是在哪一个夏天开始变得浑浊了呢？在变得浑浊之前，我记得它常常变成一种红色，或者浮满土灰色肮脏的泡沫。

6

两个白痴在小渠里清洗那条大鱼，湿漉漉黏黏的砧板放

大河奔流遗落的一朵浪花 / 阿舍

在渠边，大鱼血糊糊地散碎着，鱼的内脏扔在一边，引来黄灿灿的马蜂和绿闪闪的苍蝇。他们欢快地说笑，捕鱼的经过被再一次重复，一次比一次细微、生动，他们描述内心的颤动、畏惧和狂喜，这些颤动、畏惧和狂喜也在另一次黄羊的捕猎中经历过，还有更多次，现在足以让他们清晰地抓住和表达，这些人生微妙又剧烈的经验，是在他们来到沙漠前所不曾感受到的。

大鱼在一次次冲刷中变得粉红、干净，整条渠都红了。四处流窜的野狗舔干净鱼内脏的最后一片残渣，被人用一块砖头赶跑。整条小渠的鱼腥气整整半月都没有散尽。

小鱼再未出现在这条渠，渠水或大或小，或浊或清，它们青黑的小身体像气体一样蒸发了。而我并不甘心，仍然在那个夏天，沿着小渠走了很远的路，企图重温见到它们的快乐，抓住它们的狂喜。那是一次长距离徒步，我顺着小渠一直走下去，眼睛没有离开过渠水，低着头走了整个上午，太阳把我的脸晒得油黑发亮，胳膊上的皮肤又红又痒。小渠最终消失在一片菜地的尽头，那里荒草萋萋，太阳猛烈地抽吸着植物的叶绿素，远望过去，草茎透出枯萎的黄。没有一丝风，四周静极，热空气的轰鸣声犹如濒临断裂的空弦，灰蜻蜓疲惫地飞来飞去，荒草后面就是连绵的沙漠，我看了一眼沙漠袅袅升腾的热气，转身回去了。

这两个白痴是谁？

这样称呼他们有着不敬，他们是我的两个远房亲戚，从遥远的中国南方来到中国西北最大的沙漠。那个年代，他们精壮的身体里有着不可遏止的发财欲，为改变自己贫穷的命运，无所事事的时候，他们便四处打听，怎样在最短时间里大捞一笔。他们似乎也不怕受苦，所以，当在南来北往的铁路线附近打听到西北的甘草、雪莲、鹿茸和贝母时，他们想起在中国西北最大的沙漠里有一位他们的长辈，这位长辈已经在那里生儿育女，落户生根。所以，也是一夜醒来，他们已经坐在了我家四四方方的八仙桌前，我看见他们的时候，父亲正用家乡话责怪他们的鲁莽，而他们一言不发，只敦厚又狡黠地笑着。

关于沙漠的消息，并不仅仅只有他们听说了，先于他们之前，或紧随其后，沙漠里的陌生人越来越多。

越来越多的陌生人来到沙漠的时候，我正在沙漠里的一所中学读书，为离开沙漠做着酷热的拼争。这些陌生人来做什么，我是无法知道的。

就从那几年开始，我家院前的那条原本清澈的小溪不仅少了鱼群，而且越来越浑浊，越来越肮脏，水量越来越少，枯水期越来越漫长。

但我无心顾及这些，沙漠对于我来讲，本来就没有多少乐趣与声色，两个白痴及陌生人的到来，更加剧了我对外部世界的迫切，我厌恶沙漠的干涸粗糙和它日渐凌乱的秩序，这种凌乱过早给予我一种不祥的暗示：沙漠是无人眷顾的，它只不过是自然与人对垒的一个战场，不会有人真正地热爱它，人们留在这里，是因为想取走它的宝藏。

一个月色清朗的夜晚，两个白痴打牌回来，一路有说有笑，路过水渠时，他们停下了，迎着白玉似的月光，从裤裆里麻利地掏出各自的海绵体器官，动作傲慢、逍遥，外带几分野蛮，不一会儿，水渠哗啦啦响起了水声，脆生生的响动几乎惊吓了一切，隐没在白杨树梢间的月亮也微微颤动着。

7

我在沙漠之外停留的长度，已经等于在沙漠里的时光。这些年里，我找到了我的爱情，也终于看见梦想的身形，无奈的是，我没有走进向往中的黑森林，没有呼吸到被染成苹果绿的空气。

时间反而使我回过头去，重温那些与青春同在的沙漠时光。

一切始于那个梦想，她虽已经成形，宛若黑暗里晃动的一点光烛，或者沉亮的河水昼夜不止的湍流声，然而始终距我遥远，或者不可触摸。我总觉得在这个梦想之处，会有一片遥深的黑森林，那里每一棵树都是我的情人，也是我的恩师；浓稠的绿空气抹去我脸上的色斑，肺里的荫翳；午餐是与一群乌鸦对谈；黄昏是两只布谷鸟（不是苍鹰，苍鹰总是一种令人想到严厉现实的猛禽）回忆它们在大海中的生活；夜里会有许多尸骨坐起来，它们相互间的争论是关于星辰与湖泊的出现与消失。就像不曾有过两片相同的树叶，黑森林里不会有任何重复的细节，每个时刻都焕发着奇异与神秘，这是与沙漠决然不同的一点，沙漠里仅有单调与乏味，此外，在黑森林里，死亡已并不可怕，它甚至极为美好与优雅，极具尊严。

黑森林便意味着一个与沙漠完全相反的世界。

然而，多数时间，我不敢过多想黑森林，过于杜撰一件子虚乌有的事情会令人对现实更加失却热情。所以她终究遥远不可切尽。但是所幸自她成形，她虽远不可及，却总在远处执着地曳动，我脚下漆黑，或跌撞或迟疑，仍被她蛊惑和牵引，而我的身后，总是那连绵无尽的沙漠。

沙漠依旧在身后，在随处可见的语词里，旅游及各类艺术，无止境地对之渲染涂抹，犹如嗜尸的掘墓者一样，妄图获取望见骸骨的狂喜，或者找出惊世珍宝。

沙漠始终没有消匿，甚至不曾退后一步，有时候，沙漠像海涛一样动荡不安，有时候，沙漠又如一块褪色斑驳的版画，其间的事物漫漶不辨。

文字或摄影，人们无休止地感慨着沙漠的苍茫与荒凉，赞颂着沙漠居民的持守与顽强，这些陈词滥调，只能加剧我的反感。那些渲染涂抹的语词从未触动过我，它们不可能比那对苍鹰的翅膀更富有感染力，也不可能让好奇者嗅出紫红的鱼腥味。沙漠的阳光唯一的嗜好便是吸噬，像一个无可救药的大麻烟鬼一样，吸干最后一株植物的叶绿素，这种感受积压在我的心底，日复一日，变成我身体里的结石，我想，有一天，如果能够取出这些结石，我会恶狠狠地把它们扔向太阳无耻的大脸盘。

这是我在更年轻时所怀有的一种剧烈情怀，现在如果真有一颗结石，我当然不会将它扔弃，反而会将它珍藏或隐匿，如同一场旷日持久的暗恋，造成一种从未发生的假象。

但我需要确知离开沙漠之后我做过什么。我已不再依赖爱情的欢乐，已学会哺育一个孩子，用不同字眼与语气与人们交往，照顾我孤单要强的母亲，用一些文字不完整地表达自我，学会在自卑与骄傲中阐释自我，也学会撒谎与克制，以及遮掩、索要和享乐。但是如果是一些清醒的时刻，我会否认以上一切，仅仅认可那个成形的梦想，她在黑暗里晃动，在沉亮的河水中发出声响。

我记忆尤深的是某个夜晚，有红酒和梦幻般的灯光，有许多富有诱惑力的男人与女人，酒精催动人们展开自己的肢体与内心，去嘶开歌喉，去连绵不尽地倾吐，或者污言秽语以求发泄。而我，除了羡慕人们可以忘形之外，眼前看见的，只有那个晃动的事物——真正的自己，她火烛般的身影曳动不息，她在黑暗里湍流的声音越加清冽。猛然间，她便像早衰的现代人一样，迫切地开始回忆了，她要找见自我原初的生命形态，要自己像植物的根须一样，朝着汇聚养分的土层深入、倾斜，以便为枝干供应浓稠特异的蛋白质，使之接近她所期待的饱满与自由。我知道，她不想成为一个没有根基的复制者，加入时代复制者的大军，复印出平庸或逞艳的生命经验。她相信个体是无法复制的，她会以极隐秘、深沉和绚烂的方式，与外部世界紧紧相系，神圣地贯通。

就是在这个夜晚，我决定回去看望离开十多年的沙漠。那是因为有一天突然看到这样一幅图画：沙漠里，一个男孩，左臂抱着一只死去的乌鸦，右臂伸展，驱赶着一群羊只，远方的天空几近于黑暗，风咆哮的声音卷成一团。

一个月后，当冬天就要结束的时候，我回到了沙漠。

8

十几年前那只苍鹰的惨死，预言了十几年后的沙漠。

天空低垂，铺满淡淡的灰云。小渠仅剩下一条弯曲的形状，像古代的一条人类遗迹，渠内填满了浮土、垃圾、草根、粪便，以及老鼠与麻雀变形的尸体，它们取代了曾经的流水与小鱼，就像一具干尸取代一个目光刚刚开始朦胧的女孩，取消了所有过程，直接呈现出时光两个极端的剖面。渠旁原本齐整的白杨树林，某个夏天我曾在里面苦读英文和采摘蘑菇，白杨树叶光滑浓绿，散发着淡淡的苦味，一种柔软的爬藤植物的果实可以食用，它尽可能地缠绕在周围一切植株的枝干上，现在这片林地已成荒地，灰白的盐碱像面团一样发酵，一簇连着一簇，间或生长着一些矮蒺藜和杂草。

除了那些多年生不需要灌溉和治虫的胡杨外，树木仅有那些果园了。梨树是沙漠可观的经济收入，沙漠以她可以无尽挥霍的资源——日照，满足着需要它的植物。荒无人迹的小路上，虚土淹到鞋跟处，偶尔可以见到一行纤小的麻雀脚印，我竭力想象年幼时的春天，当梨花开放，沙漠凉爽下来的夜晚，会有阵阵涤荡心肺的清风。

一种强烈的感觉慢慢溢开，所有事物变矮变小，变得抽缩，像一枚变质的核桃，散发着霉干粉的味道。我记得沙漠原来至少清洁，沙子与尘土分离着，现在沙砾混合着尘土以及更多不洁之物，使得所见之物均抹上了一层污败之色。胡杨叶子灰暗无光，红柳一团一团长在路边，黑乎乎落满煤尘。校舍原本高大阴凉，眼前所见却陋如牛棚。我的直觉没有差错，没走多远，浓烈的牛粪味迎面扑来，那个年代最谨严的公检法大院，所有的房间已悉数用来养牛，黄绿色的牛粪直接从房屋的窗户扔出，堆在窗下，几乎遮住一半窗户。窗下有一条小路通往沙漠，我迅速走过时，瞥见窗户内一对湿润的牛眼睛，它漠然的目光仿佛在说，除了吃，它等待的另一件事就是死亡。

我沿着当年寻找小鱼的路线往下走，渠帮虚软松塌，豁牙咧口，像被巨大的怪物啃过一般，也像一只满是破洞的旧衣，扔在路边，被视若无睹地踩踏。小石桥大概早已弃置不用，四处裂缝，形若一具枯干的马骨，肋骨伤痕累累。

站在沙丘上，我想起回到沙漠的初衷，并非怀旧，想到我这样匆匆地来去一趟，不过是为了见证当年的预感，沙漠将会从人的手里夺回它自己。

从沙漠回来后，我接到了一个电话，电话是那两个白痴中的一个打来的。当然，他们并不是白痴，他们比我更熟谙生存之道。另一个已经离开这个人世，他也已经老了。电话里，他回忆了一番我故去的父亲，然后就像忘记了他在沙漠里所做的一切似的，开始讲述他的痛苦。在放下电话前，我猛然想起那对鹰翅，便追问起来，他告诉我，那对鹰翅在我离开沙漠后的第二年就消失了，谁也说不清它们的下落。

第
二
辑

断想：作为细节的上圈

1

你可以大约看见未来，但你却看不见那些通向未来的生命细节。你同时看不见的，还有这些细枝末节的曲折与丰富，以及它们如同霞光披照般的动人。它们以它们的细小改变你，有时无知无觉，有时重若千钧。最终，唯有它们才能告诉你，你是如何成为你自己的。

2

2012 年是个有趣的年份。

这一年，我从渴望在家专事写作的幻景中彻底醒来，准备回到工作单位，重拾之前一名新闻工作者的身份，重归一种延续了二十年的节奏和秩序。这情形如同一个人走路，原本和众人挤在一条路上，却突生异想，甩开了众人，以及那条在众人脚下平坦却又尘土飞扬的路，一个人往一条野草丛生的小径上走去。然而这样走着，忽然一日又发现其中偌大的丧失——当独自面对自我与时空，那些与事物相处的细节无论怎样生动，也难逃虚无的血盆大口。虚无无处不在地立于你身前，十倍甚至万倍地快于你，快于你的感觉、认知和成长，快于你走向事物和世界的一切抵达。你得不时应付这样一个局面：当虚无巨大的阴影横压下来，你会无力说服自身，那些在你生命内部已经发生的改变，和正在发生的萌动，如果只是自生自灭，将如何证实它们具备生命力，如何证实它们能够使你成为你，从而实现自我与外部世界的融通，而不仅仅是一场内心与时间之间的空谈？是的，忽然一日，我觉到了这个丧失，除非我用更多与外部世界相生相克的生命细节去填补虚无带来的空洞，否则将在这片时间与自我独处的寂静里愈发感到艰难。这样，我就又回到了大路上，但已与两年前走在这条路上的心绪有所不同。这心绪里多少带着一些冷静和调侃，因为知道自己回来是因为什么，要做什么。

3

转眼到了年底，草木萧森，寒气潜近，大地逐日凄怆，终于一日完完全全裸袒了底色——灰白、昏黄、苍老。这底色以往叫我心下惶惶：是否未经遮掩的赤诚与真实总会落得一个凄怆的境地？而这一年我却从中看见了别样的意涵：一种因为袒露而无所畏惧的寂静与从容。

我回到了我的职业身份里，一位媒体的文化版编辑。

重回这个与我远离了将近两年的职业身份时，一缕熟悉的新鲜感激励了我的想象：我从未如此真切地看见了身份本身，它不再只是一个词汇，或者一种标识，它成为一个幻变无形的生命体，力量强大，魔法超人。

4

时光的神奇或许来自它给予人的无知与迷茫感。人永远无从得知生命的下一时刻，会被怎样的生命细节所充满。常常是，当事情已经发生，或者冥冥中已经改变了你的生命形态之后，你才恍然大悟，才能够明了时光将一种何其珍贵的机缘近乎无痕地送入你的生命。

回到报社刚刚一周，一封来自西吉县文联的副刊稿件出现在我电子邮箱里。稿件作者是西吉县文联干事刘德飞。文章更像一篇工作总结，我之所以能够坚持看完完全因为他是一位宁夏本土作者。再者，在这篇类似工作总结的副刊作品里，我又期待得到一些西吉县文化工作方面的信息，以备日后采访之需。这样，我在文章末尾便看到了一行有关"文学与影像的跨界活动"①的字句。但文字仅此而已，除了说明活动将在西吉县沙沟乡阳庄村上圈组②举办，以及若干专家和作家参与之外，对于活动的内容与性质均未做介绍。好在刘德飞在文章之后留下了他的联系方式，让我能够未等好奇泯灭，便立刻拨通了他的电话。这样，一天后，刘德飞便将一份题为"宁夏西吉县文学与影像的跨界报告活动方案（草案）"的邮件寄发到我的邮箱里。

5

直到两周后上报采访选题，一切仍然停留在一位文化编辑的职业敏感上。我只是稍稍感到幸运，回来不久便遇上一块"新闻好料"。我已经将近两年未碰新闻业务了。而这块"新闻好料"，足够我将积累两年的"距离感"与"新鲜感"倾洒而出。

采访日日逼近，我和我的搭档小鱼掐指一算，从进入实质性采访到发稿日期，我们只有三天时间，这期间，除去来回行程，仅剩一天半。如何在一天半的时间里，做出六个整版的报道？事情的紧急反倒令我暗自兴奋。这种挑战的快乐在于我并不常见，我并不慌张，反而有一种玩票者的心态。

6

"文学与影像及外部多学科的跨界交流""一次公共文学艺术的推广与教育活动""鼓励所有参与者回归本心本性

进行发现与表达""邀请上圈组不同身份、无拍摄经验的农民参与摄影"……

我已相继收到两封有关"文学与影像的跨界"活动详细内容的邮件，然而方案中所提请的活动诉求并未触及我的职业敏感之外的任何一根神经。对于职业的我而言，那只是一次事件，一块搁在实验桌上的标本，它没有生命，没有温度，我仅仅是走过去，把它摊在媒体的镜头下，翻来覆去给它几个角度，拍些照片，再配几篇貌似深刻的文字。

第一个采访对象是活动主要策划人王征先生③。

那个冬日的黄昏，采访结束之后，万家灯火陆续点亮，我与小鱼一边驱车赶回报社，一边讨论采访进度。小鱼说她当晚就会整理采访录音，我简单附和她，心中却有惋惜和感叹。我想如果我是她，我会把夜晚留给自我，留给那个与职业无关、只与自身相关的自我。我为职业与自我分别划出一片疆域，尤其禁止职业向自我的侵入。我已习惯如此，即使刚刚返回职业。

7

但是这个最初仅仅被我视为"新闻素材"的新闻事件，我不知道它什么时候已经毫无所知地越出职业范畴，朝着一丛所指丰富的生命细节渐渐演近。

8

2012 年 12 月 11 日下午三时。

记者： 在这个活动中，文学是一个什么样的身份，是一位旁观者吗？

王征： 不，文学也是一个主体。文学与影像都是主体，最终会形成一个混合的互文性的文本。活动中有一个内容，让当地村民去谈，去口述他们的生活和生存经验。这一块可以被看成"大文学"，不需要去加工，直接呈现就可以了。真不真实并不重要，我甚至会说它一定是虚构的，因为它只是那一刻人用自己的语言去结构自己的认知，它的陈述很多都是按当下的需要来进行的，它不会是真相。但至少这种口述式的创作，这种文学样式能够呈现文学的丰富性。只是这些口述样本的艺术价值可能不会很高，它的逻辑性的混乱，使它更像一种原始性的素材。于是，我们还要请本土的作家针对这个村落再去写，写他们的体验、感觉和认知。

记者： 为什么要本土作家？

王征： 因为本土作家的身份能够使他们对土地和空间关系有一种更强的局限性，往往这局限性反而更能代表一种地域性。如果把局限性用到极限，如果把一种单向的思维能力用到极限，同样能达到一种非同一般的深度。单点的力和平面的力是不一样的，对这种局限的偏执同样又是一种文学表达。接下来，还需要另一种文学文本，还需要像巫昂、绿妖、七堇年、夏果果等这些先锋作家，进行一种大文化、超出地域性的表达。其中绿妖、七堇年、夏果果这些"80后"作家缺乏这种生活体验，他们和西海固的生活形态是有距离的，正是这些距离感可能又会形成一种崭新的文学表达。这样一来，一种多层次的文学表达生态也就建立起来了。

记者：也就是说，身份的局限性同样也是一种探寻和认知世界的角度。那么，文学与影像的跨界，其实指的就是艺术生态的多样性、互文性？

王征：和文学这块一样，影像这边的参与者也各有特点，有的特别先锋，有的来自国内一流媒体，有的是国际摄影大赛的评委。不同形态的作家和摄影家对上圈组这个村落的体验和呈现，将使得文学与影像这两种艺术样式产生一个更大范围的互为补充的关系，从而形成一个维度更大、更丰富的艺术文本。

陈述与需要、虚构与真相、距离感与局限性、跨界与维度……这些词汇我从来都不陌生，它们整日出现在我作为一个文学写作者的头脑中，我需要将它们转化成每一个词、每一个人物、每一个故事、每一个情节的细节里；也浮动在自我与世界的时空之间，是每一次自我进入现实时无可躲避的在世经历，它既是物质的，也是精神的。现在它们来到一起"新闻事件"里，这多少让我有些不习惯。

这些天，我渴望回归职业身份，然而又极力阻挡它与内心的牵连；沉浸于与工作久别相逢的小兴奋里，却未曾察觉一开始便坠入两年前的拒绝中。阻挡职业向自我的深入，拒绝新闻工作者向文学写作者的靠近，哪怕前者对于后者微弱的示好都会给我带来极度反感。

我似乎早已允准了这种分裂。职业处于生存之界，它是被撷取使用的素材，包括身在其中、那个并非全我的一切感官获取；自我或者那个文学写作者才是真实丰饶的生命，是人之在世的支撑，是吞咽表相而后尝试更新的真我。这个我并不稳定，她悲观厌世，固执乖僻，疏狂散漫，远非前者那么随和乐观，善于寻找变通敦睦之路。但她是真实的生命，她之所以能够蒙获更新，只是因为在触知了生之虚无之后仍然心有不甘，仍然愿意相信这世上必有一片美好，足以证实人之存在的必要性。我这样确凿地想，一直是这样。因此早已习惯了这种分裂在生命里的爬伸，习惯了它沿着身份间的缝隙，探向时光深处。

可是当进入事件现场，我情不自禁地就自相矛盾了。那两个被我划清界限的身份，未经我的允准，已经相互往来，并在欣然间取得沟通。为身份设禁的那个人是我，我为什么会这样做？即使我早已察觉，这种禁止从未得愿见效。

我是不是过于敏感了？没有人不在诸个身份间奔突转换，没有人能够阻止多个身份之间的相互皴染和侵蚀。如果想在各个意趣抵触的身份之间为自我找到一条自在之路，除了一步步尝试去走，似乎别无他法。

9

2012 年 12 月 12 日，晚饭后，我像每个夜晚一样，坐在了书桌前。这时候的我习惯于身心分离。电脑开着，目光滑过网页，脑海中旋绕的却是一幢幢白昼所经历的是是非非。十点一过夜就静了下来，感官伸出紧致的触角，渐渐地，开始听见楼上某户孩子微弱的哭声，开始看见那些羁留或者星奔的事影与人影。

夜包裹而来，层层加厚，这时候，每一个人都可以成为夜的中心，这时候，只要愿意，每一个人都可以更清晰地看见自己。

"我依靠不属于自己的这些印象而活着，挥霍着身份的放弃，身为自己时反而总有他身之感。"我已经找不见葡萄牙诗人佩索阿这句话的出处，但它留在我每天都要翻开并且随手记些什么的笔记本里，这一天，它从我的记忆里浮现出来，重读之时，这些关于身份与自我认同的语句从未有过地引我深思。身份的焦虑处处都在，人人皆有，但只当有所意识，人才能通过焦虑认知焦虑，继而艰难地消解它。

我对我眼中的，以及即将经历的"新闻"总有怀疑。我对身在其中的他人和自身都有怀疑。

或许这一次有所不同。或许可以相信这起"新闻事件"，相信参与这起事件的每一个人，相信事件本身与每个人在为揭示真相正在做出的努力和尝试。

10

2012 年 12 月 13 日早晨七点半，我们出发前往西吉。

半空中有雾，路灯映红了灰蓝色的天空，空气冷得有些发甜；道路两旁，人们或骑车或步行，不论成人还是孩子，神情都又专注又冷漠。一日之晨，身份的意义未到显明之时，但身份依然是一张网，罩向每个人的身躯。而每一个人，也都朝着身份大步走去，人们已习惯于在身份之下行事。

在身份之下行事，既是本分和保护，又是忍耐、修省和跨越。

报社派给我们一辆最大马力的新闻采访车，良好的车况给人信心也使人放松。天彻底亮了，是个十足的阴天，远处一片雾白，朝阳浮在天边，无力地渗出一缕淡红。银川飞离我们身后，高速路边，树木围绕着汽车飞速旋转，越退越远，越来越寂静，像一丛丛雕刻，顺从又坚忍地站在时光里。

先初我们说着话，多与采访相关，慢慢安静之后，我开始想采访之外的事。

参与这起事件的人会被称为"文学与影像的跨界活动体验创作营成员"。任何时候，人都会被归入一个集体，集体都会赋予个人以一种身份。那些想从集体中凸显自身的观念，那些想与旁人显现殊异的行为，有时候是因为集体的意志妄图抹去个体意识，有时候则是因为个体偏执狭小的自我。

唯有尊重个体的意识才能使集体的意愿得以实现：产生最大程度的个体趋同行为。那天采访王征先生时，他一直在强调参与这个活动回归自身的必要性。但愿每个参与者都能自然地回到自身，因为任何一种强调或者刻意，都会使回归偏离了真实。也但愿每一个执意炫耀自我的行为，都能够察觉到自身的幼稚。这是我对自己说的话。

11

未到西吉，已经传来消息：县城下了冰凌。

路面开始打滑，我们的车小心地停在西吉县文联大门前。上楼与众人会合，大家都对天气忧心忡忡。我在想那六个万一因为天气而耽搁的版面。尽心为之吧，有时候人会高估自己的能力，有时候，则需承认自己也许没那么重要。

我来过西吉很多次。每一次都有不同的事因，每一次都带回去不同的体验和感受。一次是宁夏诗人单永珍陪着我和甘肃女作家习习去了沙沟乡，一次是我与习习在宁夏青年女作家马金莲位于马莲乡芦子沟村的家里待了三个白天两个夜晚，一次是我与小鱼及另一位同事一同去了白崖乡的一个移民村，另外许多次则是路过、考察或者游玩。往事顺次回放，我这才想起，事实上，西海固——这个包括宁夏南部山区七个县区的贫旱地带，我来过最多的就是西吉了。但我却从不敢说自己熟悉它了解它。即使曾与金莲一家人朝夕相处三个白天两个夜晚，我仍然觉得我从未深入过这片地理；我所触知的，只是我在彼时彼刻能够感受到的，以及这片地理上的人与事愿意让我看见的。

但是在来到并离开西吉许多次之后，一个渐趋清晰的感受倒是不容忽视：从第一次走进西吉，到这一刻站在西吉县文联主席郭宁的办公室里，西吉与我的种种形象越发的平常与日常了。人们因为《心灵史》而对西海固产生的强烈印象，在我初到西吉县沙沟乡时也影响了我。人们因为西海固"不适宜人类生存"的定义而怀有的简单情绪，也在初入西海固时笼罩了我。然而随着我的一次次去来，它们不仅变得淡弱，反而令我对最初的这些印象与情绪感到反感。我们其实都一样，都是光阴里的生命与行魂，都在太阳底下不遗余力地求存,每一个都既卑微又独在。说不清什么时候,我当他们是和我一样的尘埃,知冷暖,常悲喜,失望之时不弃向往。

12

2012 年 12 月 14 日中午,车队离开沙沟乡前往上圈组。

小鱼把刚刚采访的内容告诉我——W 老师承认在创作中会被公共意识绑架。我突然十分心烦。我不希望为了应付采访,被采访者硬把自己往活动的主题上套。我开始质问小鱼,语气呛人,仿佛小鱼做错了什么。天早已放晴,窗外阳光熠动,风吹起来,挂在路边柴草上的塑料袋瑟瑟抖动。小鱼沉默不语。我知道我的质问让她愕然又难受,但是我控制不住。我反感作为一个摄影师或者艺术家在创作时被公共意识绑架这件事,更怀疑这次参加活动的艺术家在接到"主题"的一刻便在无意识中"被主题"了。而我自认为自己从不这么做。

小鱼没能忍住,沉默片刻,开始反问我。这是我期待的。我希望她反驳我,让我从突如其来的烦躁中解脱出来,让我看到参与者的真诚,让我看到一个由摄影家、评论家、作家、新闻记者组成,将近四十人的车队开进西海固的一个只有二十几户人家的小山村的必要性。

我感到愧疚,却想发笑,因为小鱼话音一落,我便知道自己在作茧自缚。我落入了自己编织的罗网里，那个网罗我的是不是公共意识倒不要紧，要紧的是我突然意识到在本心本性之前，始终环绕着一个无形的我，那个我幻变成一只网眼细密的罗网，过滤着一切被我看见并经历着的外部世界，使得本心本性与外部世界之间，永远无法望见彼此的真身。

是的，这还不是一样。仿佛一缕清流淌进干渴的喉咙，微微滞涩的感官这时轻逸地飘起来，身心随之有了一种得到抒发般的轻松。自我的观省常有盲点，但善于制造迷障的造物，却又会随手甩给你一个越过这迷障的机缘。它漫不经心，却直中要害，镇静得让你觉得那根本不是它的仁慈，而是对你的鄙视。我高兴起来，打开车窗看路边放学路上的孩子。他们大概是些小学生，前前后后，高矮不一，沿着路边的树木，或三五结伴或独自急步；阳光穿过树影，留下明暗相间的光线，仿佛悬在空中的琴弦，他们欢快的身影一一走过，琴弦依次轻声回响。

世界突然如此简单明亮。

这是带给人生之欢愉的生命细节。

13

车队停在上圈组沟口。村里的男人们早就候在这里。下了车，这才完全看清我们的队伍：十几辆车，四十余人，每辆车里满满当当的摄影器材、电子设备、洗漱和保暖用品……但愿我们不要太沉重，但愿我们不要压得这个仅有二十几户人家、几乎被外界遗忘的小村庄失去了平衡。当然，是人心里的平衡。

太阳照在山坡上，亮堂堂的光线流进沟底，身上暖融融的。

孩子们来了。眯缝着眼看坡上排队走来的孩子们，像雕刻的版画：太阳下，大山荒寂，无边的空荡里，一队稚嫩天真活泼的身影。

鼻子有些酸。命运生而不平，你有什么办法。于是，这一世，那些被赠予不平的人都在竭力以各种方法填补这个匮缺。但或许一生都枉然。生在这样一个小山村，孩子们会梦见什么呢？人至中年，最不忍心的人，是孩子；最不忍心的事，是孩子的遭罪。

孩子们举着红旗，穿着新衣服，戴着红领巾来欢迎我们。有的才四岁。

欢迎我们，上圈组的全村老小大概都是这么想的。但欢迎我们什么呢？欢迎作为外人的我们对这个村庄一贯的肃寂的打破，因为对惯常的打破，即使是短暂的，也意味着俗常之外的另一番滋味；而我们即将制造出的声浪，便意味着对他们长久以来不为外人所知的境遇的改变，或许，是对未来另一种可能性的填补？

我们在半山腰的一个打谷场上被分包到户。各家男主人候在一旁，我们陆续被叫到名字，然后跟随主人一道回家。

参加这个活动的人，已经能够区分"祖国""时代""人民"与"自我""内在""本心"这样两组词汇，对于生命和人性的遮蔽与丰富，亦能察知，唯有自我对自身的改造，才能够接近改造的真相。

14

我们仨被分在马翠花家。

或许因为没有丈夫，马翠花没有像其他男主人一样在打谷场上等候领取我们。但是她家的另一个男人来了——一个坐在土梁上冲着所有人哇哇大叫的残疾兼智障患者。他五十多岁，头发蓬乱，浑身肮脏，双腿残疾因此只能坐在地上靠双手行走。马翠花是他嫂子。先初，因为智障，这小叔一直跟随父母生活；后来父母去世，马翠花夫妇便成了他的衣食父母，那时他双腿健全，平常多少能帮点地里的活；再后来，丈夫去世，马翠花一人拉扯五个孩子，未等生活从丧夫的不幸里平整过来，不料这智障小叔又因下雨路滑摔下悬崖，落得这般残疾。本来她就是他的衣食父母，残疾之后，她更加不能弃他不顾。他们还是住在一个院里。一日三餐，冷暖便宜，都由她照料。而他行动不便，每天她自然还要清理他在房里的屎尿。这些都是我后来才知道的。

我们往马翠花家去，带路的男人粗眉毛，红脸膛，里里外外修整得比旁人都干净。冬天，庄稼收了，山是一色的土黄，看着洁净，也苍凉。路在半山坡上，高高的土塬，一边是人家，一边是直落下去的陡坡，陡坡过去，如果能够整出一片平地，便又是一户人家。山里，房屋只能修得层叠错落。下面人家望着头顶人家的屋檐，上面人家望着脚下人家的院落，纠纠葛葛，都是七拐八绕的姻亲。房子高高低低，路也就忽起忽落。有些路段坡太陡，便在路旁筑段土墙，人和牲畜也就安全了。树木不多，三三两两，倚在路边，黢黑的枝条上面，天空蔚蓝。

三个人的肩上手上都是行李，只能慢慢走。好在山坡地势高，像是与太阳接近了许多，光明直透到心，心里有一种昏昏欲睡的满足感。天莹净镜，顺遂得当，四野寂静，工作或者内心，这一刻仿佛都如意安宁。

马翠花家院落干干净净，院子中央积了一小片水洼，怕是洒水时留下的，结了薄薄的冰，亮晶晶的，映着蓝蓝的天。带路的男人介绍我们时，马翠花温敦地看着我们，目光依次落在我们脸上，片刻，和憨的笑容溢上脸颊，仿佛她早就料到一定是我们仨。我喜欢这样带着内藏和余裕的初见，不兴奋，不吵闹，却透着确凿的真诚与自然。和西海固的女人说话，不管开心，还是落寞，不管是八十岁的白发媪妪，还是五六岁的稚齿童蒙，她们会一直看着你的眼睛，不躲避，不闪烁。这是我的独自体察，这一回，那诸多朴直的眼神里又多了一位叫作马翠花的女人。

马翠花将我们迎进儿子的新房，示意晚上我们就住在这里。一间七八平方米的小屋，一只写字台，一只衣柜，一张炕，也就放不下别的什么了。新屋空着。结了婚，新人们一起去了新疆。西海固的年轻人爱去新疆，不知道在那里打工会与别处有何不同。屋子里飘荡着一对新人的喜气和新气，顶篷是用泛着金光的彩纸绷的，四角还挂着彩纸环，墙上挂着新人的一幅结婚照，红红绿绿，艳丽喜庆。马翠花在炕上铺开一条鲜红的花毯，请我们上炕休息。我一边喝水，一边告诉她我们马上要开始采访不能上炕休息，她微侧着头，认真听我说完，又仔细想了想，恍悟着点头说："你们忙累得很啊！走远路来了，也不能歇。"

直到我们拿着采访器材就要出门，马翠花也没有把我们往生着火炉的房间里领。晚饭时我们进到那间旧屋，那里虽然暖和，四壁却灰旧黯淡，大半个屋用来放了粮食，剩余一半，只有一只火炉，一面大炕和一只放满油盐酱醋的小桌；墙上光秃秃的，既没有彩纸，也没有照片，只是横斜着几根挂了灰尘的电线。簇新艳丽的新屋是马翠花生活的光亮，灰暗的旧屋则意味着岁月里的艰难与忍耐。我想，倘若有另一种可能，我可以不进旧屋，当作她的日子只有光亮，只为她不尴尬、不难堪。

15

黄昏前的光线圆润饱满，我拿着相机，四处转悠。

相机是借来的，快门、光圈、机身、镜头，什么都好，唯独我的感觉不好。我不是摄影爱好者，连业余都谈不上，每一次举起相机，仅仅是为了记录或者留念，偶尔以应工作之需。西海固来过多次，也拍过多次，然而片子一次比一次重复，一次比一次无趣。我知道，这与技术无关，只是因为那些自然的、敏感的、发乎内心的知觉在按下快门的一瞬并未降临我。快门响起的时候，我的心和大脑常常一片空白。这深切的瞬间一片空白，我深知这一切。

顺着马翠花家屋后的一条小路往山坡上走。我拍了半悬在空中的树、废弃的旧屋、一只受惊的黄狗、巨大的沟壑、光秃秃的土地、山坡上的羊群和人家、山梁上的夕阳、小路上低头走路的孩子……渺茫天地，万物孤立却又遥相呼应，这是人与天地、人与众生，只是生命的生生不息。

思绪意外张弛，我却突然关了相机，不再想拍什么。或许我可以试着将这些思绪汇入镜头，或许我可以耐心些，进入造物赐予的这个时机，细细体会如何在镜头里讲述内心的故事，体会另一种表达的喜悦。

我不知道是什么阻止了我，是因为镜头吗，这个于我而言在内在表达上还十分陌生的形式？我不想对着它表达，不想借它表达，还是面对它生出了畏难？

我不知道。有时候，想要找到自己，是那么难。

我想，这一刻，我得允许自己拒绝记录，拒绝表达；允许那些畏难秘密地生长，就好像一具生命，允许它的生，再迎接它的灭。

但那些流失的内在，它们去了哪里？

16

晚饭后三个人急匆匆洗漱，刷牙就在门口，不敢多走两步。时间尚早，天却眨眼间黑透了，夜幕压在头顶，几乎伸手可触。没有预期的那么冷，只是奇怪天这么大这么厚，夜这么黑，浓得像稠浆，戳一下都黏在了手指上。三个人都要上厕所，一个给一个打电筒。旱厕，没有落脚处，风哗啦哗啦地卷打着什么，再从身下钻过。紧张，潦草。极度的不适感又生出来，我有了赶快离开这里的想法。每次都是同样的问题，人心、风物、时间、生命，这些非关物质层面的精神体验，总在一些微末的物质需求前大败而归。但即便心知，也不愿做一丝忍受。

结束后急匆匆往屋里走，这时不那么紧张了，喘口气，仰头看天，却又被惊呆。密密实实的星星挤满了天幕，剔透的光芒闪来闪去，几乎闪花了眼睛。呆呆地看了一阵儿，又感到喘不上气来，仿佛为那些星星着急，它们像丝绒袋里沉甸甸的钻石，互相挤碰，发出窸窸窣窣的声音。真担心它们挤伤了彼此，或者叮叮当当地掉下来。

正看得沉醉，忽然黑暗里传来两声"哇哇"嘶叫。身体一抖，魂几乎给吓出来。我们转身蹿回小屋。声音是从对面的黑屋传来的。黑屋里住着马翠花的傻瓜小叔，那两声嘶叫是冲着我们，还是他混沌意识里的机械哀号？我疑心他是听见了我们上厕所的动静，或者我们对着星空发出的轻叹。但似乎又不像，因为当我们蹿回房间挤上热炕，他如同呼救一般的嘶叫声仍然不断。

这之前的半天时间，我一直不愿细究这声音里的所有，因为谁都能够听出其间的悲苦，再加他蓬头垢面下身残疾的肮脏形貌，我便忍不住就有了背过身去的心理。这与心的慈悯冷硬无关，只是因为自身的无能，因为对命运不公的无法解释和无力抵抗。他生在上圈这样偏远贫穷的地域，五岁时又因患病变痴，一生混沌有如虫豸，晚年又摔成残废。我无法明白造物送这样一个人来到世上是为了什么？为什么造物要使人这样莫名其妙地经历苦难？

我不知道答案应该是什么，在目前的我之中，只能试着把他的不幸，连同其他人的幸运，一同视为宇宙里的一次偶然，无所谓为什么，无所谓甘和苦，无所谓有和无，一个人就如同一粒星辰，突然生，突然灭，仅仅因为物理的势能；但这样似乎更加无法说通，因为这无所谓是非甘苦的偶然性只能够解释始与终、生成与寂灭两个时间端点的存在，而生命的复杂与丰富，则在于由始至终，由生成至寂灭之间的全部经受。那么，这期间的全部经受，到底是偶然里必然的顺次更替，还是必然里夹杂的一系列偶然？谜团似乎越来越多，尤其对于傻瓜小叔这样一个混沌痴愚的人，生命的未解之谜如临深渊。

回到屋里，三个人挤上热炕，一人抱台电脑开始写稿、整理照片。六个版，四个版文字，两个版照片，不管几分钟前思绪游走到了哪里，这时都要回来，回到职业的身份里。起风了，风忽大忽小，不时撞响松懈的门扉，咔嗒咔嗒，带着愈渐吃紧的呼哨声。傻瓜小叔仍在哀号，一下又一下，渐渐地有了节奏，号两声，停片刻，然后再号，仿佛戳进黑暗里的一根钝铁，瞬间又给黑夜化掉。那"哇哇"声听久了，渐渐起了变化，像是"妈妈呀"，又像是"爸爸呀"。这个五岁变痴的五十多岁男人，或许智力与记忆并未泯灭，或许他只是个笨拙可怜的五岁孩童，或许他真的是在对着我们说些什么。痴傻的大脑让他忘记语言，他像是回到人的初生状态，以呼号代替言说，令人心酸，又寓意悠远。

一边写，一边听着傻瓜小叔的哀号，风像是更大了，偶尔一阵急促的呼啸，甚至淹没了那声嘶力竭的声音。努力使自己安顿在需要完成的文字里，但思绪还是一缕缕向外飞，想到那黑屋里是什么样，想到如果给那黑屋里装上电灯、放台电视，也许他就不这么叫唤了。

这时，马翠花敲门进来。

她仿佛天生就是个母亲，温敦、慈祥、少言，一双眼睛仿佛总在凝视你的需要。我想象不出她曾经作为一个女童或者少女的形象，眼前的她过于沉实，犹如夕阳下浑圆连绵的山影，遮挡了山影之外的一切想象。关上门，她先是稳重地站在炕前，双手交握垂在腹前，静静打量热炕上被电线和电脑环绕的我们，温厚的笑容始终不散。我也看着她，她一一看过来的目光让我感到，挤作一排的我们就是她的孩子。后来，她犹犹豫豫坐下来，稍停片刻，知书达礼地问："我不打扰你们工作吧？"

容颜、身影、举手投足，任何人不需要认识她、了解她，就能够一眼认出她身体里的宽忍和仁善。晚饭，她为我们做了羊肉臊子面，肉有些肥，我就着咸菜吃，还是剩下了最大的一块肥肉。我不知道这家人多久吃一次肉，也不会去问这样的问题，在我看来，这问题一出口便带着自上而下的不尊，那会再一次加剧我的自责。她一定是将一切都收拾停当了。平日里，她一人在那间屋里煮饭、清扫、休息。周末，在乡里上学的小女儿回来了，那屋里就多了她们母女俩绵绵密密的细语与琐碎。这一天，我们来了，院子里多了人的声息，她靠过来，就当作是向空荡荡的时光投入一枚石子，为听一声浪花的响动。

我们聊起了她的生活。有几个孩子，生过什么病，为什么事和丈夫生气吵架，孩子结婚花多少钱，借了多少账，丈夫几时走的，走之后她怎么办，一个人拉扯五个孩子是怎么过来的，心里难受怎么办，想没想过再找个男人，怎么把打她主意的坏心眼男人赶跑的，小叔子摔伤时送没送医院，每天清理屎尿嫌不嫌他脏，有没有挨不过去的时候，最大的愿望是什么……

我们轻声问，她轻声地答，即使在说令人恼怒的事，神情也依然慈祥，仿佛那些在我们看来无法逾越的苦楚与艰辛，都不是在她身上发生的。

后来，马翠花走了。聊天被我录了音，但两个月里，直到写这篇文字的时候，我依然不愿打开录音，重听那天晚上她对我们所说的一切，更不愿随手选取一截，将她的人生经历放置在这篇文字里。我知道，倘若写下，这篇文字定会因为她人生的曲折而增色。但这样做会令我羞愧，因为我什么也没有为她做。

17

15 号下午，王征、藏策、陈晓波、刘苗苗、巫昂分别给孩子们上课。

学校在半山腰上。23 个孩子，一间平房，一个堆着草垛的操场，一柄挂着红旗的旗杆。操场前面，就是悬垂了几十米深的沟壑。

学校是村民筹钱建的，是个小学，为的是让下一代少几个文盲。老师是一对新婚的小夫妻，只能教些一二年级的课，再有几个月，等村子搬出去，两个人就去李俊乡生活了。

刘苗苗教孩子们读巫昂的诗，巫昂把诗写在黑板上，诗名为《我最亲爱的》。后来，一个叫马龙的六岁男孩走到黑板前，仰着头，一字一句，用普通话朗诵了全诗。他的个子小小的，眼睛亮亮的。巫昂坐在窗边，泪流满面。

最后是巫昂的课，她讲了恐惧与爱。

她教给孩子们怎样克服恐惧，怎样表达爱。

她把诗写在黑板上，她念诗，微笑，睁大眼睛，张开双臂，一遍又一遍地读"我亲爱的"，她学火车叫，她把挡在耳边的长头别在耳后，为了方便她脱掉羽绒服，当着一屋子孩子、摄影师、作家、记者的面，她什么也不担心，仿佛只是对自己说。孩子们和她一样投入。

许多人都流泪了，我也不例外。

我默默感动，默默地羡慕巫昂，羡慕她可以这样无所畏惧完美地表达自身。

是的，人近中年，我仍有许多恐惧。

许多时候，我仍旧不知道该怎样表达自己。

18

我与小鱼是最早离开上圈的人。我们必须走，六个版在银川等候我们。

我知道我们不该走得这样匆忙，满打满算，我们来上圈也只有二十四小时。我们最担心的，是伤害马翠花。在乡村，若是留不住客人，是会被邻人说闲话的。况且，她已经在准备我们的晚饭。

大河奔流遗落的一朵浪花 / 阿舍

　　临行前的最后一刻我们才告诉她。她听了大吃一惊，表现出少有的紧张。听完我们的解释，她焦急地请我们等等，说罢急步钻进旧屋。两分钟后，端来一盘凉拌粉丝和一盆油炸面点。我们肩扛手提行李在身，见她端来饭菜，只好一一解下，满心歉疚地拿起了筷子。我记住了菜的滋味，酸酸的，凉凉的，也记住了心里的滋味，涩涩的，暖暖的。

　　这一幕令我记忆长久。

　　我的歉疚不仅仅因为我们的匆匆离开，还有我像每一个现代人一样所表现出的慌张与匆忙。在这个静谧的小山村里，我下意识地认为，任何背离它的心态与举动，仿佛就是对人类家园的理想的背离，也是对本心的背离。这使得我开始怀疑自身，那些在日常生活中所表达的对安宁和舒缓的诉求，经这一刻的慌张与匆忙的映照，令它们显得如此虚假和空洞。时间在这里所呈现出的缓慢形态，人因为这种缓慢所呈现出来的生命形态，似乎已与我自身的内在节奏无法合拍。我知道，如今，再怎样努力，我自身的内在节奏已不完全是我的了。她纠结和混杂了外部世界太多的质素，有我想抵挡的，想排解的，也有我害怕的，甚至暗暗渴望的。那节奏总是跳音，或者忽然冒出一个怪音，让我须臾不离我的无能和局限，时刻触到内在自我与外部世界的分离。许多次，我试着把它们融合成一种适可的旋律，也试着剥离它们使我摇晃的杂音，但她偏偏斜斜，始终无法像车轮嵌入铁轨那样，紧密咬合，行驶在我期待的那条曲线上。这一次，在上圈，它们当然又像以往一样分分合合，而行走其间的我，看着它们的牵扯勾缠，不期然却有了从前缺乏的温和与顺从。我想，这大概是这一次的好，我可以全神贯注地在场，也能够退到一个适可的角度，观看所有的经历与发生，探入其内，使它们幻化成一根根动人的细节，犹如植物柔软的触须，一寸寸伸向未来。

挥手告别之时，马翠花突然冒出一句："谢谢你们啊！"

谢我们什么呢？回银川的路上，我一直在想她的话。谢谢我们吵吵嚷嚷地来，也谢谢我们慌慌张张地去。不论什么她都谢。我想，大概就是这个意思吧。

附注：

①文学与影像的跨界活动：该活动为中国摄影家协会与农业部组织的"寻找农民的视角"活动中的组成部分，将西吉县沙沟乡阳庄村上圈组作为拍摄点之一。活动以"体验创作营"为基本概念，召集西吉本土的作家、上圈组不同身份的农民摄影者、全国著名的青年专栏作家、具有代表性的摄影家、文学批评家、摄影批评家、媒体记者以及志愿服务人员等，共同参与这次文学、摄影创作交流活动。参与活动的作家与摄影家等，通过为期十天与村民同吃同住的生活体验和对上圈组的深度访问，实地感受西海固地区的文化与生存状态，以及在生态移民搬迁背景下，人与土地、人与人、人

与文化传承间的特定关系。

②西吉县沙沟乡阳庄村上圈组：沙沟乡阳庄村上圈组位于西吉县西南偏角，2013 年 3 月起举村搬迁，现有 39 户人家，人口 200 多人。像上圈组这样依然保留着完整村落形态的村庄，在大规模搬迁的今天已经很少见。

③王征：回族摄影家。曾与宁夏青年作家石舒清合著图文集《西海固的事情》；摄影作品《最后的西海固》系列成为西海固回民人文生态的重要文本；主编中国前沿摄影理论书籍《像说》《非像说》；"文学与影像的跨界活动"主要策划人。

流水与月亮

什么事物亘古却常青？

1

夜完全静下来的时候，我和他的争吵终于停止了。

月亮升起，草原的露水很快濡湿我们的行囊、鞋袜。帐篷狭小，空气渐渐滞重，停止了的争吵变成耳语。我轻轻催促他，一同将帐篷外的行囊、鞋袜一一取进，安放在拥挤的帐篷内。这段时间里，他显得很听话，声息细微而柔软，静悄悄坐在黑暗中，听从我的安排，仿佛当空的明月，幽然凝望着眼前的黑暗，并等候着即将来临的一切。

"为什么他不能发出光芒？"

这无理的要求蓦然浮现，如迸放的烟花，也恰似流星，寂寥而突兀地闪过之后，又迅疾消失了。阒然四野重又归于黯淡。

"这些短暂的事物，生命总是过于脆弱，那些将一瞬视为永恒的人，不过是为慰藉岁月的巨大空落吧。"

醒悟紧随而来，我掐灭了那些瞬间的思维。

"他怎么能够发出光芒呢？"

然而，因为他不能发光，我还是生出了一丝荒唐的恶意，觉得一定要为此惩罚他，以发泄整日争执的怨气。但是转瞬之间，我又完全软弱了，气鼓鼓的身体因为接触到夜的气息，因为从帐篷的纱顶望见了黄澄澄的月亮，即刻像春天屋檐下的冰凌，一滴连着一滴，溃军般融化了。现在是盛夏，积雪已聚为溪水，流淌在这个海拔三千米的高原草滩上，悠长光亮。此时此刻，他紧挨着我，几乎头触头，我嗅见他衣领间的烟草气，微弱又固执，犹如他的体味、他的话音、他的眼神，一经掠过我的身体，便击垮了我的全部防卫和对抗。

"他突然如此顺服，顺从着我的安排，他是困乏了吗？"

这一天我们走了大约七百里路，车况极差，水箱半小时便须加一次冷水。昨晚水箱爆锅的焦烟味我仍记忆犹新。烟雾、土尘、酷热、关卡的费舌、迷路、狭促的座位，意外与不适接踵而至，连同我与他的争吵，仿佛出行是一个极大的错误，城市、村庄、草原、寺庙、河流，因为匆匆而过，不及那本奇诡的书籍里，一位威尼斯青年对忽必烈汗的讲述更能打动我，或者引发我的遐想与热情。然而，这一切又都没什么，我们漠然而然，无动于衷，除了争吵不休，仍然安心地接纳这些在路上的不适与不习惯。漫无目标的游历，正是为了破坏那些按部就班的日常。但我们的争吵与此无关，我们双方的坏脾气，并非因为不适而起。无人知道我们因何争吵，甚至看不见听不到我们的争吵，然而，我们的争吵一直持续着，并且激烈、混乱、难受，让我喘不过气。

作为一个男人，他的顺从或许因为并不在意这些，这些类似日常起居的琐事，比如，帐篷的通气纱窗要打开、充气睡枕不要吹得太鼓、防潮垫不要紧靠帐篷、头灯要放在枕边、通信用品要用塑料袋包好，等等。

黑暗里，他安静地听我说着，看我做着。

安放好行囊、鞋袜，他转身躺下，尽管极力压制，我还是听见了一声凝重舒畅的深呼吸从他的胸腔传出，仿佛倒下的地方，是令他企慕已久，正是他最终要抵达的远方。夜风擦过帐篷，幽暗而顽固，水声清冽如刀光。因为窄小，月光被阻挡在四方的纱窗之外。我们在大地上的这个所在，如同一个窥视者的内心，孤独、隐秘。

我看不见他的目光和神情，他黑乎乎倒在一片黑影中，犹如一个深黑的洞穴，一无所有。一个虚空的幻想，不曾存在。我任由这黑影的沉默逐渐涨大，并甘愿为这沉默所掳获。持续一天的争吵，令我疲惫又软弱，沉默使我们暂时远离，使我们放下对彼此的奴役，变得平和、柔软、怠惰，仿佛濒死之人对生的眷恋，化为与世界的讲和。

沉默里，我放任一向凌乱的浮想，欲图享受这珍贵的安宁与自由。而我仍如一个囚徒，一个俯下身体即将屈服的囚徒。我的思绪无法离开他，他仍然奴役着我。我狐疑又清醒，既确信他在顾念着我，同时也在思量，他可能沉浸在往事中，这件事里没有我，但事情持久和热烈的气息仍笼罩着他，他与之搏击并激烈辩驳，如同我被奴役。或者，他什么也没有想，也没有看到，包括我所做、所说的一切，因为他是一个虚空。

2

"我的骨头在响，你听见了吗，咯吱咯吱，像快散架的椅子。"

野外宿营，尽管充气防潮垫已经足够舒适，但干硬的地面仍是我耿耿于怀的一件事。我不断翻动身体，骨头的咯吱声越来越大，我难以忍受，便嘟囔起来。

"你说些什么吧，让我忘记这骨头的声音，如果这样响一夜，黎明时你会发现你的身边是一堆凌乱的枯骨。"

我听见他温柔的呼吸，随即是他温柔的话音。他拍拍我，又轻轻抚摸着，极轻又极慢，应和着一种节奏，持续、稳重、绵厚。这节奏是我熟知的，它在我们头顶的小纱窗外，在我们身下黑暗的泥土里，在百米外澄澈的流水中。这是他惯有的节奏，此刻经由他指尖与掌心的温暖，一丝丝进入我的体内，如同平息的海潮轻轻舔吻着沙滩，他抚过的地方，留下了浅浅的柔软的波痕。月光在满月时牵动潮水，他用这持续、绵厚的抚触俘获我。很快，我落入他的节奏，黑暗的大地飘浮在月光下，而流水淙淙，银光闪烁，好似飘动在诸神亘古身躯上皱褶重重的绫带，经历万年，不曾衰朽。

"他是那条蛇吗？他又在引诱我。"

我找见他的时候，是在另一个夏天，是因他具备我所认可的蛇的品性。我对这种能够不断更新生命的动物既畏惧也喜爱，它隐藏在花纹下的小眼睛充溢着一种邪恶的美，飞舞的舌信像炽烈的火苗，男人们无法领会它内心的阴谋，女人们则迷恋它常新的皮肤、扭动的腰肢。我选中他，即意味着允许他，带引我走向未来的艰难、坠落与危险。事实已经回报了我，这样一个象征着"罪身"的男人，如我所愿，带引我来到了一个肉眼看不见的城堡，城堡里的迷宫与廊道穷无尽，不仅如此，他还会依从自己的兴致，随手在某处设置一个障碍，让我在百思不解中，贻误许多时机。

我和他之间过于抽象的关系使许多人不解，就像我们的争吵，整车人未曾听见我们的争吵声，然而我却几乎在争吵中被压断了肋骨。我想对每一个人诉说我的心酸，却又甜蜜地闭住了嘴。

这一次，在海拔三千米的高原上，我们有流水与月亮相伴，他像这几年来的每一次引诱一样，用温柔的呼吸、温柔的话音、轻缓的抚摸，拽我进入了他黑洞洞的身体。但是，我仍无法记下我进入的方位，我在第几号门洞进入，在第几条廊柱下隐身，启明星是否升起，花朵是否绽放，我全然一无所知。他不给我留下记号的时间，他的话音犹如咒语，顷刻间将我的神智肢解；我忘记过去的险恶，忽略紧要的任务，全然被即将看见的图景，被依附在他身体上的幸福灌醉，就如同此刻，他用指尖与掌心牵引着我，我这就看见了他向我展示的图景。

"比起苦口婆心地劝诫，干掉无药可救的坏蛋真是痛快极了，或者干脆也变成坏蛋，因为救世者从来就是白费力气。你说这个故事，是想让我自相矛盾吧？"

他为我讲述了这片高原上的一个传说，萨迦法王降伏魔女，因为保护萨迦法王，侍从挺身而出，愿替法王献身，但死前所遭受的巨大折磨令他痛恨，从而发下毒咒，死后变为吃人的魔女。法王为此痛心疾首，转世为活佛后，终将这位生前救人死后吃人的魔女降伏。

他的声音低暗而平静，仿佛城堡某个廊柱后投向我的一束目光，虽难辨深义却富有质感。此刻，这束目光的重力，催促我在他的身体里继续潜行。他微弱而投入的话音不经一丝停顿，节奏流畅光滑，句子与词语活像蹲伏在暗处的猎犬，在猎物出现后最为恰当的时机，倏地拔地跃起，划出一个漂亮的凌空姿态。

他忘我的描绘，显然已经忘记我的存在。百米外清亮喧腾的流水，已经将他的思绪拽得如水流一样悠远，蛇身一般蜿蜒。而我，也几乎忘记这个故事之外，我们从哪里来，将往哪里去。更多时候，他于我而言，正是这样一个角色：带引我舍弃现实的纷乱、嘈杂与迷茫，从而由另一个时空，领悟一个个体感知事物之美丑与真伪的奇特天赋。只是他的方式，多数时间令我不满与气愤，他时而暴躁，时而傲慢，时而又诡计多端，但是，他如果总像这个夜晚一样温柔与安静，我一定又会责怪他的单调。

3

黄昏时我们选定的这个驻扎之地，位于进山前的一块平地，紫色、白色与黄色的小花形如繁星，单薄又顽强，或一簇簇挤着，或一株两株，开遍整片草地。黑蚱蜢因为我们的到来惊慌失措，活像逃荒的难民，拖着恐惧的躯体四向飞窜，有一些更失去理智，自杀般跳进溪水，仿佛溪水是更浪漫的坟墓。溪水清澈冰凉，夕阳映照下，橙红的波光渐渐转为青灰，恰似不远处的山色。提水时，黑色的小鱼在石隙间出神，几米外有人垂钓，钓具上的光芒有如死亡的脚步声。河水澄清后，我们煮茶热饭，鱼汤鲜美，鱼肉细腻，不经意间，披满霞光的山峦便仅剩黑魆魆的轮廓了。

夜深时，水声越加柔润光滑，宛如幽暗里挤碰的碎玉，丁零叮当，溢满了夜空。我抬起身子，截断听力，朝向月亮望了出去。

"靛蓝的天流下来了，河水一定被染蓝了。"

他默不作声，给了他灵感与想象的流水声，此时拖着他记忆深处的事物，已经越走越远。他的心在哪里，这是我永远无法知道，也没有勇气知道的。

我们回到各自的沉默里，我并不平静。那个在夜晚引诱男人、吞食孩子的魔女，此刻已被铁链束缚在寺庙中，无法再飞临高原的夜空。我不知道他为什么对我讲起这个故事，在这片神、人、魔共存的高原上，积雪化为流水，流水又凝结为积雪，我们的身处之地，以及我和他，仅仅是这亘古循环上的一粒微尘，我们在流水边说过的话、听到的传说，是否被流水听到，而后带往远方了呢？

丁零叮当的流水声，突然不那么悦耳了，流水指向的远方在哪里？这些年，他带引我走过的每个境域，都是我不曾想到的，也是难以为自己设计的。四年前我们共同照料一个濒死的人，三年前他写下一本研究迷宫的书，两年前我突然成为一个内心阴郁的病人，一年前他突然辞去所有的社会身份，这些已经发生的事情丝毫没有改变这个世界的一草一木，我们的存在只能被我们自己证明，那么未来呢？那是流水流向的远方。我们将以什么方式证明我们的存在？这些年，我太依赖于他，他的孤独与快乐，都是我心灵的滋养。那么，未来，他会不会离开我呢？

4

整个晚上，流水声不懈地击撞着我的神智，还有那些乱糟糟的浮想。后来，流水声终于彻底打昏了我，以这种方式，我才睡了过去。但是没过多久，早起的牧民经过我们的宿营地时，"突突突"的摩托车声毫不客气，鲁莽地碾过我的浓浓睡意。我带着一丝怨愤望向纱窗，天露着苍青色的脸，灰色的云团犹如魔女遗落的斗篷。晨曦中的露水清甜冰爽，丝丝缕缕，微杂着些许青涩，穿行于帐篷间。他不在。他什么时候起来了？为什么没有惊动我就钻出了帐篷？但我如此困乏，拉过睡袋掩住半个脸。睡意沉重，我没有心力为他费神，关于他的来去，就如同他繁复跳跃的思维，我是无法做出任何限定的。

上午九点，黎明时苍青色的云絮眨眼间被驱赶而尽。阳光灿烂灼目，环绕着这枚巨大的金色玻璃球，天空由近处的浅蓝，一点点转为远处静谧的深蓝。阳光下，草地喧腾不已，拍照留念或者追逐打闹，嬉戏声跃入斑斓的溪水。孩子欢快的脚步落下来，踢飞了草棵间的露珠，它们四向迸散，细小的尖叫熠熠闪烁。白蝴蝶闻着笑声而来，翩飞于营地周围，仿佛一群贪慕热闹与欢乐的年轻人，不会放过任何一次表现自我的机会。

他回到我身边的时候，我正蹲在溪水旁，沉浸在对一簇黄色小花的端详里。我说不出花的名字，矩形花瓣显得有些木讷，但对开的花序又给了它挺拔的身姿。他的身影倒映在溪水里，遮住灼亮的阳光，我和小花都落在这片阴影里。他的裤脚湿透了，鞋面上沾着几粒草籽，我闻见他身上青草的气息，看到他眉宇间洋溢着的亢奋。只一瞬，这亢奋便跳进了我的身体，我无名地欢快起来，从来如此，他的喜悦总甚于我自己的欢乐。我说了一句不相关的话：

"一定去与魔女约会了，她长得好看吗？"

他告诉我他像羚羊一般，从太阳升起的一刻便开始疾走，翻爬了三座山岭。他遇见了两个玛尼堆，并替我拾放了两枚石子。

"不管他走了多远，他又回到了我的身边。"

我望着他被汗水濡湿的脸颊、神采奕奕的黑眼睛，心里想的，唯有这一句话。

他掬起溪水洗脸，水流进他的脖颈，豆绿色的衣领便洇成了深绿色，接着，他又用冰凉的溪水打湿头发，湿发在阳光里发出黑金似的光泽。

清晨一次陌生而疾快的徒步，让他在这独自的行程里，闯入了一种令我感动的热量之中，我难知这热量在他身体里奔腾的形式，这热量融化了什么，又有什么物质自这融化间而萌生？

一切都是未知的，犹如眼前的流水，来与去的长度，显现与消失的时间。于我而言，这些全都饱含着未知的快乐。我满心欢喜地看看他，又低头端详水里的斜影，溪水湍急，影子模糊的轮廓犹如群山跑动。我记得另一个夏天，是在群山之下，在一群雄健奔放的骏马里，在一匹骄傲孤立的牡马旁，我找见了他。

"要出发了，今晚宿在一条大河的岸边，路很远。"

他点点头，轻声应着，眼睛盯着浪花，神情安静而游离。一看便知，他仍沉浸在清晨徒步的欢悦中，这欢悦已超越了一切，使即将开始的行程显得微不足道。我的话音、我们将往哪里去、宿营地、旅途风险、饮食，这些现实的细枝末节，一一被他内心的欢悦击落，一个接着一个，落入水中，又随着流水远走了。而我无法为此怪怨什么，在漫长的旅程中，我需要这样巨大而清澈的欢悦来感染我，很多时候，我为他能够容忍我的悲观与无趣深感安慰。我撩起一串水珠，水珠溅在他的一侧脸膛与手臂上，他醒过神来看看我，脸上绽出一丝狡黠的笑意。

我转身快跑，但是已经逃不出他的诡计，他抓住我后，把我像只羚羊似的夹在胳膊底下旋转起来。我的尖叫引来众人的欢呼，他的双臂更有力了，汗味蒸腾，濡湿了我的皮肤。

"他要把他的欢乐全部送给我！！！"

这是可以延续一世的记忆！

我在被悬荡的晕眩里，记住了这一天清晨，草原的蓝天、白云、流水、阳光、欢乐，以及我们的相伴。但记下这一刻的时候，我的老毛病又犯了，我看见了一些幻景，天空依旧清澈，阳光依旧绚烂，这些美好却在转眼间，一一变成了草原上累死或老死的灰白色马骨。

我们拔营起程，没多久，阳光便变成灼白的剑锋，挥击着车窗玻璃。车身颠簸，活像一个体力不支的败军，摇摇晃晃，做着最后挣扎。我们小声为魔女的多重人格而争执，又为某一个关于流水和月亮的传说而意见分裂，但我们不再像昨天那样争吵、怄气，反而因此激赏对方的思考，仿佛这些话语的出现，是多年祈求而来的相遇，或者，是即将到来的永别。

5

下午五时，金黄色的夕照还在草原上徜徉，玉白色的月亮已经升在半空里了，当看见大河曲曲折折梦幻般的身影，整车人沸腾了。我和他的欢呼声虽然不及旁人，但我们紧紧依傍在窗边，贪婪地张大眼睛，俯望大河浩荡柔软的身姿。

大河亮如明镜，银白色，又被夕阳镶了绯红色的花边。

从上午到黄昏，连续七小时的旅程，海拔已升至三千八百米。整车人乍起的欢乐被我看作另一种形式的高原反应，但我们谁也无法遏止这欢乐。

大河匍匐在一望无际的绿色草甸上，屈身绵延，不见首尾。草甸上没有河岸，因此大河可以无拘无束地伸展，时而聚拢成开阔的河面，时而分散为修长的支流，聚聚散散，浩浩荡荡。远远望去，大河是静止的、丰盈的，仿佛它只是孕育，不曾有第二种命运，孕育使它柔情满怀，过去是、现在是，未来也是。一切均从这里出发。

大河的温情脉脉令我难以置信。身在银川平原，大河给予我的日常经验是另一种：浑浊和怒不可遏。我生活在大河的下游，在那里，大河已由眼前"舒缓的母亲"变为"粗暴的父亲"。我想，一路上，一定有许多事激怒了"父亲"，贫穷、悲辛、屈辱，但"父亲"从来不与我们倾谈，它只是发怒，它怒气冲冲，它令我们畏惧，令我们总想远离它。现在，当我们看见大河"母亲"般的容颜，整车人，我，还有他，在乍起的欢呼之后，很快都平静了下来。一阵温暖的抚慰过后，我竟然偷偷地伤感起来，因为见到了从未见过的"母亲"。我们这些被"父亲"养大的孩子，一时之间有些难以适应"母亲"的温和与柔软，有人呆呆怔住，有人低下头，思索这不可思议的变幻。昨夜，那些从"父亲"身上继承而来的粗暴与易怒，已经过那条溪水的濯洗，此刻，我们血液里的"母亲"来临了，那么，昨夜的濯洗，便仿如一场无知无觉的迎接仪式了。

有藏女在浅滩边濯洗，我看不清她们的脸，但感知到了她们黑甜的笑容。

我们来到了大河的出发地，每个人的沉静，多少与此相关。

而出发，也意味着终结。

6

大河突然拐了一个弯，拐弯之处是一片洁净的沙地，河面一望无际，最后挡住视线的，是一条青黑的山脉。晚霞从瑰丽转为黑暗，月亮由玉白转为澄黄，大河自始至终宁静无声，仿佛想通过停止流动，来掩盖一切生命的秘密。

是夜，我们在这里安营。

他饿了，胃口极佳。持续的欢快情绪耗费了他的体能。他告诉我想吃到一块新鲜的牛肉。没有新鲜的牛肉，我们的食物只有饼、咸菜、干牛肉和方便面，但他却因此更加兴奋，他为自己渴望得到一块新鲜的牛肉而高兴，这个精神至上的男人，在等待食物的过程中，轻快地吟起聂鲁达的诗句。

气炉蓝白色的火苗升起来，月亮在火光中暗淡许多。他盛了第二碗方便面，兴高采烈，吃完了我分配给他的饼、咸菜和一小块干牛肉。我们还有相当长的行程，食物与水并没有多到可以随意吃喝的程度。

整整一天，我和他没有发生任何争吵，这像初次目睹大河"母亲"般的姿容时我的吃惊一样，同样是不可思议的。我们之间，多年已习惯对抗、化解、再对抗、再化解这样一种程序。有时候，想到这样永无休止的争吵，绝望而厌腻的情绪使我无法辨清我的爱。我跟随他多年的原因，是因为爱他，还是因为想收服他？但我没有占有他的欲念，因为我从不希望自己仅仅属于他，我们彼此，在牵手的诸多机缘里，情欲仅为其一，甚或不曾重要过。但我又像一个多欲的女人，紧盯着他，催促他与我进行对抗，催促他给我带来热情的压力和动荡，而当我像破解一个古文字的笔画一样，消除这些压力带给我的不适时，那欢乐便使我可以抛弃任何一个我珍爱的人。现在，我和他，完全平静了，犹如经历过长久的动荡，终于抵达一个可以安心休憩的角落。

然而，感动之余，一种奇怪的不安也开始游走。

与我恰恰相反，虽然不再与我争执，但他的兴奋持续不衰，为此我疑虑重重。

我并非一个虐恋症患者，我讨厌心理分析，讨厌那个叫作弗洛伊德的精神病学者，讨厌"恋母""恋父"这些庸俗的心理分析，我最愿意做的一件事是：从我和他这样那样无法躲避的不快中，找见最动人与洁净的所在，那么，我们之间，突然出现的这样一种和谐局面，一定深有原因，一定令我深深感动，只是一时之间，我难以断定，我们素来不甘寂寞的矛盾消失在哪里。而他，一副蠢蠢欲动的样子，似乎已经决定了什么。他决定离开我吗？

7

昨天的争吵与不快已遥不可及，母亲般柔情的大河陪伴着我们，夜风里，升起它温暖的潮息。

等到大家睡下之后，他拍拍我，一边亲吻着我的额头，一边轻声发出了耳语。

"是下弦月吧，老人说不该出门的，下弦月不吉利呢。"

我的话没能阻拦他，他催促我，我们悄悄爬出了帐篷。

他牵着我，我们往沙地的更高处走去，他兴致勃勃，边走边絮叨着沙子的温热，一整天，他不放过身边每一个带给他知觉的事物，亢奋，喋喋不休，活像一个热病患者，被精怪施了法。我们光着脚，在沙地上疾走，像怀有企图的夜行人，只能趁黑行事。然而，我这样走着的时候，却突然生出强烈的感觉，我和他多年的相伴，第一次在共同的行走中，一无所想、漫无目标。

月亮照着我们，像照着两只幽灵，我们站在较高的一座沙丘上面对河水，河面宽广而黑暗，月亮在河面的左上方，所以仅有这一小片河面闪着银色的粼光，其余之处，只有当微风飘过，河面上才会泛出星星点点的亮。他一直揽着我的肩，热乎乎的鼻息惹得我担忧起来，以为路上着了风寒，我伸过手，触触他的额头，温暖而健康。

不远处的山峦犹如驯顺的巨兽，身形庞大，又像坚固的屏障。我们坐下来，对着月亮，对着黑暗的河水，紧紧依偎却不发一言，我奇怪我们为什么同时抵达了一种坦然的沉默。沙地一片静寂，蛙鸣在稍远处一点点稀落，河水死死闭住了嘴，仿佛要坚定地与夜融为一体，它们个个都不想从这静寂里挣脱，齐心要扑入这静寂的黑色胸怀。当然，还有我和他，我们共同抵达的沉默，也被月光抚摸着，一并送入了周身连绵起伏的静寂里。

沙地苍白，下弦月歪斜着挂在空中，月光清朗，但比起昨夜，已微微弱淡了，它甚至照不清我们的脚趾。月亮，这个为许多人带去抚慰和想象的自然之子，我总嫌它过于冰冷和遥远，然而这天晚上，却让我触摸到了一些与伤感、慰藉无所相关的事物。也许那一刻我更在意的，是几天之后，月亮带着自己的残躯，将同样扑入这静寂的黑色胸怀，再一次投入它新生、死亡、复活的轮回之中。那么，我和他的沉默，是不是已经提前预示着这样一种征兆呢？自出生、自相遇，我们早已落入一个无休无止的循环之中，早已被古老的时光和想象纳为牺牲。

我们坐到夜凉，当彼此的体温都不足以被对方索取时，我们回到那间绿色的小帐篷里。这一夜，轮到我为他讲故事，我枕着他的手臂，心满意足地描述：

你突然离开了我，几年之后，我依然孤身一人，另一个我替代了你的角色，我依次像你曾经带领我一样，独自游历，目睹了一些新的图景，一些新的境域。形单影只的我，偶尔会有些伤感，但总会有一些事，将这些伤感撞到灰暗的角落里去。有人以为我在等什么人，我无心去做任何解释。我其实很少感到孤独，我和你，虽身处两地，相距遥远，却做着一件共同的事，我们凭着同样的旨趣、骄傲和固执，出入高地与峡谷，复杂与清澈，神奇与平庸，我们彼此的较劲与激励从未停止，只是变得遥远了。但我没有去解释，这个世界上，误解从来比理解多，也比理解更幽深。我不知道我们是否会再相遇，在时间这张网上，任何可能都会发生，但我还是愿意落入俗套，畅想有一天你会回到我的身边，你带着一张苍老而固执的面容，站在时间的某个廊柱下，启明星正在升起，紫茉莉正在开放，你满目温柔与信任，凝视着我，活像一位十六岁的情人。

浮云归处

前面是拉什海

那一大片云飘过来的时候，半面山坡暗了下来。牛栏里的一头老黄牛，牛耳朵还在光闪闪的阳光下，大半个身子却陷在了阴天的深灰里，牛感到了身上的冷热不均，回头盯住脚下的一片阴暗，后腿猛然打起冷战，激灵灵抖动几下。旁边不远是绿葱葱的田，蚕豆开了紫花和白花，有相邻对望的两棵，一棵鲜亮亮的，看花了人的眼，另一棵生生被夺去了光泽，黯然失色。麦地也是这般，一小半明着，一大半暗着，那暗的半边，像是被泼湿了的绿绒毯。

那一大片云飘过来的时候，我站在黑色的桃树枝干下，山坡变成了一块画板，被云洇暗的地方，是未被调开的颜料，浓深的绿，坨了一团。儿时我追过这样的云，那是在沙漠里，我不厌其烦地站在边界上，一点点随着云影移动，把身体分成明暗两份，感受一半温暖一半阴冷。那时我只是贪玩，那时我不知明与暗将会真的在身体里无限滋长，我当然也不会知晓，明与暗的争夺，会长久地纠缠。

桃花已经开烂，许多粉色的花瓣发黄卷曲，再过些时候，花瓣会难看地落尽，并生出些光秃秃的绿疙瘩，再过些时候，那些光秃秃的绿疙瘩就成了丰满水灵的果实。一年四季，一生四季。我在桃树下想到一个女人的四季后，便走近墙边那位同样陷在一半光明一半阴暗中的纳西族老人。云影恰好落在他的半边脸上，那亮着的一边脸，皱纹闪闪发光。老人的手指犹如虬曲的松枝，骨节突出嶙峋，老人在编织一个箩筐，竹条在他的手中，修长、苍白。筐底已经成形，筐底也被云影劈成明暗两界。

老人纹丝不动，编着他的竹筐，不曾抬头看我一眼，一个陌生人（一个不存在的人）。老人已无好奇，头顶上的云，翻滚或诡异，都不及他手里的筐重要。老人纹丝不动坐在那里，像巫一般散发着幽蓝的气焰，我在三步之外窥视他。我心里面猜度，老人会不会走很远的路去看一片云，又希望用一种叵测的声音告诉老人，时空的置换极度失真，对于和他偶然的遇见，我既恐惧又兴奋，此外还有些沮丧，因为我丝毫说不出这个偶然里的必然。我又固执地想象，老人嘴里即使吐出半个音节，也有可能卜知我生命的全部邂逅。所以我盯紧老人乌紫的嘴唇，等待那暗示我生命的半个音节奇幻地响起。我断定老人一定洞晓天大的秘密，他低着头做着手里的活计，却清清楚楚看到我身体里异样的冲动，而他并不耻笑我，我也并不怕他耻笑——那些我心里的黑洞。老人却依旧纹丝不动，桃花、柳树、云影、风、阳光、水泥线杆的嗡嗡声、空中游荡的苍蝇、我黑色的内心，一一被老人佝偻的背脊击落、劈断。这时我无端想到一个新生的婴儿和一个垂垂老矣的接生婆，后者落在前者鲜嫩躯体上的眼神，如同见到残破老墙边一棵青草般稀松平常。我这样猜度和浮想的时候，半空中的云朵就变得更加神奇了。那片从雪山后面飘过来的云，此刻像稀释在水里的墨汁，阳光在其间闪烁不定，斑斓迷离，贝壳般鲜亮。云影浓浓浅浅，云影一团团吃掉地上的事物，又一片片吐出，麦子、黑狗、蚕豆花、江水、山峰、背筐的纳西女人，转瞬即变，任由云影涂涂抹抹。我的心微微颤动，因为这些变幻不定，因为这些新鲜与陌生。

四月的一天，金沙江边僻静的山寨里，一位纳西族老人面对雪山，悉心编织他的竹筐，云不停地飘过，云影不断遮暗老人的半边脸。云影落在手上的时候，老人拿起一根新的竹条，云影走过去的时候，这根竹条今生的命运已被确定。

四月的一天，我在三步之外，成为飞奔的云影下一位纳西族老人的窥视者。

机舱外白云绵绵

"他在夜里梦见了荆棘，他赤身裸体扑倒在荆棘上面，浑身抽搐，慢慢进入了永久的睡眠。"一路上我都在想这句

话的秘密，并被想象中针扎般的疼痛折磨得无所适从，皮肤
火辣辣地灼烫。我身边的人已经昏昏欲睡，一万多公尺的高
度会令大部分大脑处于缺氧状态。我们在机舱里。她的脸上
有几粒青春痘，就像我脸上有掉不了的妊娠斑，岁月依据
年龄在人脸上写下记号。她睡着了吧，麻黄色卷曲的头发压
得有些凌乱，还好，她的嘴唇没有张开，那样子睡相会十分
难看。平日里她是一个少言又桀骜的姑娘，此刻软绵绵的昏
睡，令我感到十分珍贵，所有桀骜的人都会更敏感地感到疼
痛，睡眠能暂时摆脱疼痛。我继续想那句话的秘密。尽管我
努力使思绪移向别处，比如她脸上的青春痘、我脸上的妊娠
斑、她的睡相、我的年龄，但最终还是出现了与那句话相关
的词：睡眠、疼痛。我记得日常里我总在重复一个意念：拉
上窗帘，在这柔软洁白的床铺里睡去，永不再醒来。但我无
法肯定，我是否会如他一样在夜里梦见自己扑倒在荆棘上。

　　我继续想那句话的秘密。男人梦见自己在疼痛的抽搐
中，慢慢进入永久的睡眠，男人可能并未死去，男人可能最
终经受住了疼痛的历练，从此进入一种永恒的平静。那么，
他的那种永恒的平静，是否像此刻机窗外的云层一般，柔
软洁白、连绵不绝呢？或者，不会醒来，再有疼痛。而这不
过是一个梦，一个梦想。男人是否会获得永恒的平静？为了
永恒的平静，男人将永不宁静，不用多久，他将仍然梦见荆
棘，梦见自己赤身裸体扑倒在荆棘上面。唯有肉体的消亡，
才能结束他梦见荆棘的命运。那句话是残雪长篇小说《苍老

的浮云》的结束语。

三月底的一天，我回想着这篇小说登上飞机舷梯，一路上被它困扰，直到一个突然的机缘——我在三步之外，成为飞奔的云影下一位纳西族老人的窥视者的时候，才意识到那句话像病变的毒素一样进入了我的骨头，左右了我的行踪，使我在瞬间决定了一个方位，我来到云贵高原，一个云升云息、奇诡万千的地方。

一片黑云靠近了丽江的月亮

他们已经围坐在露天平台上，竹编的四方小几，竹编的靠椅。四周黑乎乎静悄悄，唯有他们发出细小的声音，即使不是琐碎的事，听起来也琐琐碎碎的。休闲，散漫，绮丽，全世界的人涌向这个叫丽江的城市，缓释他们被物质压迫的神经。这里充满物质，只是这里的物质被阳光和云彩肢解得富有情调和想入非非——光滑的石板路、唯美的银饰、小众音乐、妖艳的披肩、东巴纸与东巴文字、苗族送货团。时光在这里变得斑斓悠长。他们和我，没有理由不为此而琐碎、而融化、而身心摇曳。

平台约有十个平方米大，白天晾着许多雪白的床单和被单。中午我们选定这个大平台对面的两间房时，在一条条雪白床单之外，一条女人的黑色丝光内裤被风吹到了一根铁丝的最边端。这位不知名的女人一定和我们一样，看中了这个平台的天空和阳光。

放下行李，我在平台上踱起了步。床单上阳光略带腥鲜的清香钻进我的鼻腔，令我欣快，我像是看见了自己晚间心满意足地躺在床铺上，闻到了被褥里蒸腾着的阳光气息。头发吞着阳光，竹靠椅吞着阳光，床单吞着阳光。

我走在两列白床单之间，水泥地上，床单的影子优柔地飘拂，我忽然猜度起那位不知名的女人，我暗想她是独自一人，她已经因为这里的阳光黑亮健康了许多，她黑洞洞的眼睛，因为和我们相遇在这个耀眼的平台上更显得扑朔迷离。她形单影只，在太阳偏西时归来，阳光拉长了她的影子，影子漆黑，无人知道这幽暗境域里的故事，无人知道她在昨夜的梦里吻了谁。

这是云贵高原上的一天，白天天蓝得要滴出水来，白云大朵大朵，厚墩墩鼓着身体，随心所欲地悬在半空中，每次抬头我都以为它们可以被摘下来，疑心它们是街边做棉花糖的老婆婆做累了工歇息的时候，自个儿消遣做出些奇形怪状的，抬手往天空里一扔，就成为半空里那些懒洋洋、肥嘟嘟雪白的云，而老婆婆在街边一边听人发出大呼小叫，一边神秘又暧昧地笑着。

他们围坐在露天平台上的时候夜已经很凉，有人披着毛毯。远处的喧闹尚未平静，但平台四周已经黑乎乎静悄悄。我抖抖索索在卫生间洗了冷水脸，系紧围巾从房间里出来。小方几上放满了食品与茶水，有人斟酒，酒液像一条纤细的青蛇，游弋在我的血脉里。有人嚼着油炸蚕豆，咯噔咯噔，让人疑心在空冥的夜里，在这个地势较高的平台上，会吵醒什么人，或者院落里熟睡的小动物。

那片云很险恶。

他们在说别的事，我盯住那片云一段时间后，终于忍不住说了这句话。与白天棉花糖似的云朵相比，这片遮蔽了月亮的黑云显得居心叵测，尽管它像轻纱一般轻渺渺地移过来。

月亮原本又圆又白地挂在头顶，几颗星星疲倦地闪着，夜空微微泛着些白，分不清是晴是阴。我注意到这片云的时候，它还在月亮很右边很右边的地方，但是青梅酒还未暖和我的身体，它便丝丝缕缕地接近了月亮，而当我再把另一口青梅酒咽进胃里，喝下另一口糯香沱茶的时候，它已经用最黑郁的一片完全吞噬了月亮。它真是险恶的，它兀自出现在微微泛白的夜空里，以深黑的颜色与夜空区别开来，分外触目，让人疑心它飘浮玄渺的动机。我突然暗自失笑，但我没有说出我的胡思乱想，黑纱似的云其实让我想起那些蛊惑唐僧的女妖们，而又圆又白的月亮便是色香味美的唐僧。一时之间，夜空因为我的玩笑变得情色幽幽。

遮蔽了月亮的黑云盘亘着不肯散去，却渐渐不像先前那般险恶，眷眷恋恋的，拥着月亮，散开了又聚集了，像是暗夜里的幽会，难舍难分。或许险恶只是我眼睛里的，就像那阴暗的、贪逸的、迷乱的、脆弱的，原本都在人的心里面，险恶与否也都在人的心里面。

浮想总是大于现实。夜深睡下时我于微醺间想，那个不知名的女人未到太阳偏西就回来了，我不曾见到她被光线拉长的影子。我见到她的时候，她和她的男人蜷缩在各自的白色被褥里，对着电视画面说着什么，窗户洞开，房门洞开，不介意我们的来来往往。后来我们围坐于黑云缥缈的夜空下时，他们业已栖身于各自平庸或颠簸的梦境，彼此间或许不再介意不被对方梦见。而我们的房间随着夜深湿气渐重，被褥未曾散发出蒸腾着的阳光气息，我不得不早早拧开电热毯开关。

虎跳峡绿野客栈

这天天一黑透，我就陷入了莫名其妙的恍惚中，脚步如同踩在云端，游离在周身的事物之外。

吃罢晚饭，收拾净锅灶，男女主人便与邻居围聚在火塘边，声音起起落落，远远近近，呜哩咕噜我听不懂什么。但他们是快乐的，女主人声音越来越绵软，语调越拉越长，忽然轻快地抢一句，像是她勤劳憨厚的丈夫说了句不得体的话。他们俩，一个纳西族，一个藏族，生了一个俊朗的儿子。院子里面有一株金银花和一株柚子树，院子后面有一株梨树，白色的梨花零星地落了些。院子再后面是玉龙雪山。我去厨房沏茶的时候，炉灶上煨着大号搪瓷茶缸，热气缭绕，茶锈从缸内爬到缸外，缸身已成褐色。经过炉灶时，我闻见清新的茶香。沏完茶水我坐在廊檐下，厨房灯光昏昧，雾气腾腾，人的声音像是沾了湿气，也雾蒙蒙地愈渐模糊，慢慢地，那房及房里的人，连着昏暗的灯光，都像是去了很远很远的地方。

是白天看到太多云彩的缘故吧，这时漆黑的夜空丧失了一切，视觉便像牛的反刍一般，一幕幕重历那些目不暇接的、难以置信的所见。我仍坠在那些云雾里，它们铺天盖地，诡异奇幻，它们甚至令我无法忍受。

我看见这些云彩，它们从不怜悯自己，不介意争奇之后，紧接着就是消失，就是幻灭。它们突兀地出现，像是要存心捉弄陌生人的视觉，大得吓人，白得吓人，怪得吓人。但它们又是愿意亲近人的，它们离人不远，绝不是天高云淡。厚或薄，多或少，皆低低垂着，与天空清晰地隔开，好像留下那一方空间，是为自己上下均能无限变幻、生长。有一天，那么一大团白绒绒的云突然出现在我身后，或许它跟着我走了许多路，或许它像花蕊一般因为一丝风骤然开放。我转头看到它的时候，它正优柔地望着身下碧绿的金沙江。我被它的巨大和洁白吓了一跳，我端详了它好一阵，最终还是为它柔软的轻飘的凝结感到天大的不可思议。那刻，那个日常里无休止的意念一跃而起，锁住我的思绪：投入柔软洁白的床铺，睡去睡去，永不再醒来。

我知道这是缘自我易于忘形和过度的脾性，如若换作他人，一个心胸淡阔的人，会笑纳这些风云际会的自然景观。我总是很轻易地就被事物所捆负，那种过度，让我在焦灼里常常无法言说，甚至拒绝言说，并厌恶他人言说，就如同面对那些云团。我固执地认为，任何一种言说将要破坏它变幻与庞大的美。但过度和焦灼最有效的缓释，仍然是尝试言说。有一天黄昏，那些厚大的云层停在了最远的山峰之后，天的蓝里渐渐杂了越来越多的灰黑，云层在最远的山峰之后连成一片，底部深暗，像是山后的另一座山，高低起伏轮廓清晰，只是猛的一大朵、一大朵红亮的、丰隆的云又从这青黑的轮廓里腾起，晕红了附近的天空、附近的薄云。但是半圈山路之后，那朵云变成了一只快要烧焦的凤凰，伸着脖颈，挥动黑烟未尽的翅翼，在灰蓝的天空里嘶叫；另一边，一只灰鹤翩翩起舞，情态卓然；后来，那烧焦的凤凰变成一只凶悍的鹰，饥肠辘辘地盯着面前一只寻寻觅觅的大老鼠；再后来，是什么也看不到了，它们像是疲惫地演完了热闹，回到家园，那些最远的山峰之后，乏乏地睡到了梦里，在梦里梦见自己洁白、柔软、愤怒、沉闷，或者汹涌。

《苍老的浮云》是一个谜，那个扑倒在荆棘上的男人是一个谜，这些天空里变幻无穷的云彩也是一个谜。有一刻我甚至将前方的浓云误认为是插入天空的雪峰。变幻让我目瞪口呆。《苍老的浮云》里，我体验了同样的纷繁与复杂，他们是人，是和浮云一般变幻不定、不息不止的人，他们和这些天里我见到的云彩一样，不甘寂寞，争相登场，排演它们的善良或丑恶、自私或纯洁、疯狂或抑郁、眷恋或决绝，往复不停，没有结束，也没有开始。

太阳从泸沽湖升起

我的幻觉越来越荒唐可笑了。

昨晚扎西告诉我，七点四十分，太阳从泸沽湖升起。说话时，扎西已经微醉，眼神摇晃，笑容涣散，白日里的英气褪到了酒吧里一个黑暗的角落，但扎西在竭力维持自己的体面。而此时扎西身边其他几位摩梭男人已渐渐失态，急于表白，每句话里都隐含着夜晚所意味的暧昧。旅游日盛，泸沽湖三字让泸沽湖的男人与女人都具有了情色之疑。

下午我们到达泸沽湖的时候，慕名找到扎西，一个具有传奇经历的摩梭男人，英武高大，是几代摩梭人的骄子，八岁出家，十八岁还俗，而后带人走茶马古道、爬雪山，现在泸沽湖开了酒吧，有一辆湖南牌照的越野吉普车。扎西被称为世界网民，实际上却不懂网络。酒吧里摆着一台电脑，落满灰尘，无法使用。

扎西的酒吧朴拙简单，摆设随意，灯罩用烂掉半个的大贝壳做成，墙上胡乱贴着游客的留言与照片，大多是女性与扎西的合影，也落满灰尘。与现在扎西的装扮相比，我更喜欢扎西剃着光头、身披僧袍、手持佛珠的照片。出家的扎西看起来更透明，也许因为那时年轻。洁净的体态对应着洁净的内心。直到现在，规避或靠近，我仍固执地以貌取人，人的面目呈现着内心，有些人被欲望左右和淹没，他们目光浑浊，迅速苍老；有些人在欲望里拼死挣扎，试图夺得掌控自身的大权，这些人目光灼灼，永远年轻。扎西把我们迎进他的酒吧，扎西的姐姐为我们摆上自制的糖米花、自酿的苏里玛酒。坐下后，扎西为我们讲起摩梭人的走婚。血统的严格，身体的忠贞，感情的系附，责任的归属，扎西说他想还原一个真实的摩梭人世界，扎西说他的书即将在国外出版。

扎西家的苏里玛酒冰凉、酸甜。夜晚我们去别处找苏里玛酒，都不及他家的酸甜相宜。下午聊天时，我们邀扎西的妻子一同喝酒，她微笑着摇摇头，一阵儿就不见了。如果不是紫外线的缘故，摩梭女人会有异常的美，她们脸颊瘦削，鼻子修挺，眼梢细而上挑。她们亲切又矜持地与陌生人交谈。扎西的妻子注意到我的耳环，伸手在我耳间摩挲，她的手粗糙黑红。扎西的姐姐也有这样一双手。

扎西讲了许多，我仔细听着，我知道扎西的讲述里多少含有一个传奇人物的自我膨胀。人便这样微微显露，即使有着太多经历，扎西还不曾学会掩饰自己的膨胀。内心里，我多少是默许这种膨胀的，有些狂妄，有些不羁，其实是严守着自我的拒绝的。有人为发表一篇作品在网络上大张旗鼓，有人为世俗意义的成功困顿流离，有人在人性的深渊里砍杀自我、仇恨自我，而扎西在云贵高原的一个湖边，为我们讲述他的传奇，也让我们看到他在阳光下悠闲的身影、他与妻子含蓄内敛的眼神。我无法猜度他的内心，但知道他和很多人一样，在人性的深渊里奋力突围，并时常面临被吞噬的危机。世间百态，像这窗外接连飘过的浮云一般，每一朵都印在了蓝绿的湖水里。

苏里玛酒给了我一个很好的睡眠，七点四十分，我独自找到一处僻静，坐在石块上，等候日出。寒意阵阵，掠过我冰凉的手背。其实太阳早已出来，只是眼前这片山挡着，所谓看，不过是看太阳从这片山后的云层里喷薄而出的光线。我拍了很多照片，晨辉中出发的猪槽船、湖岸边的柳树、破旧的木屋、水草，以及一棵晨辉里的枯树，还有我身下的这片石堆、石堆旁边的玛尼堆。太阳完全从云霞里走出的时候，一对情侣从我身边经过，他们对我微笑，请我为他们拍照，他们说这里真是个好地方。我不知道他们说泸沽湖是个好地方，还是指我选择的这个僻静处是个好地方。我想，爱人们携手走过的地方都是好地方，尤其在这个没有婚约却履行着责任与义务的湖边。我又拍下湖水，湖水的蓝就是天空的蓝，白云映现在湖水里，我分不清哪一张是湖水，哪一张是天空。

我的幻觉就在此刻出现，有一个人，他在我的身边。

蒙着披肩坐在阳光下

离开丽江的前一天，我意外找到一个叫侃侃的女人的音乐。接下来我用大把大把的时间，蒙着披肩坐在阳光下听她唱歌。我离开丽江，也是在她的歌声里。我把她的歌声带出丽江，带出云南，带到我的小屋里，我这样做是因为我知道我会想念这段时光，蒙着披肩，坐在阳光下。

　　我坐在客栈的摇椅上，我抬起头。云涌动不息，一片片，一团团，一层层，纷争着飘过客栈四方的天空，像是都急着赶去一个地方。那是一个怎样的地方呢？它们去那里做什么？一片走了，一团又来了，接着来到的，是更大的一片。镶点黑边儿的、厚密蓬软的、丝丝缕缕的，都急慌慌地去了一个方向。哪个也不停下来，哪个也停不下来，风卷着它们，后面的还推着前面的。我仰着头看它们，在丽江古城一个四方小院里。我想起小时候，我可怜巴巴站在一旁，希望小朋友借我看看他手里的万花筒。阳光耀花了我的眼睛。

　　我坐在客栈的摇椅上，插上耳机，用披肩把自己蒙住。小院里人来人往，我用披肩遮住视线。我的样子可能十分可笑，但是除了那个刚从虎跳峡回来的男人，没有人在意我的可笑。男人的房间就在我的身后，他进进出出，洗洗涮涮，弄出很大声响。不仅如此，每一次靠近我，还发出哧哧的笑声。旅游已经让丽江成为一个见怪不怪的地方，这个男人觉得我如此可笑，一定是少见比我蒙着披肩坐在阳光下更为古怪的事情。而我还是感到了不自在，有一刻我几乎想一把扯下披肩，瞪起眼睛请他告诉我他发笑的原因。但是我突然暗自笑了起来，如果我扯下披肩，去寻问一个陌生人发笑的原因，事情将会变得更加可笑。想到这里，我差不多要笑出声来。侃侃的音乐完全失去气韵，我不知该怪怨这个陌生的男人，还是该怪怨自己敏感的神经。

我重又回到侃侃的歌声里。歌声里有初恋、梦想、别离、无奈和漂泊，歌声美丽，歌声清纯，歌声直入心扉。很多时候，我对音乐的感知肤浅粗糙，仅仅是辨认，喜欢的和不喜欢的，便是我的标准。走到哪里，我都听听它们，让身体随着音符微微跌宕。我看过许多乐评，看过之后我不曾记下任何，我唯一能够记得的，是身体曾经出现的微微跌宕，而我不能够描述它们。它们在身体最黑暗的角落，它们固执地不肯妥协，不愿让我用字词去表达，它们更喜欢我身体的感性，而非语言。侃侃在唱一个女孩的初恋，有一年的夜色里，女孩化了很浓的妆，为了她的第一次约会——简单的经历，简单的情怀。喜欢音乐的人们愿意放纵自己的情绪或情怀，当悲伤和孤独恣意流淌在某个瞬间时，他获得了满足。而我总在满足之后，质问我在这场沉醉里的角色，我是一个自私的肇事者，还是一个无聊的旁观者。有时我羞于再谈爱情，因为有太多人性的痼疾混入其间。但我仍然听着侃侃，是因为歌声带来一些忽略，我对那些痼疾暂且的忽略。

院落里忽然吵闹起来。昨天夜里，客栈的一堵泥墙自己塌了一个大洞，一大早房东就忙碌起来，买泥坯，找工匠，快到中午差不多砌起。这堵泥墙虽是粗糙的泥坯所砌，但红土的颜色使它具有强烈的艺术效果，墙下摆着一些盆景，周围有一些纳西木刻，小院因为这堵泥墙生色不少。砌完泥墙，房东要求工匠把塌落的旧土清理干净，但工匠嫌价格太低，叽叽咕咕争来争去，谈判终于告吹，工匠拿了砌墙的钱气哼哼走掉，扔下那堆红土横在小院的入口处。

　　我看着红土下溢流的泥水，侃侃的歌声再一次远去，这一次我没有怪怨谁的想法，歌声带着我忘却，争吵声又把我带回人间烟火之中，即使在丽江，我仍在虚妄与现实间游走，即使蒙着披肩坐在阳光下，我还是一个尘土中的人。也和那些浮云一样，留恋天空，留恋地上的影子，呈现美丽，也呈现幻灭。

坚硬的呓语者

1

时光荒远，那些记忆，变得和我的身体一样坚硬。

在此之前，我见到一些符号，它们古老而神异，出现在石头上，稚拙简朴，是我持久的审美。一只在树枝上磨角的羊，明天它可能要去进行一场决斗；一对欢爱的男女，可能没有爱情。石头承载着那些符号、线条和图案。青灰的、枯黄的、暗红的石头，符号烙入它们或粗粝或细腻的躯体，这是人赋予自然最初的烙印，最初的记忆，赤诚唯美，看不见多少痛和丑恶。完全不像我身体里的烙印，灰暗阴湿，挣扎撕裂。便是因这赤诚唯美，它们进入我的梦，进入我身体隐蔽的热情，进入我对美的描摹。它们还改变了我的目光，目光里，我的迷惘仿如它们所经历的时光，荒远无度。石头以自身的坚硬对应它们的永恒与深邃。它们记述着上古的生灵与尊崇，记录了洪水、人的繁衍、冲动以及幸福和恐惧。那些与现代人并无不同的恐惧，经过漫长的跋涉，竟然更加漆黑。无数个黑夜里，石头让这些符号、线条以及造型的体温与力度，一点一点地、一点一点地没入自己的体内。石头用力吸，用力，直到完全感知到了那些符号、线条以及造型传来的讯息，那是更为遥远的声音，是天地分裂开来的响动，是第一束光照亮人的眼睛的怦然心跳。石头们沉静无比，它们觉得自己除了拥有坚硬之外，那些符号还给它们带来人的冲动与梦想。石头们偶尔会在夜晚被那些符号轻声的呓语声惊醒，那时幽蓝的天空越发清澈，像是被水刚刚冲刷的玻璃，黑暗里飘移着清凉的白光，呓语就从远古传来，模糊地停在耳际，似一个女子夜里的哀叹，似一只花豹的纵身一跃，似树叶的簌簌响动，似月光下人磨制一柄石器的嚓嚓声，隐蔽而又情不自禁。虽然并不明白那些呓语的意义，但如此美妙的声音能从自己的身体里发出，石头们觉到了一丝沉醉，这些微微的沉醉，湿润邈远，跟人类用符号记下的幸福相关。

这些石头和符号，后来被人称为岩画。学者从岩画前走过，发出惊叹；艺术家从岩画前走过，发出慨叹；游客从岩画前走过，发出欢笑。而石头们看着熙来攘往的各式人群，也许会发出一声长叹：那些坚硬的记忆，如我身体的销蚀，已被篡改许多。

2

一万年前，或者五千年前，贺兰山已经有人的足迹。他们是一些古老的边缘的民族，他们咕噜噜发出的声音，跟东南方向的人或许有些不同，他们的眉骨与颧骨，跟东南方向的人类或许也有些不同，还有他们的血液，里面有莽撞、暴烈、奔放、粗朴，这跟东南方向的人或许更有不同。文献上说，商周至春秋战国，他们是猃狁、羌戎、匈奴，后来他们争斗、流血、迁徙、繁衍，于是变成更多和更不一样——匈奴、鲜卑、羌、氐、羯。两晋时，匈奴的一支贺赖种，停留在此，这里峰峦起伏，树木青白，他们给养育自己的山起了名字，贺赖山，就是今天的贺兰山。

今天，我在这里，贺兰山下的一座现代都市，这个城市把岩画作为一项旅游资源开发了、利用了，人类古老的记忆变成现代人的遥想、变幻的脚步、轻声的笑语，以及哗哗翻动的钞票声，这些声音更令我莫名地想到一些纯净的声音和光芒：上古时代，那些涌出地表的泉水，湍流在山坳与谷口，泉水发出金属的光亮，清冽地流过石头，在荒远的时光里，将石头抚摸成一具具日益光滑的躯体。

较早的资料说贺兰山岩画有一万多幅，现在的计算已经远远超过这些，而这并非我所关心，我迷恋的仍是那些曲曲弯弯的符号和线条，它们在一万年前粗朴又深邃的冲动，击撞着我内心的黑暗与执着，它们在坚硬的石头上表达，和我今日在电脑前的敲击并无区别。

3

那该是五千年前的仲春时节，贺兰山丁香无尽地开放，花香溢满妇人的胸怀，潜入男人强健或者忧心忡忡的梦境，那些细碎的眩紫小花，总是在最不经意时，触动人的心底，那些深微的不可知处，热情和迷恋，绝望和恐惧。还有绣线菊，还有灰榆，还有醉鱼草，忽地一日就娉然起来，摆荡着优柔的肢体，吐露清甜芳香，将山坳间的春情一日日散播开来。还有大片的牛尾蒿、短花茅、金老梅，夜里它们疏枝拨叶的响动，类似于篝火的哗剥声，没有几日，便改动了山坡的颜色、山风的气息。泉水里蒙古扁桃的花瓣日渐盛美，它们开在山腰，被风携卷而落，又沿着艰险的沟谷，顺流而下，到达妇人手中的陶罐时，已经布满细细的伤痕。

这时候，巫坐在沟口。这时候，风在沟口凝集成巨大的涡旋，呼呼作响，拍着巫的脸，巫觉到了厚大的温情，这温情鼓荡着巫的冲动，巫的体内无法平静。风又冲下山坡，在乱石与灌丛间荡漾开来。巫看着风一天天荡漾，看着山木一天天葱然，他知道这个福佑是头顶的神祇所赐，他想起草木凋败后人和畜的困顿，那是神祇疏远了人。恩威并施，才是神的尊贵。他还想到自己的恐惧，想到黑暗与寒冷里，蛮荒散发的死亡气息，一步步逼近他，逼近他的女人和孩子，以及他的族人。置身在这种气息里，一些莫可名状的事物升起，周身似有墨黑的洞，似要吞没他，并且能够吞没他。而神祇每天带来光，又在春天带来温暖，让他看见人的勃勃生机、草木的勃勃生机，恐惧暂且化为无形。他觉得该感恩，还要敬畏，神的疏远或许因为自己和族人的疏忽？昨夜，他和族人一起舞蹈，从天边的最后一束光，到天边的第一束光，不曾停歇。他们靠近篝火，这和神祇同样发光发热的事物，靠近它就如同靠近神。火焰灼伤了他们的皮肤，汗毛发出烤焦的煳味，他们仍不曾停歇，直至天边渗露微光。巫凝视这些微光，看它们渐渐涨大，从皙白，至红润，至金黄。巫觉得该记下这一切，记下这些光，记下神祇尊贵的容颜。他从沟口的岩石上站起，走向一个高处，那里有一块峭立的岩石，平整的石面被他粗硬的手指多次抚摸，巫记起每一次抚摸时的冲动，有些像占有女人的饥渴，但快感更为持久，那是像墨黑的洞一样深不可测的渴望，甚或比天地更为久远。

这样，我就在若干年后看见了这块石壁，以及石壁上的图案。那个神祇就是太阳，这个被人格化的自然神，睁着一双圆眼，口鼻耳俱全，头顶万丈光芒，似一个不知年岁的人间老王。

我其实厌倦任何盲目平庸的想象，几千年前巫的冲动或许完全是另一番模样，并非如我所述。但我这样讲述一定缘于我的积虑，那些墨黑的事物并非虚构，那些死亡的气息并非杜撰。我梦见自己在荒野里走近一个个坟墓，那些无字的墓碑变成人的脸，朝我微笑或者吐口水；梦见被亲人遗弃，梦见被爱人遗弃；梦见自己在穷尽一生的物欲里挣扎和分裂；梦里，我还看见自己躲在旧屋柴垛的阴暗处，冀盼一杯被阳光照亮的清水。梦醒时，一切是如此清晰，我知道自己在渴望光照进我深黑的心，渴望冥冥里生出力量，转瞬间抚平内心的起伏。

4

　　贺兰山岩画的最早凿刻者是部族的巫，为部族心中的神。因为一次艰险的狩猎，因为春暖花开，因为撼天的雷汹涌的洪水，因为剿灭了另一个部族，并把他们的女人占为己有，巫为人们刻下这些故事，同时也为自己的存在而刻下。当第一个巫想要在石头上刻出第一个符号时，他不会选择水、选择树、选择土，他只会选择坚硬，他认为坚硬才能恒久。没有更多的想法，就在一种蒙昧的纯粹中，巫刻下他心中想起的事、记住的事。

　　巫身边的青石上堆放着工具，石凿、石斧、石锛，那柄石刀片镶嵌在骨柄上，骨柄已经光滑如玉，宛如女体柔韧的腰肢。巫首先拿起石凿，他觉到温暖，春天的温暖，神祇的热量已经进入石凿，进入石凿顶部那颗红色玛瑙，玛瑙把光折在巫的嘴角，巫用舌尖触到那点光，他觉到更多的温暖。他开始凿，把觉到的温暖，觉的感激、敬畏，凿成一条条粗朴纯真的线条，一双威严的眼睛，能感知众生的口鼻耳，能光耀万物金色的芒。

还有一些寂寞的猎人，一只死去的鹿嘴里还吐着血沫，鼻孔的热气还未散尽，这是猎者今天的收获，他躺在明媚的山坡上，和暖的风带来青草的香气，不一会儿他就进入沉酣，梦见成群的羊、大片的鹿，梦见女人，醒来之后，他觉得这个梦十分美好，就把它刻在了石头上。

当巫和猎人感到自己就要死去的时候，他们看见自己刻在石头上的太阳、羊和女人仍像当初一样清晰，他们死去的时候就不那么恐惧了。

那凿刻的声音从远古响起，石头把它们记录下来，让它们在今日再次响起，叮叮当当，叮叮当当。记录，并让它久远，人在茹毛饮血的时候已经这样渴望了，远古的人渴望留下深久的痕迹，现在的人渴望被深久地记住。渴望就这样深久地流传下来，太阳不朽了，羊不朽了，那个被梦见的女人不朽了。但刻下它们的人已经腐朽了，可能变成一根草、一株乔木、一块黑亮的煤，没有人知道。

为此我想到我的渴望，我对记录的渴望，它们该越过人的虚荣，返回巫刻下第一个符号时的直接、幽深和纯粹，那是原拙的至美；它们还应将我深黑的记忆、寂灭的记忆，变

得栩栩如生，让我的蒙昧、痴心和莽撞，在我的眼前重新
绽放。

我在我的记录里，看到两个人影，沉静的外表、激荡的
内心；看到我对去疼片与棉布的依赖，看到孩子给予我的欢
喜与信念，看到我的迷惑与贪恋，看到我的自私与逃避，看
到夜晚的落寞挤压我空荡的身体，看到我对衰老与孤苦的恐
慌；看到我深陷在世俗的泥淖里，与烟灰一起坠落，与钟摆
一同摇晃，偶尔可能还有一些顽强，比如在琐碎里默默地坚
持，像在黑夜里期待天光的露现。

5

人类最初的文明在国家和人种间匀速行进，所以原始岩
画以动物及狩猎最为繁多，贺兰山下也不例外。贺兰山动物
及狩猎岩画的数量，证明了那时人间该是个更加名副其实的
动物园。

地质学研究已确定了贺兰山早期人类的生活足迹，近
一亿年前的造山运动之后，贺兰山沿着地壳的裂痕，横空出
世，傲然屹立。峥嵘的群峰之下，有许许多多山坳和谷口，
成为贺兰山东西往来的通道。就是在这些山坳和谷口，有了
人的足迹，不仅仅是人，还有马鹿、麝、犀牛、狼、豹、猞
猁、转角羊、牛、野驴，以及巨大的象和鸵鸟，只是后来它
们大多已消失得无影无踪，仿佛说起它们是在凭空造谣。

那些珍稀的荒漠草原动物，出现在海拔近两千米的沙冬青常绿灌木里，出现在山沟的水边草地上，也出现在大雪纷飞的夜晚，人在蓦然回首间就遇见了它们。在一株红砂树下，在一片山杨林间，早熟禾正散发着浓郁的涩香，一个精瘦的男人与一只懒洋洋的雌豹，或两两相望，或彼此噬杀，太阳从树叶间漏下，光束被植物的湿气晕成幽幽的绿色，从淡淡的雾霭间穿过，有光明与黑暗两种事物在其间起伏不定。

这些动物大概也具备了西北边地的品性，干燥多风的气候使它们的柔情凝结到身体更深处，只在大片大片的月光下，缓慢或笨拙地显露。那时候动物与人是两个相等的世界，或者动物更盛于人类，但人终于以智慧取得了强大。人在强大，动物在退却、在消失。但是人现在有时会被吓一跳，比如在某个贺兰山下牧民家，石头搭砌的露天厕所里，天远地大，人正蹲在无意识的放松里时，随便斜了一眼，见到一块刻着狼或虎的石头，那兽正龇牙扑将而来，如果是个善于联想的人，恐怕就会为身后一丁点的风吹草动心惊胆战了。新世纪到来之前，山下牧民的屋舍附近，常能见到刻有岩画的石头。

如今得益于封山禁牧的功劳，人们能于猛然间看到那些健硕的岩羊。我还记得那时我正站在太阳神岩壁前，身后传来迅疾的蹄足声，惊悸里我猛然回头，两只岩羊已经冲到面前，我失声惊叫，岩羊夺路而逃。几秒之后，岩羊到了我的头顶，并驻足与我对望，浅黄色的瞳仁像夏季灌丛中开放的绣线菊。

有一年阴历新年，贺兰山下出了离奇的事情，关于兽的离去与归来。是大年初二传来的消息，牧民的羊只一夜之间被咬死众多，另外还有丢失。雪色茫茫，接连天地，我们赶到现场，看到狼藉一片，看到雪与血惊心的对峙，却意外兴奋。动物专家早于我们来过，并做出鉴定，行凶者为豹或者猞猁，这些近半个世纪消匿了足迹的动物。梅花足印被盆子一路扣住，相对于丧命的羊只，那些只剩下头颅或空腹的家畜，被丢在一旁，人们更关切这些足印。主人神情激昂，一遍遍向来人介绍夜里他听见的声音，述说他的三只牧羊犬在夜间蹲在离羊圈最远的地方，在恐惧中发出呜呜的低吼。豹子回来了吗？豹子回来犹如奥运冠军的归来，这种无法言说的荣耀与期待，是意味着人对自然关爱的觉醒，还是有些畸形的矫枉过正，抑或是人心里的诡异与偏锋？一位近八十岁的老猎人说，五十年前，我打死一只豹子是英雄，现在我若打死一只豹子就是罪人。半个世纪的间隙，人的法则与标准判然相对，再半个世纪之后，人的法则与标准又会怎样呢？

6

岩画上是两个人，一个男人、一个女人，臀部拖着尾饰，原始人的舞台服装。男人身形稍稍粗大，女人腰肢细长，两个人舒展双臂，甩开长袖，那长袖便如彩虹一般，相接在头顶上方。他们那样子真美，舞姿绝妙，浑然忘我，诗意就在相连的长袖下流淌不息。或许是狩猎成功了，古人觉得有福；或许是太阳带来光明了，古人觉得有福。他们就跳了起来，那些舞姿从心底流出，没有人的教化。旁边是什么乐器发出声音呢，或许类于帝喾制下的《九招》《六列》《六英》，或许类于颛顼制下的《承云》，有麋鹿皮蒙住土缶的鼓，有石刀石斧模仿天帝玉磬的轻击声。

"我跳舞，因为我悲伤。"

我遇见皮娜·鲍希这句话的时间，就是我开始进入文学写作的时间。皮娜·鲍希，德国现代舞大师。

对舞者肢体的迷恋，源于儿时的舞台表演。有一个《照镜子》的歌曲，说爸爸妈妈不在家，孤单的小女孩在镜前看到自己，歌词我已模糊，只记得小女孩在镜子前慢慢快乐起来，她浮想联翩，指指画画，对着自己说话，并做出古怪的动作。我就是那个孤单的小女孩，穿着翠绿色的毛衣，两根辫扎在头顶，在舞台上表演孤单。后来有另一个小女孩蹦蹦跳跳地跑来，那是另外一个我，镜子里的我，我们面对面跳，举手投足，她必须与我同样步调，必须和我形影不离，必须既孤单又快乐。我们很快成为一对好朋友，我们忘记了孤单，并约好再次见面，我们在欢快的乐曲声中道别。这个

大河奔流遗落的一朵浪花 / 阿舍

舞蹈作为学校的保留节目演遍了附近大大小小的中学和小学，那是冬季，后来我的伙伴病了，舞蹈里最终只剩下我一个人，我坚持到巡回演出全部结束。

人们跳舞，是因为生命的需要，快乐时跳，悲伤时跳，孤单时跳。

所以，当我见到这幅双人舞岩画时，那一度被淡忘的、埋藏至深的对舞蹈的迷恋像爱欲一般袭来，如饱满的水滴，落在柔软的宣纸上，温和又坚决地溢散开来。

这对舞着长袖的男女，我假想他们拥有爱情，如果没有心意相通，舞姿怎能这样和谐，长袖怎会相接如彩虹？但是资料里较少提到原始人的爱情，后人多是凭借平庸又美好的想象，将心底对爱情的渴望，赋予对一幅岩画的怀想。资料里说，上古时代流行抢婚习俗，谁抢上谁就占有，那么那时的女子是没有更多时间想象爱情的。但是这不妨碍后人的遐想，那在心底漫溢开来的诗意。

皮娜·鲍希说"我跳舞，因为我悲伤"，皮娜说得真好，冯秋子老师说这是她一辈子也说不出的话。我看见这句话的时候，眼前如同见到一条柔韧的长绫，在时空里舞荡，劈开物质深重的外壳，劈开荒远的时光，抵达人心底黑暗的深渊。谁能说古人的舞蹈是因为有福，是因为快乐？谁又知道渺茫的时空里，人求得生存的艰难、人对黑暗的恐惧与无知？那些远古的痛苦，虽已像蚂蚁般繁衍和变异，但现代舞大师的话，仍然击中了舞蹈的内核，即便是原始舞蹈。

悲伤，是因为生命的感动与表达。

二十年前，当我在舞台上独自跳着，当真实和虚幻的伙伴一并消失后，我并未觉察到我在舞台上的孤单。观众不知道发生了什么，他们看见一个小女孩在舞台上蹦来蹦去，做着一些可笑唐突的动作，几乎无人能看出这个小女孩对面的空缺，我偶尔换错手，偶尔抬错脚，但是无关紧要，观众因为无知所以宽容，我被允许自由地互换角色，在镜内镜外，互换着自己，没有人在意我的对错，最后连舞蹈老师都无心提醒我。只有我自己，没有丝毫委屈或者不快，我稀里糊涂地接受了这个角色，一个寻找自己的小女孩角色。大概从那个时候起，这个寻找自己的小女孩就住在了我的身体里，从那之后，再也没有离开。二十年后，舞蹈的形式改变了，从舞台上来到纸上。其实都一样。

7

爰采唐矣

沫之乡矣

云谁之思

美孟姜矣

期我乎桑中

要我乎上宫

送我乎淇之上矣

大河奔流遗落的一朵浪花 / 阿舍

　　这是《诗经·鄘风》的句子，简淡又热烈，三言两语，浓浓爱欲便尽相显露。我见到的这幅岩画也有这样的意境，画面干净，线条明练，与间有动物或其他图案的岩画有些不同，单单一对男女，石头像是交媾的地点，像是桑林中的社台，时间是仲春时节的夜晚，月光葳蕤，桑叶瀼瀼。

　　我是在何新先生所著的《诸神的起源》里，明晰了古人桑台相会的风俗，这个风俗再往前推，就是生殖崇拜的渊源，这仍然是太阳神崇拜的派生，渴望生命强大，繁衍是唯一的途径，这也解释了国人以多子为福的文化诉求。

　　原始人是这样的，狩猎和生产劳动期间，男女被隔离开来，是"男不言内，女不言外"，因为优秀的部落已经发现一个真相，类于动物的抢婚制度，其优胜劣汰的方式，严重影响了部族的壮大，为了争夺和占有性伴侣，男人明目张胆地争斗，或秘密地暗杀，部族的人口在减少，秩序日渐混乱，充满血腥。为了减除性魅惑带来的灾难，部族首领下达命令，除了在特殊的日子，比如祭神、比如春暖花开万物复苏之际，男女不得混居、不得相见、不得做风行雨施之事，这些时候，人们要进行紧张的狩猎和劳动生产，这个社会生物学的制度以它在部族之间的迅速推广验明了正确性和实用性。

　　上古抢婚的风俗是确凿的，并一度盛行，贺兰山岩画也有反映，贺兰山大西沟岩画中有一幅交媾图，两位交媾者身后站立着一个举弓搭箭的射手，正瞄准男子的后背。这幅岩画细细想来，忍不住会让人脊背发凉，从极乐忘我的云隆端，突然直坠而下，仓皇跌入不可知的黑暗里，那样的惊恐想想也要不寒而栗，而命运之手不过是人未满足的生理欲望，生物作为动物性的冷酷也由此显现。

但那幅画面干净的交媾图有一种静谧的美感，柔情缱绻其中，这是一种审美了，性爱之美。他们像是懂得音律，肢体舒缓流畅，沉醉于雾露与草木的节奏中。那女子该是幸福的吧，她遇见了一个带给她性爱之美的男子，石竹花的红艳爬上了她的脸颊，瞳仁像烟花一样绚丽。这也该是一类舞蹈，包容着生命的热情与冲动，避开繁殖，去除性的晦暗成分，在爱的融合里张扬自我，是性的唯美表达。D.H·劳伦斯从二十世纪的英国发出呼唤：如果你不这样，不把一点点古老的温暖还与生命，那么前头等待你的将是野蛮的灾难。

8

岩画坚硬地诉说着，说着童年或少年、成长或形成、暗昧或激荡。人们不断地想说出自己的存在，怎样存在。我也如此。我知道为此我将写下越多的文字，它们将如我的内心，有隐蔽的不羁，有无休止的厌倦，更有顽强与痴迷。

我细细想开去，想到一些快乐、愤恨、痛和羞耻，还有不多的几个夜里的轻语与眷恋，它们翻卷上来，又渐渐远去；我想到母亲对我粗暴的溺爱，想到父亲隐忍里的愤怒，想到爱情突如其来又飘忽不定；想到我，跪在遥远的沙漠里，细数沙子的洁净、干涸和无限；想到我在贺兰山下树木青白的平原上，一个远离故乡的城市里，从粗率热情到沉闷犹疑的转变。

贺兰山下树木青白，四际开阔，两个人影在移动。两个人影走近岩画。他们像是从时间里走出，他们不知道未来，他们的心既空蒙又纷乱，他们轻微的话语回应着大地的宁静，他们双眸投向对方的柔软将荒野里的每一块石头浸透成动人的传说，他们的心里还有些软弱，因为他们就要分离，那是令人伤感的，他们都不去碰触。天空洁净而细腻，像一面蓝镜子，照彻他们的内心，却又令他们不能确信地上的真实，它使那个女子想到幽蓝的夜空、幽深的梦境，以及一些幽远温暖的爱抚，还使那个男子想到自己多年来未曾说出的渴望。所有这些，已经被早早地刻入岩画，已经在石头上晃动了数千年。天底之下，并无新事。

我走近岩画。凝视和谛听石头上的笔画，笔画里的呓语。我说不出话，静听这些来自不可知处的声音，遥远又切近，激荡又克制，它们使我在蓝天下异化成一个阴湿彷徨的影子。而这一切，都被头顶那个洁净的镜子看去，唯有它看去。

那些嶙峋的岩石，无所顾忌地裸露着，高亢秃兀。很多时候，我慑于这种无所顾忌的裸露，西北的天地有太多这样的无所顾忌，不避荒凉、丑陋、贫苦和狰狞。而我常常怯于表达。

岩画在这里，在嶙峋秃兀的石头上，每次靠近这些符号，我都在重温一些热情和执着，它们像血肉和骨骼，它们与在我身体里吱吱作响的燃烧声相近。我记下这一天，并为它写下一些句子：

> 他们身体暗暗流淌的激荡
>
> 那个女子心在抽搐
>
> 她的爱人孤独地坐在水边

9

这些古老的石头，石头上的符号，现在被更多人说起和记住。现在我经常可以看见它们，在电视的广告片里，在一段新近发表的考古文字里，在房间储物架上的小摆设里，在网络里，人们要记住它，人们已记下它。

记住，或者记下，这是人的渴望，人用绳、用石头、用布帛、用竹简、用青铜、用陶、用陵墓、用宫殿、用纸、用硬盘，不停地记下，记下做和说，以及想。现在，一个叫"KEO"的问题又困扰了人，科技遇到了难题，如何让五万年后，或者更久的后人记起我们，懂得我们，对我们怀以敬畏（或者鄙弃也未可知）。我们希望未来的人像今天的我们一样，怀着对祖先的好奇，纵然这好奇当中同时混杂着困惑、尊敬以及背弃。所以人憧憬了一个"未来考古鸟"计划，是把人类的信息、每个地球人说给五万年后人类的话，收集在一颗人造卫星里，再把它升入太空，卫星被设计运行五万年，而后返回地球，将其所储存或所携带的全部信息送给那时的人。

可是五万年后的人能否辨析这些信息，那时人已经操着别种语言，那时人的解码技艺已经在另一个时空，或者又返回了太初之境，若此，这场大动干戈的人类游戏将如何收场呢？

其实不过是历史的重演，是人在一万年前的岩画面前遭遇的重演，像我这般，困惑又幻想：看见符号穿过时光，远远走来，已经衰老，双肩疲惫；看见刻下它的人，可能是我远古的亲人，曾经茹毛饮血，并裸着身体跳舞，重建和破坏着家园，后来又慢慢知道爱情；看见时间淹没了人的面容，但是寄放在肉体里的一些事物被流传了下来，比如热情和冲动，比如恐惧与自私，比如失望与渴望；还看见石头的坚硬和执着，像对爱情的忠贞，吸纳着符号，带它们走过很远的路，还要再走下去，没有尽头，爱情也是这般流淌，爱情不会停下，爱情还要表达；看见石头真的变成一张张人的脸，突然出现在我的身前身后，他们优雅体面，不会用突兀的声音吓着我，他们和我对望，接纳我的凝视，包容我的惶惑，他们让我学会记录，像他们一样安静持久地记录。

山 鬼

　　山鬼：山中女神，《楚辞·九歌》写：若有人兮山之阿，被薜荔兮带女萝，既含睇兮又宜笑，子慕予兮善窈窕。

1

　　2005 年的春天，我的眼睛目睹了有生以来最为变幻莫测的云雾。最初，我有些无法信任自己所在的高邈地势，因为那些原本高不可攀的云层，它们在某个时刻，忽然蒸腾在触手可及处，且晦明变幻之疾快，总让我看不清自己身前的路。

　　我在这座险峻的大山中行走了两天两夜。两天里，我慢慢习惯了脚下和身旁的云雾，习惯了这些玩闹的云雾在我身边撕扯或者舒展。后来，我完全安静了下来，并坦然观察它们的形姿，以及它们玩累后，从它们身下一点点清晰起来的绿色山寨、发光的青竹、缘物而生的无根植物。但是两天里，我没有具体目标，唯有往着更高处走。

2

之前，她的出现没有一丝征兆。

我记得是一个正午，天空只晴了片刻，便沉沉暗下来。云气猛地失去控制，毫无方向地奔腾起来，眨眼之间，脚下的林海、深涧，以及眼前的山峰，均消失在浓重的云雾之中。我意识到了氛围的剧变，不由紧张起来。很快，云气开始狂躁，飞奔、腾跃、涌溢，像惊驰的野马，也像一个舞到不支者最后的疯狂。而风仿佛也畏惧了这种剧烈的变幻，隐匿在云雾中，但风会偶尔拨出一个云洞，像是要探出头脑喘喘肺腑，这时候，对面的山峰也会乘机露现一二，黑色的山石犹如一只深邃的大眼，透过风孔，恰与我的目光相接。

她名为山鬼，她的身体，因为吸食花露、沐浴月光，因而丰美动人。又因为独居山隅，孤单与寂寞已成为她身体的一部分。她一边享用着山间悠长的时光，一边忍受着爱情的缺失。这使她具有一些品质。她无人可以倾诉，必须独自承受并融化一切非她所愿的变故，所以她既不像怨妇那样令人生厌，也不会愚蠢地寻死觅活，除了棵棵植株、只只昆虫，她根本没有与她同类的观众。没有一种与同类的比较与抢夺，她便过得简单、广阔、清纯与蒙昧。她杀掉一只花蟒，并不觉得血腥；她讨厌黑蚁，便端掉黑蚁的老巢，即便屠杀黑蚁的后代她也不知残忍；她喜欢月见草夜晚的呻吟，她不懂羞耻；她做了许多春梦，梦里她身体的某个部位剧烈地颤动，她感到美好又神奇，认作是天神拨弄琴弦，弦音进入了她的身体。她的心和她的身体，就像天宇一样没有束缚，不知道什么是有所为，什么又是有所不为。

她慵懒健硕，每日睡到自然醒来，没有事务压迫她的睡眠，没有烦恼搅乱她的梦境，鸟儿与动物的争吵只需身后的文狸为她处理。文狸狡黠又智慧，面颊上的浅色花纹好似道道天机，秘密在身体里延伸，如同血液在皮肤下流动，象征着由黑暗到鲜红之间全部的隐秘。山鬼曾经细细触摸过这些花纹，奇怪的是，她从没有找见任何一条纹路开始的地方，也没有找见任何一条纹路消失的地方，而纹路或交叉或并行或合并，比她所居住的山隈复杂万倍，她无从看出一种规律，无从辨清任何两条的相似性，就连三秒之前刚刚见到的那一根，再看过去时，已经改变了弧度和色泽，粗细就更不用说了。所以，山鬼每一天醒来，每一天文狸都近似一只崭新的文狸，除了注视她的目光没有改变，那张脸再没有任何她所熟悉的痕迹。山鬼已经习惯了文狸的变化，她自这种变化里目睹了一种叫作无限的事物。

相较于文狸，赤豹的目光显得冷漠而傲慢，但其忠诚与深情却无可比拟。赤豹不知从哪里领受到自己的命运，护佑一个孤单寂寞的女山鬼，看顾她丰美的身体，体察她的自然与衰老，最终还要掩埋她的尸身。这只火红的豹子神情漠然，然而体魄就像熔炉里的火焰，只有金子才不会畏惧它的燃烧。它身体带有的热息，仅仅只是一瞬，便让那些缘物而生的植株茎叶变软，或者卷曲。它扑向一只猎物时的沉默，压倒了整座山隅的喧嚣。它静卧时内心滚动的思绪，犹如气象变迁时涌溢的云雾。然而无论奔跑或静卧，赤豹的身体里有一种事物是不容置疑的，它会像吞掉一只猎物一样，凶猛地惩罚欺骗与背叛。所以，山鬼从不惧怕夜晚，因为赤豹寸步不离她的床榻。这用香草桂枝铺就的床榻，是赤豹为她所造。赤豹凝视这个女人的身体时，总是热烈又躲避。它喜欢在月光下为她采来那些缘物而生的薜荔和菟丝，只有在夜晚，这些植物才挥散出特有的芬芳，它熟知每一种植物的花香与花期，它看着它们逞艳，视若不见，听着它们咆哮，不为所动，至于那些带毒的妖艳花朵，它轻轻地告知她，并坚决阻止她靠近。山鬼享受着赤豹的忠诚，这使她显出一种残忍与无情，赤豹的不容置疑意味着它不能拥有另一种命运，比如离开她，去和一只雌豹贪欢。赤豹早已记下自己的命运，仅仅需要忍受它与山鬼作为两种生灵的差异，及其间所暗含的尊卑和主仆之分。山鬼非常喜爱赤豹为她采来的薜荔和菟丝，她把这些柔软清香的植物缠在身上时，会抬头望一眼赤豹，每望一次，她都从赤豹的眼睛里看到一种叫作永恒的事物。

3

　　我的双腿被云气打湿了，一步比一步滞重。

　　我不知道自己为什么来到这里，如果仅用旅行、探测未知来解释，会显得迂腐与陈旧。我没有旅愁，浪漫的情怀，抑或邂逅一段艳遇的渴望，也非为了躲避日常生活的贫乏，因为如果挑剔与抱怨，任何一种生活也会贫乏与枯燥。然而，尘世的丰饶皆来自它。我厌倦给自己的行为找理由，却迫切地想知道其内在的成因，这二者之间有无矛盾，我一时之间还无法辨清。

　　这样的旅行有过多次，其间我时常独自出发，许多时候，走进一座山隅，与走进一个繁华的城市，于我而言没有太大差异，我这样说，是就一件新事物带给我的惊异程度而言，是就时空的转换带给我的灵感而言。自然也有虚假和无情，人世也有真情与纯净，自然与人世，如同我身体里的血与骨骼，我不会轻易诋毁或者夸饰其中一个。

　　幽灵是存在的，陌生的幽灵，我说的是过去、现在以及未来的那些陌生人。他们在我来到之前，或者未来，都已经过或将经过我此刻所在的时空。我与他们擦肩而过，看见他们肤浅或若有所思的眼睛，听见他们明朗或谨慎的笑声。他们甚至踩着我的脚，有的竟然将我撞倒在被雨淋湿的青石板上。当然，我会斥骂那个粗鲁的幽灵，然而当我平静下来，我更想知道他粗鲁与匆忙的原因。这时，我觉得我不再是我了，我是消失在他们中的任何一个人，亦被他人称之为陌生的幽灵。幽灵们各有所图，懦弱或贪婪，均如时间一般坦然。

我便这样想起了山鬼。一个孤单寂寞的女人，所有内心与身体的浮沉，皆由自我完成。我痴迷她吞咽寂寞与孤单的法力，仿如炼金术士的曲颈瓶，将漫长的时光、内心的每一丝变化，经由蒸馏与提取，融平凡为神奇。

我揣测她的容貌，眉眼间的神情，该是有着冷峭与戾气，她独居山隅，乘赤豹从文狸，驯善这些奇兽必定非寻常柔弱女子。我因而断定她比我固执比我自信。她确信自己每一个行动的必要性，因而不问自己的所为，她抚摸一只灰兔像个女王，在湖中沐浴像个蛇妖，倾听松涛时犹如一只安静的梅花鹿。有时候她也粗暴无理，因为树冠处的一枚果实让她垂涎欲滴，她便为这一枚果实砍倒了整棵大树，大树轰然倒下时，生脆的折断声撕破了山隅间静谧的气流，就像撕破一条光明的锦缎。当然，她并未吃到那枚果实，蜜甜的果汁早在枝柯倾倒时迸裂四散，顷刻间渗入泥土，如同一具丰美的肉身，终会仅为骨殖。她自由地行使自己的法则，就像她砍倒一棵大树内心狂野的破坏欲一样，无人干扰，亦无人欣赏，无知无觉地与山隅融为一体，她毫无信仰，所以不求明智，她不惧雷电，所以也从不担心惩罚。

我感知到了多个幽灵，又抚弄着一个山鬼的性灵，但我仍然不知我的出发，我为什么来到此地。

云雾依旧惊驰。滞重的双腿每行一步，我的疲惫又加重一分，仿佛云雾深处，一股神秘力量一点点临近我，意图将我推进一个更遥深的不可知处。

我绝不如山鬼那般自由，因为受困于肉身。爱情不够勇敢，我叹息；感知行进缓慢，我抱怨；姿影难以从容，我懊悔；欲望斜逸横生，我焦灼。这一具在黑暗里飞速旋转的肉身令我疲惫不堪。这一幅躯壳，她热烈又谨慎，脆弱又多疑，她的魂魄与肉身一样沉重，在浑浊的天空下，纠缠不息。她独自出发的时候，其实渴望伴侣，她蔑视人群的时候，其实期待融入，她谈论苦难的时候，其实根本不知苦难为何物。我不知我的出发，仅仅模糊地感知，我终将真正靠近或者进入的旅程，它既如身体里的神经末梢一般细密崎岖，又如云雾之后的时空一般无边无际。

我记起出发时天色微明，睡眠不足的声音沙哑无助，奔向昏昏欲睡的街灯，我坐在前往机场的面包车里，光线混沌，想着几分钟前吻别的孩子、眷爱着我的男人，他半梦半醒，他们看着我出发，就像看着滚滚而去的时间。许多时候，一个过于自我的人的内心，于她的亲人而言，就犹如一个地狱。

黎明时分是每一天我最虚弱的时刻，我选择在这个时刻出发，不过是尝试一种体验：当最为虚弱与孤单的时刻，带走我的，是理性，还是疯狂。

山鬼不问自己，我却不停地问下去。像消失在云雾里的山路一样，眼下，我并不知道答案在哪里。面前这条蜿蜒险峻的山路，我已记不起它开始的地方，更不知它结束的地方，但想到那些陌生的幽灵，寂寞稍稍远离了一些，想到山鬼的孤单，疲惫似乎可以继续忍耐。

我继续走，一大团云雾忽地扑在我的脚前，就差那么一毫分，连我脚下的路也几乎被淹灭了。我想，我穿过云雾，我走在云雾之上，我俯瞰云雾之中的林木，这一切均发生在深渊与悬崖之边。

4

山鬼骑在赤豹身上孤傲窈窕的身姿总进入我的脑海。

皎月下，磊磊山石间，赤豹忠诚地迈开四肢，不发出一丝声响，它与她之间无需语言，它从她身体的温度、肌肉的松弛度，便能洞悉她的心事，寂落或者热烈。它的四肢时刻为她准备着，热烈时，它给她奔驰；寂落时，它缓慢又稳健。而一旁的文狸，眼睛里总是闪烁着先知般的光泽，神情中总是显出一切不出它所料的镇定。

山路隐隐约约，带着我继续往高处走，在一个四十五度的拐弯处，身旁即悬崖，风突然大了起来，仿佛压抑了太久，从云雾中一蹿而上，蓄意在这个险峻之处策划一个阴谋。风恶狠狠的，恬不知耻地贴着人脸，我厌恶这种感觉，甩甩头，而它似乎更猖獗了。

风声空洞而遥深，林海在脚下发出涛声，我意识到自己的高度，因为方才惊乱的云雾全然聚积在身下的深渊里了，此刻我像是站在云霄之外，俯望它们。但无名的惧意升上来，脚步不由自主快了许多。山路更加陡峭、逼仄、崎岖。心跳蓦地热烈起来，我听见自己的喘息声。

石头上突然出现一些红色标识，古怪的字符，我辨认不出。我用石头缝里的泉水洗了脸，清绿的泉水里生着红色水草，最初竟吓着我，以为是稀有的水生动物。泉水打湿了我裸露的臂、我的小腿，我不自信地摸了摸小腿，确证了她的健康。这是没有理由的一个举动，在意识到时，我猜想这是为了解除两天来一直困扰我的虚幻感。

标识上我唯一能认出意义的只有一个箭头符号。箭头所指前方，路仿佛突然中断，但断口处植物异常葱茂，桉树挥散着浓烈的绿，一大片毛竹拔地而起，挺立在路口一侧。另一侧，岩壁露出白色的岩肌，细腻胜过少女皮肤。爬藤肥硕，附在岩壁上，彼此缠绕，奋力攀爬。隐约有鸟鸣传来。

我无法猜想即将看到的一切，只能断定是要下山了。

我走过去。我并不慌张，但心跳的声音明显大过脚步声。

眼前是另一个世界，明亮，透明，有人间的烟火气息。丝线般的松叶使整片松林显得蓬松柔软；树隙间，黄色和白色的鸟儿跳上跳下；白桦并不年老，却裹满了绿茸茸腐败的苔衣；山茶盛开，花朵繁密，几乎看不见绿叶，淡粉的、纯白的，朴素又奢侈。未走多时，山路便变成平和的小径，小径被绿荫覆盖，光线不均匀地露下来，时明时暗，像人不定的心情。枫树叶子早早红了，落在小径周围，那猩红的颜色竟然让我不敢俯身去捡，我怪异地认为，红色在这里出现，是否暗示着不祥。我抑制住惊讶及混乱的思绪。稍远处的阡陌清新安详，附近已有人家，但我突然停下了脚步。

百米之外，一个人影，背身站在小径的明亮处。

一个年轻俊朗的男子，他的画就要完成，他画了一位女子，女子坐于山石间，黑发披靡，神情冷峭，右手持一枚橄榄枝，手奇大，骨节突出。女子似在苦思，似要决断什么。我被这女子奇异的神情与体态吸引。

我想知道橄榄枝的意义。

5

"手握橄榄枝是无助的表现。"男子并不多言，似乎不屑于我的提问。

陌生的幽灵确定地出现在山路上，或者说，与一个活幽灵相遇在这里，这令我感到一丝欣悦。

我走近男子与他的画架。他画了山鬼。

显然，男子改动了传说。他为山鬼穿上衣衫，不再让她身披薜荔腰系菟丝，让她丰美动人的身体仅露半个乳房。披上一件来自人间的织物，我揣测男子的暗示：山鬼必定与人间有了秘密关联。然而这丰美的身体随即显示出了与人间的不睦，一只乳房漫不经心地裸露着，既非某个宫殿里贵妇的慵懒，也非放荡女子撩人的举止，而是一种不屑与无视，仿佛一只睁着的眼睛，在掀起的面纱下，与对望她的人比试内心的自由，或者凝视打量她的人，为什么拥有如此叵测的神情、闪烁的目光？山鬼这身衣衫，是赤豹文狸为她所窃，还是确有某个尘世男人，珍爱她的美色，便以衣衫包裹她的身体，这赠予暗含了对她的占有与控制，暗含一个有别于山隅的社会法则——遮体。

这个陌生的画画男子，他傲慢的表现却掩饰不住内心的怯懦。太多人都以同一种方式泄露内心的软弱与混乱。我询问他的时候，他镇静地回答了我，旋即垂下眼帘，紧闭双唇，继续涂抹即将完成的画卷。我仅从侧面见到他粗而上扬的眉梢，他黔黑枯瘦的一只手臂，仿佛凝息屏气，一心要从眼前的画架里捉出一只飘飞的魂魄。

在这个镇静沉着的活幽灵面前，我一改往日对陌生人的警惕与防范，饶有兴致揣摩他的傲慢。他独自一人来到这座山隅的孤单，他改动传说的艺术指涉。这活幽灵过于沉着，好似身旁散落的山石，一截被遗弃的木头。一些孤独为人带来善心，而另一些孤独使人充满敌意。他像是旁若无人地画着，我难知他内心的起伏，与一个陌生的活幽灵相遇，未知比所知拥有更大魅力。

然而最终，我的旁观还是搅扰了他的思绪，他用笔越来越谨慎，突然飞走的几笔却又显得十分仓促，仿佛手里的笔突变为画中的橄榄枝，于犹疑里显出混乱与无助。

一个能体察旁人无助的人，内心必有无助，当他告诉我橄榄枝的含义时，我便断定了我和这个活幽灵共有的怯懦。

我想起这一次我独自出发，我像时间一样离开孩子与男人，一定是因为有一些引起我惧怕的事物横立在眼前了，我需要独自解除它们对我的威胁。这使我想起另一次出发，最终的结局是：疲乏与厌倦，使我拖着几近不能称之为我的腿的两个肢体，麻木、坚决而本能地，回到他们身边。

然而除过询问橄榄枝的意义，我与这个陌生的活幽灵没有任何交谈。对于一路上不断遥想的山鬼，以及我阻塞却持久的默想，我不愿与人分享，既然必须承受孤单，那么路上的变故或遗落，我将吝啬地收藏。

想到这里，几分钟前的兴致旋即索然无味，我开始嫌恶自己，妨碍一位陌生男子的孤单，他沉浸于其间的充盈，或许因我而毁坏。

男子在他的画上写下"山鬼"两字，而后消失在云雾里。

6

陌生的活幽灵走出很远了，我仍停在这个豁然明朗的山坳口，它恬静祥美，与之前那些诡异的云象相比，如同一个假象。

我在一块山石上坐了下来。山石微温，默默传递着季候的讯息和天地草木的姿影。

在相当长的一段时间里，那个陌生的活幽灵对传说的改动不时触动、圈囿我，乃至让我忽视了最初自己对山鬼的设计。披上衣衫之后的山鬼，神情在冷峭之外，无奈地坐着，与世间妇人相差无几。而这些时候，她会模糊地想起那些无羁与没有辛劳的日子，那时候，她嘲笑人的迷信，捉弄那些被敬畏的某方神圣，把香烛插进他们肮脏的鼻孔。然而这都是很遥远的事了，远到她几乎不再信任自我真实的来路。人世烟火无坚不摧，她诡异的法力一些成为炉塘里的灰烬，另一些冒出烟囱，杳无踪影。从天上降临人间，一如由天堂落入地狱，然而地狱何尝没有欢乐？这欢乐没落而激荡，她甘愿在此生生世世。

那活幽灵带着冷峭的山鬼走了，山鬼将坐在他的画中，穿着衣衫，幽冷而无奈。山鬼坐在那里，然而她可以坐穿画布，却怎样也坐不穿地狱的牢底，就像那活幽灵与我，既逃不脱自身的命运，也没有远离尘世的决然，唯有承受与溶解。

阳光从杉树缝隙穿射而下，光束高耸而严厉。一只黄色的鸟儿跳在近前，啁啾鸣啭，捕食泥土里的小虫，几片山茶花瓣轻柔地落下，有一瓣挂在另一棵葱翠的矮灌上，孤单却又耀目。

花香鸟语不过是声声催促，暗示着美好的短暂与逝去。

我起身下山，猜想或许能再见到那聚涌翻腾的云雾，比之刚刚经历的阡陌人家，我突然怀念那使人清醒又跌宕的原初力量，纯白又强硬，给人以敏锐。然而山路蜿蜒前行，折来折去，林木越发茂密，空气越发润潮，浓荫越发深幽，四周却再不见飘行的雾气，更不用说之前那样恣肆与飞溢的形态了。

7

我如期回到了城市，回到了孩子与男人身边。

城市里不见疾走的云雾，少见明暗变幻的天空，城市拥有另一种喧腾，霓虹点点，车流汹涌行人躁动，自然融化了个体之后，城市复将个体还原为一个紧张结实的硬块，一张张水分缺失的脸，一双双善于在黑暗里捕获猎物的眼睛，以及日夜处于焦灼与失衡的一颗心。

我坐在灯下，凝望房舍角落处的一堆阴影：云雾、风、绿色山寨、岩石、山鬼、活幽灵，它们一并挤在那里，看见我的一瞬间，它们齐齐扑上来，活像野兽扑向一只羔羊。我奋力挥动手臂，劈开它们之后，便看见时间像网一般地张开：一个清晨，我和我的孩子与男人在一个段点分离，因为，在他们之外，有一个我同样贪恋的世界，它丰饶而庄严，高大而细微，其间的快乐与苦痛，类似于肉欲之中的激荡，我便带着这个私己之欲出发了；另一个黄昏，我们在另一个断点合聚，期间我们沿着不同的线路，经历了唯属于自我的时光，经历了唯属于自我的秘密，他们领会一种叫作等待与忍耐的事物，我目睹了一种叫作风云际会的天象，我在这天象里捕捉到大量细微的事物，它们使我身体的官能一点点润湿，一点点饱满。但我无法说出这些秘密，一则因为我的笨拙，二则因为这另一个世界，它独自为我而存在。在这独自的时间里，我们都有各自的愧疚、软弱、忧惧、怜悯、择选、决断与想念。但当我们相聚时，这些事物悄悄进入了我们共有的时间，当我们相互凝视时，我们感知到了彼此内心的变迁与改善。

坐到灯下，我开始写一篇叫作《山鬼》的文字，那个陌生的画画男子——活幽灵，他对山鬼的艺术篡改，将之收束在人间的编撰，很快令我不以为然。人无法如神怪一般逍遥自由，便给它们披上一件世俗的衣衫，使之饱受人间疾苦，以此抒写自我悲悯的情怀。这已绝非他的独创。多数时间，人总尽可能想象自我的强大与完善，进而为所欲为，夺取那些让自己垂涎的，毁坏那些自己无法企及的，这一次，那陌生的活幽灵要取走的是一个女山鬼的魂魄，这举动十分符合善妒的人类，只是我相信他并无恶意，他不过是一个用色彩与线条感知世界和自我的人，当画笔在握，他就成了主宰，篡改事物的命运，调整时间的方向，都要看他的兴之所至，这其中多数原因是为了满足一种幻象：他在人间所遭遇的不幸，触知的失败，均在艺术里化为无形，他在艺术里，由一个被欺凌者，变为一个傲慢冷酷的操纵者。

然而，我同样难知山鬼所思，但却更愿摹写她在山隅间的姿影，她在如天地日月一般长久的寂寞里，体知唯属于她的无限、永恒与忍耐。

我这样写：

除了悬在空中的风声，这天夜里，山鬼听不见任何响动，黑云压在她头顶的山崖上，就好像一块块巨石飞在了半空里，重叠密实，透不出一点光。星辰与月亮，这天宇里美好的小东西，也一个不落地被活埋了。整个山隅显得沉重而压抑。这是暴风雨来临的前奏，山中的动物与植物，胆小的或狂野的，都噤若寒蝉，默默忍受着也期待着暴风雨的威严。这是一种自然的约定，如同仇恨使人杀人，束缚使人畸变一样，暴风雨的威严，使山中事物变得安静而明智。山鬼靠在洞穴的入口处，仔细辨听风声的变化。文狸赤豹一左一右，闭目而坐，呼吸比之往常更加轻微，仿佛先知一般，因为预知了死亡的时辰，办完了最后一件事、说完了最后一句话，正在平静等候。山鬼辨听风声的时候，徐徐地，黑暗中飞过一个笼罩一切的庞然大物，暗影一晃，瞬间又消失了，这暗影带动了气流，洞穴两旁的枝柯与树叶抖动了起来，原本强烈而静谧的苦香，霎时被抹得干干净净。山鬼知道，风从半空中降落到地面上了，暴风雨已经近得就在唇边了。她有些兴奋，每一次暴风雨来临时，她都有这样的兴奋，仿佛这自然的风暴总在最恰当时，对应着她身体里的一场风暴，她感到身体里加速的血流，血灼烤着她的脸颊，双乳之间也被细密的汗濡湿了。就在她伸手抚去胸前的潮润时，猛地一声炸响，天空飞出几条亮白的闪电，横劈了整个天空，天空随即裂开了几道锋利的刀口。虽然山鬼一直期待着暴风雨，但它的到来仍然让她猝不及防，她被惊得浑身颤了一下，大脑猛然间异常清醒，雷电顷刻间激怒了她的血液，随着那几条亮白的闪电，她丰美的身子被照得明亮如镜。黑发紧紧缠在珠色腰间，仿佛一只眷爱着她的手臂。这照亮的一瞬间，是一个永恒，天空像夺取一个生灵的生命一样，雕刻出一个女人永恒的体态。而山鬼毫不示弱，漆黑的双眸迎击着闪电，映照着那几道锋利的流着白色岩浆的口子，她的眼眸，同样摄取了天空的一缕狂暴威严的魂魄。但天空很快合拢了自己的伤口，黑云不再浓黑无光，因为暴雨已如洪水般涌向大地，这雨水里饱含着天空的阴郁与黑暗，它越多越猛烈地倾泻下来，天空的阴郁与黑暗也就越多降到了大地之上。暴雨降临大地的一瞬间，山鬼敏捷的身体一跃而起，体态野蛮而轻灵，连文狸与赤豹也被她惊吓，赤豹呼地站起并冲到山鬼身前，它总要在第一时间为山鬼去挡危险；而文狸也在同一时间蹿上最近的一块大石，以铁钩般的视力逡巡四周，以便在最早时间报知不测。但山鬼完全忘记了这两个伴侣，她跳上洞穴前一块平滑的山石上，仰头，微启双唇，丰裸的身体陶醉在暴雨的沐浴中，就仿佛沉浸在爱欲的包裹中，将最细微处的毛孔打开至极致，以迎接天水的润泽与强大。暴雨越来越猛烈，天空越来越明朗，渐渐地，昏黑的雨水开始发光，流过山鬼的身体，山鬼的身体犹如涂满一种神异的漆光，熠熠生辉。一时之间，天地间多出一个由水、光、影组成的幽灵，一条膨鼓柔美的曲线在漫天的雨线中浅浅旋动，曼妙而坚韧。这一瞬间，文狸几乎忘记职责，脸上的纹路停止变化，而赤豹躲在这幽灵的影子下，发出悠扬欢乐的长啸。

在文章的结尾，我这样写道：

　　山鬼未曾爱过什么人，未曾知道人间的安逸与艰辛，她一生寂寞、慵懒、丰美，驯养了更多奇兽，在不知道痛苦为何物中死去。

后记

为什么是散文?

初学写作,写下的第一篇文字,即是散文。后来,当成为一名作家,虽也开始着手其他文体,但能够拿出来确证和显现自己的,仍是散文。再后来,虽于小说方面花费越来越多的时间,但每年必要以两三篇非写不可的散文作为这一年寒来暑往的见证与依附,就好像缺失了散文,这一年的写作就生出了虚飘和失重的嫌疑。

为什么是散文? 这个问题徘徊多年。直到 2020 年,才终于有了能够说服自己的答复,才能够摘去之前曳动在这个疑问上的遮遮掩掩的纱幕。

为什么是散文? 解答这个疑问要回到散文的根源上。散文的根源,说什么都是一个庞大的体系,诸子之文、先秦文章、魏晋骈文、中唐古文、明清小品……两千多年里,文章之道随时代风气而历经变革,对话、叙事、描写、议论、抒情……笔法千姿百态,叙写史实、描绘人物、针砭时事、摆弄辞藻、壮写情志、倾情自然、抒发性灵、玩味情趣……意旨上天入地，精神内在与客观外部皆包拢有之。但直至二十世纪初五四时期语言体系的转变——现代白话散文的出现，散文才终于确立起一个砥柱般的核心精神：人的文学。

> "我说的人道主义，并非世间所谓'悲天悯人'或'博施济众'的慈善主义，乃是一种个人主义的人间本位主义……中国文学中，人的文学本来极少，从儒教、道教出来的文章，几乎都不合格……是妨碍人性的生长。"

这段文字是当年新文化运动主将之一——周作人先生《人的文学》一文中的一段话，发表在 1918 年 12 月，在《新青年》第 5 卷第 6 号上。当然，五四精神中"人的文学"作为新文化运动最为重要的理论成果，所披及与赋予的领域，是整个中国现代文学。到了刚刚迈开脚步的现代散文这里，即刻表现为个性突出、叙述主体自我意识的独立与丰富，以及不拘一格的自主文风。现代散文也因此产生了首个也是最为重要的核心理论——叙述主体的个体意识与人格独立。参与其间的作家以极其舒放的姿态争相打开自我的精神触角，在自由的抒发中实践着自己的文学理想。

时间过去一个甲子，以人为本，以抒发个体性情为主要叙述内容的现代散文，来到当代之际，是否在继承五四文化遗产时更有创新开拓？是否以"以人为本"为基础，在认识自我、建构自我、完善自我方面斩获更深刻的成果？

2016 年，著名哲学家、美学家和批评家邓晓芒先生在其《灵魂之旅》中对当代散文提出了批评，在书的序言里，他指出：中国二十世纪九十年代，中国传统人文精神的失落和文学的坠落所体现的症候之一，即是这一时期散文的大流行。

"90 年代散文的大流行折射出一个事实，即中国诗性精神的丧失，而最可悲的是，这一沉重的代价却并没有换来思想的深化和理性精神的确立，而是导致了文学的泡沫化和伪劣化。"【作家出版社，2016 年 10 月，第一版】

联系上下文，我在《灵魂之旅》序言的整体语境里，将这段有关散文的批驳读了又读，领会再领会，从中归结为两点：第一，邓先生认为，比较起小说和诗歌，散文在形式上至少是无须花费气力的文体，因为——即便在新人文精神整体匮乏的大环境下，"诗词歌赋"可以在形式上开拓，小说可以往鸿篇巨制上挖掘，但诗歌与小说都没能完成这些创造，所以只好退而求其次，做起对形式和内容一贯没有更高追求的散文来。第二，邓先生认为，二十世纪九十年代散文大流行之后，中国文学没有对此进行反思，反而任由一贯没有深刻思想和理性精神的散文拖拽，将中国文学推进了文化快餐和缺乏精神力量的劣质品泡沫中。

散文遭此批驳，并非多么可怕，可怕的是，如果所言为实，如：对形式与内容一贯没有更高追求、一贯缺乏深刻思想与理性精神等等，仍不行反思、改变以求精进，则当代散文在小说、诗歌、戏剧之后叨陪末座的境遇将长此以往。

针对散文的核心理念，以及随后出现的批评或者轻视，我开始思考以下几个问题：散文的叙述主体是谁；散文的技术要领在哪；散文的写什么和怎么写；散文的局限与未来。有趣的是，这几个问题的厘清，皆是在与小说、随笔以及诗歌写作进行对比的过程中完成的，由此可见，尝试不同文体的写作，并非只有一个对某一文体无法精益求精的结果。万事有得必有失，写作亦然。

散文的叙述主体一般是"我"。这个"我"与小说中的"我"有何不同？此问关乎散文与小说的分野，关乎散文写作的视角、叙述策略、题材处理等诸多关键所在。散文之"我"在多数情况下，含有一定"作者本人"的现实存在成分，其叙述内容是经过艺术处理过的"作者本人"的经历、记忆、情感与思想的呈现，有自传性质，却不完全等同，因其有相当精神想象的参与，有时会虚构出一个"对象"，助其完成整体叙述。比如俄罗斯作家茨维塔耶娃的散文《鬼》；当然，当代散文发展至今，叙述主体已经出现变化，并不只有自传性质一种，他 / 她还可以是一个历史人物，一位神话人物，一个抽象的概念，甚至是一个采用全知视角进行叙述的不见其形的隐身叙述者。但是，不管这位叙述主体是带有作者本人自传性质的"我"，还是另有其人，他／她都是现实中的实有存在。比如美国法裔作家尤瑟纳尔的散文《火》系列。

叙述主体的实有存在性，此乃散文与小说最为根本的分野。二十一世纪以来，许多富有创见的散文家都认为不必将文体界限划分得过于明晰，因文体之间的互访、借鉴与跨界早已不是什么新鲜事。我也曾持这种观点，然而现在却认为厘清界限之所在，不是为了限制写作，而在于更加自觉地秉承现代散文的精神要义。不管是带有自传性质的散文，还是借用他者作为叙述主体的散文，其表达的都是叙述主体的认知、思想、情感和价值观，而散文的叙述主体是在现实或者历史中实有存在的，即便那些借用他者作为叙述主体的散文，也不过是作者采取"移情"修辞而向读者呈示他／她的所历所思。在这一点上，散文不同于小说，小说可以借助一个或者几个虚构人物，采用一个或者一组虚构人物的声音来呈示藏身于其后的作者心声，散文则没有虚构人物这个掩体，散文只有叙述主体作为个体单个和直接的声音，无论采取何种修辞方法，散文都是一位作者与众多读者的单独和直面相向。因为这个直面相向，其表达效果最为直接，也就比小说要承担更多"个体意识与人格独立"的代价，承担更多"真实感"的代价。也因此，相比其他文体，散文作者与读者的距离是最亲近、最逼真和最紧密的。

大河奔流遗落的一朵浪花 / 阿舍

　　散文的技术要领何在？常听到"散文不需要技术"之类言论。仿佛做散文者，提笔便能将世界纳入怀中，抬手便能吾手写吾心。当然，执此言论者，当中不少人会说，此处的"不需要技术"不是真的不需要技术，而是技术已臻于羚羊挂角不露圭脚的境界。但这同样是说不通的，因为如此说来倒像是散文里处处皆是已经浑然如天成的大师与大作了。在我看来，散文的技术要领，与小说等其他文体，是同样需要细加领悟和不懈操练的。如鲁迅之《野草》，读来读去，都与当时流行的叙事抒情性小品文大有不同，也与作者后来的《朝花夕拾》不同，后者多以人生经见为主，唯有《野草》，记述的是更为隐秘的心灵图像。《野草》的二十四篇短文分有四种体式：第一，正常行文，此类占多数；第二，诗歌体，唯一篇《我的失恋》；第三，戏剧体，唯一篇《过客》；第四，对话体，《死火》等六篇。即使将《我的失恋》划作诗歌，也能够看得出，这些短文在各具不同形态的同时，内里的叙述策略亦采取了散文、小说、戏剧乃至诗歌多种方式。有的是散文外形，内里却用的是诗歌和小说的叙述方法，有的是戏剧外形，内里采用的却是散文化思维。

　　或为阅读所限，至今我所读到的有关散文写作的评论著述，多在讨论散文"写什么"的问题，而从技术层面研讨散文"如何去写"的分析与理论则少之又少。不得不承认，在技术层面，小说、诗歌和戏剧的研究与理论建设已远远超越散文；不得不承认，对散文技术层面的忽略与遗弃，这其中包括散文作者自身的敷衍与懈怠，使得越来越多的散文作品沦为文学的泡沫。

虽然有关散文技术层面的论述极少，却并非无处去寻，"叙事学"和"小说研究"领域有品目繁多的著述，令人欣慰的是，散文作为"叙事学"体系内的一个文种，几乎可将"叙事学"领域的诸多技术论题平移到散文中来，如：叙述主体的分层、视角选择、人称使用、讲述与展示的平衡性、素材的剪裁与拼贴、语言风格、内容与形式的契合……这些"他山之石"皆可用来以攻散文之玉。而这些叙事技能，若能从研习到实践，从领会到推陈出新，定能为散文开辟新的境遇。

散文的未来，我以为就在它的局限里。叙述主体的实有性，以及由之体现的作者的声音、经历、情感、思考和价值观，使得散文无法避免直呈作者精神和人生经历的版图，使得散文作者需要更大勇气，使得散文需要更经得起审视的心灵、思想与人格构成，以及更有难度的创造意识。无法做躲藏游戏，无法制造与读者的距离感，无法用一组虚构人物的命运去构建一个更为广阔的时空，无法拖延，无法虚与委蛇，无法构建完整的故事性，无法任意展开想象的手脚……如此种种掣肘，使得散文极有可能被视为一种"不高级的文体"，被视为一位作家文学修辞能力的低浅与退化，被视为一种缩手缩脚、不过瘾、无法炫技的书写方式。在很多人看来，散文是一种退而求其次的文体，写不了其他，就写写散文吧。尤其现代小说流行出的一套主张和风格——为了保障叙述的客观性与真实性，越来越彻底地要求作者从文本内退场和隐身，放手让故事与人物自己生长，就更加显现出以作者与读者直面相见为文体特征和要义的散文的局限与呆板。

然而，万物各有其理，散文针对非散文文体所拥有的局限，恰好是它存在的必要性，恰是其他文体所不能替代的文学自性。多数时间，普通读者所需要的，仅仅是能够更快触动和启发他们内心的诚恳并富有创见的作品，散文，则因其与读者最为靠近、紧密的距离，拥有天然的优越性。

这本《大河奔流遗落的一朵浪花》所收集的散文，写作时间不尽相同，从 2009 年到 2019 年，跨越了十年的长度。十年，意味着坚持，也意味着这些散文当中分布着不同的散文理念和写作方法，意味着个体人生与文学生命的共同生长。其中一部分散文会被视为回忆性文章，对故土，对遗失的家园与生命。当我在不同年份写作这些不同的文字时，每一次都会有重要的发现，譬如：那个作为叙述主体的"我"，最初只有一个，慢慢地，会有两个"我"同时出现，在这些文本里，她们会依据不同年龄的视角，同时构建着各自的时间与世界，有时候，甚至会重新发现并构建出一个新的心灵世界。回溯时间让作为写作者的我找到了乐趣，让我越发清晰地感受到：许多时候，世界并不如我们眼前所见，许多时候，世界隐藏着自己，世界在等待，等待你能够看清它的时候，它才会显现出来。不同的"我"会有不同的腔调和叙述方式，这也是在写作中的发现，正如不同的人会有不同的气质，每一篇散文则因其不同的叙述内容而产生不同的形式，为此我又领会到——内容与形式的契合，是自然的，更是自觉的。散文集中的另一部分文字，带有明显的从故土到异乡，从过往到当下的生命履痕，投向世界的目光、感受生命的视角，以及投向纸端的笔触，都因为看到、听到、经历到的不同和丰繁，产生了更为丰沛的感知和更加有意为之的形式变革，这也是时间的馈赠，令我感慨良多。但愿能得到更多读者的接纳。

如今我放慢了散文写作的速度，除非非写不可，除非有迫切表达的生命冲动，除非万千世界赋予我的新发现，除非有时代与时间里的醒目触动，除非有能够承受自省的理想表达，否则不会轻易动笔。其间缘由，皆因散文与世界、与读者的距离是如此之近，如此之直接，皆因散文与自我的联系如此之紧密，所以我想，若非有非写不可的必要，则无须为这些至深的关系添加冗余赘言。

感谢约稿方与出版方，让我和我的散文又拥有了一次结识更多读者的机缘。

阿舍

2020 年 11 月 6 日星期五

于银川